무아지경
無我之境

무아지경 6

이화영 新무협 판타지 소설

초판 1쇄 찍은 날 § 2004년 2월 2일
초판 1쇄 펴낸 날 § 2004년 2월 12일

지은이 § 이화영
펴낸이 § 서경석

편집장 § 문혜영
편집 § 장상수 · 서지현
마케팅 § 정필 · 강양원 · 이선구 · 김규진 · 홍현경

펴낸곳 § 도서출판 청어람
등록번호 § 제1081-1-89호
등록일자 § 1999. 5. 31
어람번호 § 제2-0327호

주소 § 경기도 부천시 원미구 심곡1동 350-1 남성B/D 3F (우) 420-011
전화 § 032-656-4452 팩스 § 032-656-4453
http://www.chungeoram.com
E-mail § eoram99@chollian.net

값 8,000원

ISBN 89-5505-983-3 04810
ISBN 89-5505-690-7 (SET)

이희영 新무협 판타지 소설

무아지경

無我之境

6권 북해지사(北海之事)

청어람

일이 적은 것보다
더한 복이 없다

백사장은 여인의 나신처럼 눈부신 초승달 모양이었으며, 달빛처럼 푸른 물을 두 팔 안에 가득 담고 있었다. 아득한 수평선에서 백마처럼 우르르 몰려드는 물보라만이 여인을 희롱할 뿐 정적을 깨는 것은 아무것도 없었다.

태양은 누가 보기라도 할까 봐 두려운 듯 뒷걸음치며 얇은 구름 띠 속으로 천천히, 아주 천천히 들어가고 있었다. 그처럼 느리고 서두르지 않는 일몰은 대평원 속에 어머니의 젖가슴처럼 젖어 있는 이곳만의 특별함일 것이다.

그 빛은 돌아서는 순간까지 눈 떼지 못하는 사랑하는 이의 얼굴처럼 눈부시며 황홀했다. 아니, 형상으로는

도저히 보여줄 수 없는 어떤 신비한 존재처럼 느껴지기도 했다.

이곳의 사람들은 일몰이 질 때면 하던 일을 멈추고 모자를 벗어 손에 든 채 오래도록 가만히 서 있었다. 그것은 경외심이었다. 자신들을 지켜주는 존재에 대한 고마움의 표시였다. 저 깊고 푸르며 얼음처럼 차가운 북해의 선인들이 바로 그들의 조상들이라 믿고 있기 때문이다.

아랑은 일몰을 보고 있었다. 주홍빛에서 보랏빛으로 천천히 변하는 하늘은 언제 보아도 장관이었다. 멀리 새하얀 얼음 속에서 어둠이 소리없이 기어올라 와 담청색 하늘을 야금야금 먹고 있었다. 머리 위로는 총총한 별들이 잔뜩 뒤엉켜 있었다. 하늘 끝을 잡고 흔들면 별들이 검푸른 호수로 와르르 쏟아질 것만 같았다. 한 개, 두 개… 수십 개로 이어진 별들을 따라가다 보면 한 사람의 얼굴이 떠오른다.

굳이 자세히 보려 하지 않아도 누군지 알 수 있는 얼굴이었다. 무표정하면서도 따스한 눈빛으로 자신을 보던 사내였다.

"그와의 인연은 여기까지인 걸까?"

그녀의 무릎 위에는 얇고 좁은 검 한 자루가 놓여 있었다. 바로 팽소연에게서 최호에게로, 그리고 다시 그녀에게로 넘어오게 된 여환검이었다. 손바닥으로 검신을 쓰다듬자 흠칫하는 떨림이 느껴졌다. 검은 울고 있었다. 상아빛 검의 슬픔은 고스란히 아랑에게로 전해져 그녀의 눈에서는 저도 모르게 눈물 방울이 또르르 굴러 떨어졌다.

"요즘 들어 네가 자주 우는 것 같아."

아랑은 검 표면에 새겨져 있는 여환검이라는 석 자를 손가락 끝으로 어루만졌다. 상념에 빠진 탓인지 그녀는 다가오는 발걸음 소리를 듣지 못했다.

"아랑아, 인연은 인연일 뿐이란다. 모르고 만났다가 정을 알게 되고 그리움이 쌓여 하나의 의미가 되는 것이지. 그게 바로 자연의 순리야. 만났다 헤어지는 것처럼."

어느 틈엔지 화령이 다가와 아랑의 어깨를 어루만졌다.

"언니는 그와 내가 운명으로 얽혀 있다고 했었잖아."

아랑은 비난하는 듯이 말했다. 화령의 앳된 얼굴에 잠시 그림자가 스쳐 지나갔다. 그녀는 빗을 집어 들어 아랑의 뒤엉킨 머리를 빗겨주기 시작했다.

"두 사람이 전생에서부터 얽혀 있는 것은 사실이지만 현생에서의 인연은 스스로 만들어가야 하는 거야. 운명이란 내 손에 쥐어진 칼과도 같아. 내가 휘두르는 대로 움직이지. 전생의 연이 고스란히 현생으로 이어지는 것은 아니란다."

"언니 말은 알아들을 수가 없어. 무슨 말이 그래?"

뾰로통하게 말하며 벌떡 일어서는 아랑 때문에 화령은 그만 머리를 다 빗기지 못하였다. 화령은 자신보다 훨씬 키가 큰 아랑을 올려다보았다. 미처 빗기지 못해 엉켜 있는 한쪽 머리가 자꾸만 눈에 거슬렸다.

"그렇게 일어서면 머리가 엉망이 되잖니? 아직 한쪽밖에 빗기지 못했어."

그녀는 책망조로 말했다. 작은 두 손은 상아 빗을 꼭 움켜쥐고 있다.

"머리 따위 아무래도 좋아. 어떻게 해도 말꼬랑지 같은 걸 뭐."

아랑은 손가락으로 아무렇게나 머리를 쓰다듬었다. 그 바람에 묶었던 한쪽 머리마저 풀려 버렸다.

"휴우. 그렇게 거칠게 굴면 아무도 널 여자로 봐주지 않을 거야."

탁자에 앉으며 화령이 혼잣말을 하듯 중얼거렸다.

"이게 원래 내 모습이야."

아랑은 여환검을 허리에 두르고 곁에 세워두었던 삼첨양인도를 들어 바닥을 쿵 내려 짚었다.

"일부러 여자로 보이고 싶은 마음은 눈곱만큼도 없어."

그것은 자기 자신에게 하는 말이기도 했다.

"너는 어려서부터 그랬지. 시비들에게는 자상하게 굴면서 어쩌다 내려간 마을의 사내아이들에게는 못되게 굴었잖아. 그래서야 널 마음에 둔 사내라고 한들 어떻게 다가올 수 있겠어."

그 말에 아랑은 더욱 발끈하였다.

"여자들은 약하니까 도와주는 것뿐이고 사내들은 날 여자라고 우습게 보지 못하도록 하려는 것뿐이야! 그리고 난 다른 사내는 필요없어! 내 마음은 이미⋯⋯."

아랑은 잠시 머뭇거리며 화령의 눈치를 보았다. 화령이 예지력을 갖고 있다는 것은 알고 있다. 그녀는 망설이다 결심한 듯이 화령을 똑바로 쳐다보며 물었다.

"언니, 언니는 알고 있지? 알고 있을 거야. 유 공자님과 내 운명을 말야. 얘기해 줘. 응?"

"아랑아, 이 세상에는 변하지 않는 진실이 하나 있어. 온 마음을 다해 원한다면 반드시 그렇게 된다는 거야. 무언가를 바라는 마음은 우주의 염원과도 같은 거란다. 그건 눈에 보이는 세상에서만 그리되는 것은 아니야. 때로는 보이지 않는 곳에서 염원이 이루어지기도 하지. 네 운명은 그럴지도 몰라."

화령은 슬픈 듯이 웃었다.

"언니, 난 그 사람도 날 좋아한다고 느꼈어. 저 삼천교에서 말야."

아랑의 눈이 반짝거렸다. 무룡을 떠올리면 언제나 그녀의 눈은 별처럼 빛났다. 그러나 화령은 아랑을 외면하였다.

"어쩌면… 그럴지도 모르지. 그게 네가 믿고 싶은 진실일 거야. 사람들은 말이다, 어떤 일이 실제로 일어나는 대로 세상을 보는 게 아니라 그렇게 되었으면 하고 바라는 대로 세상을 본단다. 그래서 모든 사람의 생각이 같을 수 없는 거야. 그러니 자신의 운명에서 벗어나지 않으려면 남에게 물어봐서는 안 돼. 어차피 자신의 운명은 오직 자신만이 책임질 수 있는 거니까… 그리고 별이 흐르듯이 사람도 흘러가는 거니까."

돌아선 화령의 눈에 아랑의 화난 얼굴이 들어왔다. 그녀는 동생이 안쓰러웠지만 그렇다고 헛된 기대를 품게 할 수는 없었다. 차라리 일찌감치 포기해 버리도록 하는 것이 좋았다. 미련이란 또 다른 한을 남기게 되는 일이다.

"언니가 하는 말은 늘 알아들을 수가 없어. 내가 듣고 싶은 건 그와 나의 일이지 별이니 사람이니 하는 게 아니야. 난 내 느낌을 믿어. 언니 말대로 인연은 만들어가는 거잖아. 다시 만나면 그에게 물어보겠어."

아랑이 활짝 웃으며 문 쪽으로 걸어갔다.

"아랑."

조금 떨리는 목소리가 그녀를 불러 세웠다. 오늘따라 화령의 태도가 이상했다

"왜, 언니? 어디 아프기라도 한 거야? 안색이 좋지 않아."

근래 들어 곤륜의 도사들에게 부적을 만들어주느라 심력을 너무 소모한 탓이리라. 아랑은 그렇게 생각했다.

“향낭(香囊)이 또 떨어졌구나.”

화령은 붉은 천으로 만든 작은 주머니를 내밀었다. 아랑은 그게 언제 떨어졌지 하는 얼굴로 천천히 다가갔다. 가까이 다가가자 몸에 차고 있을 때는 깨닫지 못하던 은은한 향이 풍겨왔다. 그 향낭은 화령이 직접 만들어준 것이다. 백단향(白檀香)에 침향(沈香), 소합향(蘇合香) 등을 장뇌(樟腦), 사향(麝香)과 함께 빻은 다음 얇은 망사로 싸서 물기를 빼내고 꿀에 개어 말린 것이다.

“고마워. 그리고 언니가 언제나 날 걱정하고 있는 것은 알지만… 이젠 나도 컸으니까 내 일은 내가 알아서 할게.”

아랑의 손과 화령의 손이 향낭 위에 겹쳐졌다. 화령은 손을 떼지 않은 채 머뭇거렸다.

“무슨 할 말이라도 있는 거야? 할 말 있으면 빨리 해.”

아랑이 재촉했다.

“만일, 만일 말이다. 그분을 위해 네 목숨이 필요하게 된다면 넌……?”

화령이 차마 말을 끝맺지 못하였다. 그녀의 걱정이 무엇인지는 듣지 않아도 알 수 있었다. 아랑이 환히 웃었다.

“그걸 걱정하는 거야? 내가 마림과의 싸움에서 다치기라도 할까 봐? 그를 위해 싸운다면 심장을 갈가리 찢긴다 해도 상관없어. 하지만 언니가 걱정하는 일은 없을 거야. 난 이곳에서 얌전히 그를 기다릴 거야. 곧 이곳으로 올 테니까.”

아랑은 씩씩하게 말하며 문을 나섰다.

“그래, 난 걱정 안 해…….”

화령의 작은 목소리는 문소리에 묻혀 들리지 않았다.

"그렇지만 아랑, 어쩌면 사람의 운명이란 이미 정해져서 거역할 수 없는 건지도 몰라. 그럼 난 네게 거짓말을 한 셈이야."

동생이 사라지고 난 뒤 화령은 침상 쪽으로 다가갔다. 작고 연약한 그녀의 몸에 비해 침상은 너무나 크고 화려했으며 무거워 보였다. 화령이 짊어진 고통의 무게처럼.

"후우."

그녀는 오랫동안 참았던 숨을 내쉬는 듯 깊은 숨을 몰아쉬었다. 작고 하얀 손이 침상 곁에 있는 줄을 잡아당기자 쿵 소리가 나며 침상의 가운데가 아래로 뚝 떨어졌다. 침상 아래쪽에는 끝이 보이지 않을 정도로 긴 계단이 이어져 있었다.

"그래, 다시 한 번, 다시 한 번 확인해 보는 거야."

굳은 결심을 한 듯 화령은 침상 밑으로 사라졌다. 화령이 내려가자 침상은 언제 그랬냐는 듯 다시 제자리로 돌아왔다.

화령이 가는 곳은 선문 내에서도 오직 문주만이 들어갈 수 있는 금역으로 전대 문주들의 위패가 모셔진 사당이었다.

벽에는 인어 기름으로 불을 밝힌 등불이 활활 타오르고 있었다. 계단을 내려가자 방사형으로 각각 여덟 개의 동굴들이 이어져 있었다. 동굴과 동굴 사이의 벽에는 수많은 위패들이 층층이 놓여져 있었다.

화령은 중앙에 놓여진 단 쪽으로 다가갔다.

그녀의 가슴 높이까지 올라오는 팔각탁자에는 둥근 돌이 하나 놓여져 있었다. 돌 표면에는 알 수 없는 문자들이 빼곡하게 새겨져 있었다. 그녀는 돌 위에 양손을 올려놓았다.

"어머니, 제 말이 들리나요? 수천 년의 세월 동안 우리 선문이 바깥 세계에 알려지지 않고 지내올 수 있었던 것은 바로 선대 문주님들의 탁월한 능력 때문이었다는 걸 알아요. 제 능력은 그에 비하면 너무도 형편없어 선문의 위기가 다가오는 걸 알면서도 어쩌지 못하고 아랑을 사지로 내몰아야 하다니…….”

화령의 고운 눈에 눈물이 아롱져 흘러내렸다.

“어머니, 정녕 아랑을 살릴 수 있는 방법은 없는 것인가요?”

눈물방울이 돌 구슬 위에 떨어져 스며들었다.

화령은 눈물을 닦으며 돌 구슬 표면의 글자들을 읽어 내려갔다. 그것은 문주만이 읽을 수 있는 고대의 문자였으며 주문이었다.

주문이 끝나자 돌 구슬의 안쪽에서 오색 영롱한 서기가 터질 듯이 밖으로 뿜어져 나왔다. 오색의 서기는 화령의 몸을 한 바퀴 감아 내려간 뒤 일제히 여덟 개의 동굴로 쏟아져 들어갔다.

동굴 안쪽이 번쩍 환하게 빛나는가 싶더니 이내 사라지고 은은한 빛만이 남아 사방에 물결 같은 빛을 뿌렸다.

“대답해 주세요! 아랑의 운명은 어찌 되나요? 또 선문은요?”

화령은 동굴들의 안쪽을 향해 절규하듯이 소리쳤다.

그러자 여덟 개의 동굴 중 한 곳이 유난히 밝게 빛나며 웅웅 울리기 시작했다. 동굴의 위쪽 벽에는 견(畎)이라는 글씨가 선명히 드러났다.

“말씀해 주세요!”

화령이 다시 외치자 웅웅거리던 목소리는 점차로 차분하고 평온한 목소리로 바뀌었다.

—들거라. 천존께서 정하신 일은 아무도 바꿀 수 없다. 그것은 태고로부터 내려오는 숙명과도 같은 것이다. 일찍이 저 공손씨의 헌원이 무례하게도 천존을 기망하고 우매한 마귀들과 짐승들을 조종하여 감히 천족에게 대항한 일로 우리들은 만고에 씻을 수 없는 죄를 짓게 되고

말았다. 그것은 천비님에게서 비롯되었지. 탁록의 전투에서 천비님이 저지르신 실수로 말미암아 세상은 고통과 번뇌로 가득하게 되었다.

화령은 자신이 이미 아는 이야기를 하자 고개를 도리질하였다.

"저는 그런 얘기를 듣고 싶은 것이 아니에요. 어째서 아랑이 아니면 안 되느냐는 거지요. 내가 대신할 수는 없는 건가요?"

그러나 견의 동굴에선 이미 빛이 꺼져 버렸다. 대신 다른 동굴에서 빛이 흘러나왔다. 황(黃)이라 쓰여진 동굴이었다.

―선문의 딸아, 그것은 오직 아랑의 몫이다. 그것이 그녀의 숙명이니 아무도 바꿀 수 없다. 신지를 잃으신 천비님이 복마지전에서 나오시면 또 한 번 세상은 겁난에 빠지게 된다. 저 무도한 마의 세력들은 그 틈을 노려 세상에 창궐하게 될 것이고, 그 힘은 날로 강대해져 인간을 지배하고 또다시 천족의 숨통을 노리게 될 것이다.

황의 동굴도 이내 어두워졌다. 아랑과 천비님의 일은 화령 자신도 이미 알고 있는 일이었다. 그러나 마족이 다시 천족을 멸할 것이라는 말은 믿을 수가 없었다. 화령은 자신이 모르는 이야기가 나오자 잠시 아랑의 이야기를 접어두기로 했다.

"알 수가 없어요. 천족은 오래전에 모두 승천했다고 하셨잖아요. 이제 천족은 인간들과 왕래도 하지 않을 뿐 아니라 관심도 없어요. 오직 우리 선문만이 오랜 죄업을 씻기 위해 남아 있을 뿐이죠. 그런데 마족이 천족을 범하다니요? 마족들은 저 땅속에서 벌레 같은 삶을 이어갈 수 있을 뿐 절대로 승천할 수 없는데… 천족과는 사는 세계가 다르잖아요."

백(白)이라 쓰여진 동굴이 빛을 뿜었다.

―네 말이 맞다. 포악하기만 한 마족들의 힘은 인간들에게는 위협

이 될 수 있을지 모르지만 천족들에게는 무서운 것이 아니다. 그러나 무족(巫族)이라면 얘기가 다르다.

"무… 족이라구요?"

처음 듣는 이야기가 나오자 화령은 긴장했다. 그녀가 아는 선문의 전신은 천족의 피를 이어받은 구이족이다. 탁록의 전투 이후 구이족은 세상을 두고 헌원과 싸움을 벌이는 것이 무의미하다고 깨닫게 되었다. 천족들은 승천하였고, 남은 자들도 세월이 지날수록 선조의 일을 망각해 버렸다. 오직 사명을 받은 자들만이 천비님의 일을 잊지 않아 선문이 되었다는 것이 그녀가 아는 이야기였다.

선문의 사명은 천비님의 승천이었으며 그것을 이루는 순간 선문은 없어지게 되는 것이다. 그런데 무족이라니…….

─이 세상이 생기고 난 후 천족과 인간들은 서로 부모와 자식처럼 사이가 좋았다. 그러나 점점 인간들은 그 수가 많아져 천족들의 높은 뜻을 헤아리지 못하게 되고 말았다. 그래서 천존님께서는 일단의 인간을 뽑아 천족의 힘을 부여주셨다. 그것이 바로 무족이다. 그들은 인간과 천족과의 사이를 원만하게 하는 임무를 맡았으나 세월이 갈수록 태만하게 되고 말았다. 자신들의 능력이 천족보다 우월하다고 생각하게 되었고, 인간들도 천족보다 그들을 우러러보기 시작했지. 그러자 그들은 점점 교만해져서 급기야 천족을 능멸하려 하였다. 저 무족의 수장인 공손헌원이 천족인 구이족을 침범하게 된 것은 바로 그러한 연유니라.

"헌원이 천족이 아니라 무족이었군요."

화령은 중얼거렸다. 적(赤)이라 쓰여진 동굴이 빛을 발했다.

─하지만 그로 인해 후대의 무인들은 힘을 잃게 되고 말았다. 무족

의 혈통은 순수할 때만 빛을 발하는 법. 천족들에 비견될 만한 강한 능력은 갈수록 인간들 속에 파묻혀 탁해졌고 급기야 무족은 사라졌지. 이 땅에는 인간들만이 남았다.

현(玄)이라 쓰여진 동굴이 빠르게 뒷말을 이었다.

—그런데 무인의 피를 이은 자가 있다. 그는 자신의 선조처럼 이 세상을 또 한 번 피로 물들이고 무족의 세계를 건설하려고 한다. 그 일을 이루는 데 천비님을 이용하려 할 것이다.

"그 말은… 그럼 저희가 마림으로 알고 있는 곳이 사실은……."

풍(風)의 동굴이 빛났다.

—그렇다. 우둔하고 힘만 센 마족들은 결코 인간들 위에 군림할 수 없다. 그러나 무족의 피를 이은 자는 그렇지 않다. 교활하고 영리하다. 그자는 오랜 시간 참았을 것이다. 천비님이 깨어나실 때를 기다렸겠지. 이제 그때가 되었다. 그자가 천비님의 힘을 흡수하면 다시 잃어버린 무족의 능력이 되살아나게 될 것이고, 인간들은 무족의 지배를 받게 될 것이다.

양(陽)의 동굴이 말했다.

—천족의 힘을 얻은 무족들은 그 수가 급격히 불어날 것이고 급기야는 천족을 위협하게 되겠지, 저 옛날 탁록에서 그랬던 것처럼.

"하지만 순수 혈통이어야 한다고… 무족은 단 한 명만이 남았다면서요?"

—원래 무족은 한 몸에 음양의 기운을 모두 갖고 있다. 남자도 여자도 될 수 있을 뿐 아니라 여의치 않으면 혼자서도 자식을 낳을 수 있다.

"그럴 수가… 어떻게 그런 일이!"

화령은 방(方)이라 쓰여진 동굴을 보았다.

─이 모든 일은 우리들의 기우일 수 있다. 남아 있는 무족의 후인이 완벽한 무족의 원형을 복원시키는 것은 그리 쉬운 일이 아니다. 하지만 모든 것을 사전에 막지 않으면 안 된다. 그래서 아랑이 필요하다, 그걸 막기 위해서. 천비님이 수옥 속에서 깨어나 이 세상에 나타나셨을 때, 분노로 몸을 떠시며 천둥과 번개로 인간들을 멸하려 하실 때, 그틈을 이용하여 무족의 후예가 분노와 미움의 힘을 흡수하려 할 때 아랑이 자신의 피로써 천비님을 구해 드려야 한다. 오직 아랑의 피만이 천비님을 각성시킬 수 있다.

방의 동굴을 끝으로 여덟 개의 동굴은 더 이상 빛나지 않았다.

화령은 말을 잇지 못하고 털썩 주저앉았다.

"결국은… 결국은 그래야 하는군요."

중앙에 있던 돌 구슬이 빛나며 우(宇)라는 글자가 선명하게 나타났다. 그 구슬은 화령과 아랑의 어머니이자 전대 선문 문주의 영혼이 깃들어 있었다. 여덟 개의 동굴과 돌 구슬은 바로 남아 있던 구이족의 영혼이 담겨 있었던 것이다. 천비님이 승천하시게 되면 이곳의 영혼들도 이제 자유를 찾게 될 것이다. 돌 구슬은 더욱 영롱하게 빛을 뿜기 시작했다.

─내 딸아, 이제 곧 천비님의 환생자가 수옥을 갖고 올 것이다. 너는 그러면 아랑과 함께 송옥이 있는 곳으로 그자를 안내하거라. 그리고 수옥과 송옥이 부딪치면 그 안에서 천비님과 마존이 동시에 튀어나올 것이다. 힘을 봉인당한 마존은 잠시 그 힘을 쓰지 못할 것이다. 그러나 분노하신 천비님은 다르다. 아랑의 심장에서 뿜어져 나온 피만이 천비님의 분노를 식힐 수 있다. 명심하거라. 그렇지 않으면 인간은 멸망한다.

"마존은요? 마존은 어찌 되나요?"

화령은 마림의 세력들이 마존을 부활시키기 위해 오랜 세월 동안 기회를 노려왔다는 것을 알고 있었다.

―천비님만 각성하시면 마존은 걱정할 것 없다. 다시 복마지전에 갇히게 될 테니까. 그러나 무족의 혈통을 이은 자가 먼저 나타날지도 모르니 서둘러야 한다. 우리들의 힘으로도 무족의 혈통을 이은 자를 찾을 수가 없구나. 그러나 그자는 올 것이다. 반드시 올 것이다. 그러니 서두르거라. 송옥과 수옥이 부딪칠 때 그자가 있다면 반드시 먼저 없애야 할 것이다.

단호한 돌 구슬의 말을 마지막으로 주변은 어두워졌다. 그녀를 감싸고 있던 빛도 사라졌다. 화령은 눈물로 얼룩진 얼굴을 들어 돌 구슬에 갖다 대었다. 아직도 따스한 감촉이 남아 있는 듯하다.

"어머니, 어머니, 아랑에게 뭐라고 말해야 하죠? 어머니께서 돌아가신 후 그 애를 제 손으로 키웠는데요. 어머니… 흑흑."

그러나 돌 구슬은 더 이상 따스하지도 빛이 나지도 않았다. 한참 동안 흐느껴 울던 화령은 몸을 추슬렀다. 그녀의 얼굴에는 단호함이 스쳐 지나갔다.

"장로들에게 말해야겠다. 장로들은 모두 아랑을 어릴 때부터 보아왔으니 그대로 죽게 두지 않을 거야. 방법을 알지도 몰라. 어쩌면 무족의 후예가 어디 있는지 알지도 모르고 그자를 찾아내어 미리 처치한다면 천비님의 분노를 서서히 가라앉힐 수도 있을 거야. 아랑이 죽지 않더라도……."

그녀는 종종걸음으로 다시 계단을 올라갔다.

＊　　　＊　　　＊

"내 생전에 딸아이를 한 번만 더 볼 수 있다면……."

노인은 이제 목을 놓아 울고 있었다. 급기야는 나무 의자에서 떨어져 바닥을 데굴데굴 굴렀다. 해골 같은 노인이 몸부림을 치며 우는 모습에 세 사람은 그만 마음이 울적해졌다. 아무리 달래도 노인은 울음을 그치지 않았다. 유천복은 어쩔 줄 몰라 하며 팽소연의 옆구리를 찔렀다.

"팽 소저, 어떻게 좀 해보시오."

난감하긴 팽소연도 마찬가지였다. 딸은 고집 센 아버지와의 충돌을 피하기 위해 집을 나갔고, 사람들은 노인이 만든 인형을 보고 딸이 죽었다고 생각했을지도 모른다.

"할아버지, 그만 우세요."

부드러운 목소리로 노인을 달래는 이는 능초영이었다. 그녀는 딸을 그리워하는 노인을 보자 눈시울이 뜨거워졌다. 그녀도 아버지가 그리웠다.

"홀쩍… 마누라도 떠나고 딸년도 날 버리고 떠났으니… 이제 내가 죽으면 누가 제사를 지내줄까. 엉엉, 이제 나는 귀신이 되어서도 배를 쫄쫄 굶겠구나. 아이고, 서러워라. 서럽고 억울하니 어찌 혼자서 저승에 갈 수 있겠느냐."

"저승에 가긴 누가 저승에 간단 말이에요."

팽소연이 발랄하게 말했다. 그녀는 자신이 노인의 아픈 곳을 찔러 상심시킨 것이 미안했다.

"그러지 마시고 저희에게 말씀을 해주세요. 저희 문주님께서는 신통력이 하늘에 닿아 계시니 할아버지의 딸을 찾아줄지도 모르잖아요."

팽소연이 또 괜한 일을 만든다 생각하면서도 유천복은 그녀의 말을 듣고만 있었다. 집 나간 노인의 딸을 어디에 가서 찾아온단 말인가? 팽소연이 노인을 위로하려 하는 소리가 틀림없었다. 그러나 노인은 그 말에 귀가 솔깃한 모양이었다.

"청아를 찾아준다고?"

"네, 저희가 찾아드릴게요."

"고얀 것. 거짓말을 하다니! 너희가 그 애를 어디에 가서 찾는단 말이냐?"

노인이 믿기 힘들다는 듯이 말했다. 팽소연은 다시 천연덕스럽게 말을 꺼내었다.

"우리가 이곳에 오기 전에 비적들의 거처에 잡혀간 일이 있었는데 그곳에서 한 소녀를 만난 일이 있었어요."

유천복은 멍한 표정으로 팽소연의 말을 듣고 있었다.

"그녀는 홀아버지를 모시고 살다가 집을 나왔다고 했어요. 그러나 아버지가 그리워 다시 돌아가는 길에 비적들에게 붙잡혔다고 하더군요."

팽소연은 등 채주와 추만생에게 잡혔던 하미의 이야기를 그럴듯하게 꾸며대고 있었다.

"우리가 그녀를 구해주었을 때는 너무 기력이 빠져 있어서 도저히 이곳까지 올 수가 없었어요. 그래서 우린 그 소녀를 다른 잡힌 사람들과 함께 마을로 되돌려 보냈지요. 그녀의 생김새는……."

팽소연은 재빠르게 밀랍 인형들의 용모를 살펴본 후 말을 이었다.

"눈동자는 별처럼 빛나고 코는 오뚝하고 양 볼은 발그레하니 통통하며 입술은 작아 귀여운 얼굴이었어요."

마치 정말 만나기라도 한 듯한 팽소연의 말을 능초영과 노인은 고스란히 믿는 듯하였다.

"정말 동생이 노인의 딸을 만났다니 이런 우연이 있을 수가……."

능초영은 잘되었다는 듯이 손뼉을 쳤다. 오직 유천복만이 팽소연의 거짓말을 들으며 속으로 생각했다.

'개코영감도 거짓말을 밥 먹듯이 한다지만 팽 소저에 비하면 아무것도 아니다. 그녀는 얼굴색 하나 변하지 않고 저런 거짓말을 술술 하고 있으니 누가 그녀를 믿지 않을 수 있을까?

"그러니 지금 우리를 내보내주면 반드시 그 소녀를 데리고 이곳으로 오겠어요."

팽소연의 말은 그것으로 끝났다.

"정말이냐? 그 말에 책임질 수 있느냐?"

노인은 일말의 희망을 가지고 있는 듯이 보였다.

"당연하죠. 제가 뭐 때문에 거짓말을 하겠어요. 이는 천신이 할아버지를 불쌍히 여기셔서 따님과 만나게 해주려고 저희를 보낸 것이나 다름없어요. 그러니 따님을 만나시려거든 어서 저희를 보내주세요."

깜찍한 팽소연의 말을 들으며 유천복은 이제 나갈 수 있겠구나 하는 생각이 들었다.

"그래, 내 딸을 만나게 해주겠단 말이지. 흐흐. 고맙구나, 고마워."

노인은 감격한 듯이 몸을 떨었다. 그러더니 두 손으로 얼굴을 가리며 나무 의자 위로 고개를 숙였다.

세 사람은 노인이 다시 우는 줄 알고 가까이 다가가려 했다.

그때였다. 노인의 두 손이 갑자기 앞으로 뻗어 나오면 한 줌의 모래를 세 사람에게 뿌려대는 것이 아닌가? 그 모래에는 독이 있어 한 알만 맞아도 살이 타고 뼈에 구멍이 숭숭 뚫리는 것이었다. 모래가 눈앞으로 뿌려지는 순간 유천복이 손을 휘둘러 모두 다른 곳으로 흩어버렸다. 노인은 유천복의 무위에 놀란 듯하였다. 그러나 곧 다시 냉랭하게 말했다.

"흐흐, 요 앙큼하고 나쁜 계집애야. 어디 할 짓이 없어 늙은이를 우롱하려는 게냐! 내 딸은 절대 이곳으로 돌아올 리 없다!"

"노인장, 이게 무슨 짓이오!"

유천복은 노인이 아무 이유도 없이 공격해 오자 화가 났다. 그러나 그건 유천복의 생각일 뿐 원래 노인이란 무슨 일을 하던지 이유가 있는 법이다. 이 노인에게도 이유가 있었다.

"흐흐, 너희들이 내 귀여운 인형들을 망가뜨리고도 살아 나갈 줄 알았더냐? 이곳에 들어온 이상 절대로 나갈 수 없다!"

노인은 의기양양하게 말했다. 어린아이처럼 해맑게 웃는 모습이 언제 울었냐 싶게 말짱했다.

"정말 고약한 노인장이구려, 우리가 딸을 만나게 해준다는데도 우리를 공격하다니."

"정말 딸을 만나고 싶지 않은 모양이군요."

팽소연은 노인이 이미 모든 걸 알아챘다고 생각했으나 끝까지 우겨보았다.

"흐흐, 내가 아무리 만나고 싶다고 한들 만날 수 있을 리 없다. 이미 내 딸은……."

노인의 목소리가 떨려 나오며 시선이 불안정하게 이리저리 흔들렸다. 팽소연이 노인의 시선을 따라간 곳에는 쓰러진 밀랍 인형들이 있었다.

"앗, 문주님! 저길 좀 보세요!"

팽소연이 가리킨 곳은 노인이 만들었다는 딸의 밀랍 인형이 서 있는 벽면이었다. 밀랍 인형들이 넘어지자 그 속에 들어 있던 모래가 우르르 쏟아져 나왔는데 그중 몇 개는 사람의 것으로 보이는 뼛조각들이 섞여 있었던 것이다.

팽소연은 문득 깨달아지는 것이 있었다. 그녀의 얼굴이 백지장처럼 하얘졌다. 그녀의 머리 속에 어떤 생각이 떠올랐다.

"이 노인은 정말 악독하군요. 분명 사람을 잡아 죽이고 그 위에 밀랍을 부어 인형을 만드는 것이 틀림없어요."

노인이 음흉하게 웃었다.

"흐흐, 과연 영악한 계집이구나. 그러나 반은 맞고 반은 틀렸다. 내가 죽은 사람으로 밀랍 인형을 만드는 것은 맞는 말이다만 그건 손님들의 청에 의한 것이다."

"손님이라구요?"

세 사람은 다시 깜짝 놀랐다. 세상에 누가 사람을 죽여 인형을 만들어달라고 한단 말인가. 이런 일은 들어본 적도 없는 해괴한 일이 분명했다.

노인은 세 사람이 관심을 보이자 신이 났다. 노인들이 가장 좋아하는 일은 젊은 사람들에게 자신의 과거지사를 떠들어대는 것이니, 이 노인도 예외는 아니었다. 더구나 이 허허벌판에서 사람을 만나 이야기를 한다는 것은 가뭄에 단비를 만나는 것만큼이나 어려운 일이었다. 노인은 될 수 있으면 이자들과 많은 이야기를 한 후에 죽이고 싶었다.

노인은 느긋한 표정으로 입을 열었다.

"나는 원래 광주(廣州) 사람이고 사람들은 나를 사(絲) 노인이라 불렀지."

"광주의 사 노인이라면… 그 인형을 만드는 사 노인 말인가요?"

팽소연의 말에 유천복과 능초영은 물론 노인도 의외라는 눈치였다.

"나를 아느냐?"

"알고말고요! 저는 인형극을 아주 좋아하거든요. 한번은 아버지를 따라서 성내에 인형극을 보러 간 적이 있었는데, 그때 그 사람이 말하는 걸 들었어요. 인형극을 하는 사람은 수도 없이 많지만 인형을 제대로 만들 줄 아는 사람은 오직 광주 사람 사 노인뿐이라구요."

유천복은 도무지 팽소연이 모르는 것이 세상에 있기는 한 걸까 신통하기만 했다. 그녀의 머리는 작았으나 온 세상이 그 안에 들어 있는 것 같았다

"옳거니! 너는 제대로 알고 있다. 내가 바로 그 사 노인이다."

"하지만 그 사 노인은 죽었다고 했어요."

팽소연이 의아한 듯이 말하자 노인은 껄껄 웃었다.

"죽었다고? 흐흐, 다들 그렇게 알고 있지만 그건 사실이 아니다."

"물론 사실이 아니겠지요. 그렇지 않다면 노인은 사람이 아니라 귀신이겠지요."

"맹랑한 것!"

사 노인은 대뜸 유천복에게 말했다.

"내가 말했지, 저 계집은 교활하고 영악하여 남자를 피곤하게 만들거라고. 여자는 자고로 우둔하고 순해야 남자를 잘 받들지. 내 마누라처럼 말이야."

노인의 눈이 아련하게 떨려왔다. 아내를 생각하고 있는 모양이었다.

"그 착한 마누라는 대체 어디에 있길래 남편이 이렇게 고약한 짓을 하는데도 말리지 않는 건가요?"

"흐흐, 그건 이따 말해 주마. 네 말대로 우리 집안은 대대로 인형극에 쓰이는 인형을 만드는 것을 업으로 삼았다. 사 노인이라는 말은 원래 우리 아버지를 일컫는 말이었지. 아버지는 솜씨가 좋아 천하에 모르는 사람이 없었다. 그런데 어느 해 마을의 부잣집에서 외동딸이 병으로 죽는 일이 생겼다. 그 부모들은 딸을 극진히 사랑하는 마음에 딸의 생전 모습을 그대로 보고자 하였다. 그러나 인형은 어떻게 만들어도 딸의 생전 모습과는 달랐다. 아버지는 오직 그 일에만 매달렸고 부자는 일체 다른 일을 못하게 하였다. 그러다 보니 가족들의 생계는 엉망이 되었다. 몇 년이 지나도록 부자의 마음에 드는 인형을 만들어내지 못하자 아버지는 생각다 못해 그 딸의 시체를 무덤에서 파내었다."

"시체를 파내어 무엇에 쓰려구요?"

유천복이 고개를 갸웃거렸다.

"문주님은 참, 시체에다 밀랍을 입히려는 것이지 뭐예요. 전에 가짜로 만든 사람 가죽도 보았으면서. 그거랑 같은 거예요."

팽소연의 핀잔에 유천복은 어깨를 으쓱했다. 노인은 자신의 이야기에 점점 도취되어 갔다.

"그래, 네 말이 맞았다. 아버지는 그 시체에 밀랍을 입혀 인형으로 만들었다. 그것은 정말이지 산 사람과 똑같았고, 부자는 그제야 만족했단다. 그런데 그만 그 일이 발각나고 말았다. 그해 여름은 너무 더워 산 사람도 흐물거릴 지경이었지. 그러니 밀랍 인형이라고 멀쩡했겠느냐? 밀랍이 녹았고 그 안에서 딸의 시체를 발견한 부자는 화가 있는 대로 났단다. 사람을 시켜 아버지를 죽이고 우리 집에 불을 질렀다. 그때

나는 밖에 나가 있었는데 돌아왔을 때는 가족 모두가 불에 타 죽고 없었다."

사 노인은 눈빛이 매서워졌다.

"그래서 복수를 했나요?"

팽소연이 대뜸 물었다.

"눈치 한번 빠르구나. 나는 오랫동안 계획하여 그 부잣집 사람들을 한 사람씩 죽여 나갔다. 사람들은 행방불명되었다. 물론 모두 내 인형이 된 거였지만. 모두를 죽이는 데 이십 년이나 걸렸지. 이 일은 워낙 교묘하여 아무도 눈치 채는 사람이 없었다. 모두들 부잣집에 귀신이 있다고 생각했단다. 인형이 되어버린 것도 모르고 말야. 그리고 그 부잣집은 결국 폐허가 되고 말았지. 마을에서는 모두 그 집을 귀신 붙은 집이라 하며 무서워했다. 그런데 세상에 비밀이란 없다고, 어느 날 사람이 찾아왔다. 시체 하나를 감쪽같이 숨겨야 하는데 내 도움이 필요하다고. 도와주지 않으면 부잣집의 일을 관아에 알리겠다고 하더구나. 물론 그 말이 두려운 것은 아니었지. 하지만 보수가 꽤 많았거든. 그래서 사람을 죽이게 될 경우 그 시체를 수습하는 일을 하게 되고 말았지. 흐흐."

사 노인의 말대로 어느 누구도 인형 속에 시체가 숨겨져 있을 거라고는 생각지 못하였을 것이다.

"이 일은 제법 돈이 많이 생기는 일이었다. 그러나⋯⋯."

"꼬리가 길면 밟히는 법이죠."

"맞았다. 시간이 흐를수록 내가 하는 일이 소문이 나게 되었고 관가에서 이를 조사하게 되어 나는 할 수 없이 가족과 함께 이곳으로 도망을 치게 되었다."

"그럼 아내와 딸은 지금 어디로 간 거죠?"

팽소연은 사 노인의 안색을 조심스럽게 살폈다. 자신이 지금 상상하고 있는 것이 틀리기만을 바라면서. 사 노인은 기묘한 표정을 지었다. 그건 기쁘기도 하고 슬프기도 한 그런 얼굴이었다.

"나는 이곳에 와서도 인형을 만들었다. 그런데… 그런데……."

노인의 숨소리가 거칠어졌다. 나무 의자를 짚은 양손이 부들부들 떨리고 있었다. 노인은 양손을 눈앞으로 들어 올렸다.

"이 손이 말을 듣지 않았다. 시체가 없으면 인형을 만들 수 없게 되고 만 것이다. 아무리 노력해도 만들 수가 없었어. 나는 미칠 것만 같았다. 인형을 만들지 못하다니… 밤마다 아버지가 찾아와서 날 나무랐지. 도저히 참을 수가 없었어. 그래서……."

노인의 목소리가 잦아들었다.

"아내와 딸을 죽여 인형을 만들었군요."

냉정한 팽소연의 음성이 노인을 말을 대신했다. 능초영과 유천복은 얼굴이 새파래졌으나 노인은 기쁜 듯이 웃었다.

"흐흐, 네가 알 줄 알았지. 똑똑한 것 같으니……. 그랬다. 나는 어느새 시체를 인형으로 만드는 일을 즐기게 된 거야. 인형이 제대로 만들어지지 않으면 잠을 잘 수가 없었다. 어떤 사람을 보면 그 사람을 꼭 인형으로 만들고 싶어서 몸살이 날 지경이었지. 생각해 보아라. 아무리 아름다운 사람이라 하더라도 시간이 지나면 살이 썩고 악취가 나기 마련이지. 하지만 인형으로 만들어놓으면 다르다. 영원히 그 아름다움을 간직할 수 있지 않느냐?"

노인의 목소리는 점점 광기를 띠어갔다. 눈동자는 번들거리고 목소리에는 힘이 들어갔으며 얼굴은 환희에 찬 표정이 되었다. 그러나 말하는 내용만은 끔찍했다.

"이곳에 온 지 얼마 안 된 어느 날, 나는 문득 내 아내가 늙었다는 사실을 깨닫게 되었다. 젊은 시절에는 꽃같이 아름다웠던 아내가 주름살이 생기고 피부가 처지며 추한 모습으로 바뀌어가는 것을 참을 수가 없었다. 그래서 아내를 인형으로 만들어보기로 했지."

"어떻게 그럴 수가……!"

"그게 뭐가 어때서? 아내는 영원한 아름다움을 갖게 되었으니 오히려 내게 감사할 거야."

노인은 당당했다.

"미쳤군요. 밀랍 속에서 시체가 썩는다는 생각은 하지 못하는군요. 시체가 썩으면 악취가 나고 벌레들이 꼬일 텐데요."

팽소연은 궁금한 것을 물었다. 그 말에 능초영은 약선의 죽은 척하던 모습을 떠올렸다. 저절로 몸이 떨려왔다.

"흐흐, 그것도 다 방법이 있단다. 우선 내장을 꺼내고 속을 약물로 깨끗이 헹구어낸단다. 그리고 근육을 발라내지. 남은 뼈와 가죽 안에 모래를 채워 넣은 뒤 밀랍을 부으면 영원히 썩지 않는단다. 이곳의 모래와 바람은 건조하여 아무리 세월이 흘러도 가죽은 더욱 단단해질 뿐이다. 결코 부패하는 법이 없지. 흐흐, 조만간 너도 그렇게 해주마. 너희들도 좋아하게 될 거야."

팽소연의 얼굴에는 두려움이 가득했다. 능초영은 옆에서 몸서리를 쳤다.

사 노인은 다시 말을 이었다.

"그런데 딸아이가 엄마를 자꾸 찾기 시작했다. 엄마가 돌아오지 않자 이상하게 생각한 딸아이는 내가 잠시 다른 곳을 다니러 간 사이에 밀랍을 부수기 시작했지. 그리고 결국은 찾아내고 만 거야, 밀랍 인형 속에 들은 지 에미를."

"그래서… 딸도 죽인 거로군요."

팽소연이 떨리는 목소리로 말하자 사 노인은 고개를 끄덕였다. 퀭하게 짓무른 눈이 번쩍거렸다. 노인은 천천히 손을 들어 올리더니 손가락 하나를 폈다. 세 사람은 침을 꿀꺽 삼키며 손가락이 향하는 곳으로 시선을 옮겼다.

"너희들이 밟고 서 있는 그 인형이……."

사 노인의 손가락은 세 사람의 발 밑을 가리켰다.

"바로 내 딸아이란다."

말과 동시에 달려드는 사 노인이 무서워서인지, 아니면 밟고 선 인형 때문이었는지 능초영이 비명을 지르며 위로 뛰어올랐다. 그러나 그곳에는 이미 사 노인이 있었다. 갈고리 같은 노인의 손이 순식간에 능초영의 팔목을 끌어당기며 등을 새우처럼 구부렸다.

유천복은 황급히 사 노인의 옷자락을 잡았으나 소용이 없었다. 사 노인의 몸에는 기름칠이 되어 있는지 미끄럽기가 한 마리의 미꾸라지 같았다. 사 노인은 능초영을 밀어 넣고 자신도 번개같이 벽 아래쪽으로 사라졌다. 유천복도 빨랐지만 문이 닫히는 속도는 전광석화 같았다. 유천복과 팽소연은 한 발자국도 움직이지 못한 채 또다시 둘만 남게 된 것이다.

"이제 내 얘기는 끝났다. 너희들의 친구도 그 안에 있으니 모두 함께 인형으로 만들어주마."

노인의 목소리가 석벽 뒤에서 울려 퍼졌다.

"친구라고? 설마!"

팽소연은 노인의 말을 듣고는 안색이 변하였다. 그녀는 사람보다 큰 수백 개의 인형들을 두려운 듯이 보았다. 하얗게 밀랍을 뒤집어쓴 팽총과 봉호문 사람들의 얼굴이 눈에 보이는 듯하였다.

"아버지가 이 속에… 아버지… 아버지……."

그녀의 말을 들은 유천복도 핼쑥한 얼굴이 되었다.

"이 인형들 속에 봉호문 사람들이 있어요! 어서 찾아야 해요!"

팽소연이 말과 함께 인형들을 밀어 넘어뜨리자 유천복도 옆에 있는 인형들을 넘어뜨리기 시작했다.

"설마 모두 죽은 것은……."

생각하기조차 두려운 듯 유천복은 머리를 세차게 흔들었다.

"이 많은 인형들 속에서 어떻게 찾아내지?"

유천복이 말했다. 팽소연은 팽총의 인형을 발견하고 후려쳤으나 그 속에 있는 것은 모래 더미뿐이었다. 다른 것들도 마찬가지였다.

"아무래도 겉모습만으로는 찾기 어렵겠어요."

팽소연은 곰곰이 생각했다. 능초영을 발견했을 때를 떠올렸다.

일행과 헤어진 지 이제 이틀. 밀랍 인형이라는 것을 그렇게 순식간에 만들어낼 수 있을 리가 없었다.

"잠깐만요! 아무래도 이 안에는 없는 것 같아요."

팽소연은 모래가 가득 묻은 손을 털었다.

"그건 어째서 그렇소? 노인은 분명 이 안에 있다 하였는데."

"문주님도 참, 노인은 사람을 죽여 인형을 만드는 일에 희열을 느끼고 있어요. 한꺼번에 십여 명이나 되는 사람을 잡았는데 그렇게 한꺼번에 인형을 만들어 버릴 리가 없지요. 저라면 아마 두고두고 즐거움을 느끼고 싶어질 거예요. 제 생각이지만 능 언니가 처음인 것 같아요.

아마 딸의 인형처럼 만들고 싶었겠지요. 다른 사람들은 갇혀 있을 거예요."

"듣고 보니 팽 소저의 말이 일리가 있소. 그럼 이제 어떻게 해야 하지?"

유천복이 힘없이 말했다. 노인이 사라지자 석실 안을 비추던 불빛도 함께 사라지고 주위는 그야말로 암흑 천지가 되었다.

"흐흐흐, 잘 놀았다. 때때로 너희처럼 길 잃은 방랑자들이 나를 찾아오지 않는다면 나는 아마 심심해서 벌써 죽고 말았을 것이다. 자, 이제 너희들도 얌전히 내 인형이 되어주어야겠다."

어디선가 노인의 음산한 목소리가 들려왔다.

그리고 이어서 들리는 기괴한 음향.

끼기기긱—

마치 톱니바퀴가 맞물려 돌아가는 듯한 소리가 들리더니 석실 안에 있던 수백 개의 인형들이 조금씩 움직이기 시작했다.

"팽 소저! 인형들이… 인형들이 살아 있소!"

옆에 있던 인형 하나가 가슴 쪽으로 쓰러졌다. 유천복은 기겁하여 인형을 밀어내었다.

"인형들이 살아 있는 것이 아니에요. 바닥이 올라오고 있어요."

팽소연은 입술을 깨물었다. 서서히 위쪽으로 올라오는 인형들이 서로 부딪쳐 깨지며 모래를 쏟아내었다. 이내 두 사람의 발목까지 모래가 차 올랐다.

유천복은 팽소연을 보고 있었다. 이런 상황에서 무엇을 해야 할지 아무 생각도 떠오르지 않았다. 팽소연이 미친 듯이 석벽을 두드리기 시작했다.

"어딘가 분명히 통로가 있을 거예요."

"틀렸소. 우린 아마 이곳에서 죽고 말지도 모르오."

유천복은 시체처럼 뒤엉켜 있는 밀랍 인형들을 보며 어깨를 축 늘어뜨렸다.

"그런 말씀 마세요. 전 절대로 이런 곳에서 죽을 수 없다구요. 반드시 돌아가서 문주님과 혼……."

혼례를 올리고 말겠다는 말은 끝까지 할 수 없었다. 아무리 팽소연이 막무가내로 자랐다고는 하나 그런 말은 여자가 먼저 입에 올릴 소리가 아니었다.

모래로 가득 찬 바닥은 계속해서 위로 올라오고 인형들은 점점 세 사람을 향해 다가오고 있었다.

"그럼 이곳에서 어떻게 나간단 말이오?"

유천복은 모래를 막기 위해 소매를 들어 코와 입을 가리며 말하였다.

"그건 문주님이 빨리 생각해 내셔야죠. 설마 정말 이 인형들과 함께 파묻혀 버릴 생각은 아니겠죠? 만일 이대로 죽게 된다면 전 너무 억울해서 악귀가 되고 말 거예요."

팽소연이 매몰차게 말하며 유천복을 노려보았다.

유천복은 찔끔하여 급하게 주위를 둘러보았다. 넓은 석실의 천장은 이제 반 정도로 낮아져 두 사람은 허리를 굽히고 서 있었다.

두 사람은 미친 듯이 사방의 벽을 두드렸지만 소용이 없었다.

"소용없소."

"포기하지 말아요. 분명 노인이 나간 통로가 있을 거예요. 그곳만 찾으면……."

유천복이 손가락으로 아래쪽을 가리켰다.

"이미 이 모래 밑에 파묻혔소."

팽소연은 잠시 동안 멍청히 있더니 곧 유천복이 가리킨 곳의 모래를 파 내려가기 시작했다.

"어서 파지 않고 뭐 하세요! 아직 모래가 그리 많이 쌓이지는 않았다구요!"

팽소연의 일갈에 유천복도 모래를 파는 시늉을 하였으나 속으로는 부질없는 짓이라 생각하고 있었다. 그때 유천복의 귀에 모래가 흘러내리는 소리가 들려왔다. 분명 빈 공간으로 모래가 떨어져 내리는 소리였다.

"쉿! 무슨 소리가 들리오."

그는 모래를 한 줌 쥐더니 여환무단신공을 운용하여 모래를 사방으로 뿌렸다. 모래들은 살아 있는 뱀처럼 흩어졌다가 뭉치기를 여러 차례 반복하다가 마치 그물을 빠져나가는 물고기처럼 어느 벽으로 흔적도 없이 사라져 버렸다.

"찾았소! 바로 저곳이오!"

유천복은 모래가 사라진 벽 쪽으로 다가갔다. 그곳은 두 사람이 파고 있던 벽의 천장 쪽이었다. 종이 한 장 들어갈 틈도 없어 보이는 벽과 벽 사이 틈새로 모래가 빨려 들어가는 것이 보였다.

"바로 이 뒤요! 저리 비키시오."

"빨리요, 문주님! 이러다 허리 부러지겠어요."

팽소연이 바닥을 손으로 밀치며 재촉하였다. 바닥은 이제 거의 위로 올라와 두 사람은 고개를 옆으로 젖히고 서로를 보아야 했다.

유천복이 무단검을 돌끼리 맞물린 틈에 밀어 넣고 힘을 주었다. 그러자 돌 하나가 뒤로 물러나며 사람 하나가 간신히 빠져나갈 만한 공간이 나타났다. 앞쪽은 막혀 있었고 대신 위쪽으로 길게 뻗은 통로였다.

"팽 소저, 어서 나가시오! 더 이상 버틸 수 없소. 이곳도 곧 모래로 막혀 버릴 것이오."

두 사람이 통로로 빠져나가자마자 두 사람이 있던 석실은 한 뼘의 공간조차 없이 밀폐되어 버렸다.

"휴, 조금만 늦었더라도 꼼짝없이 죽을 뻔했군요."

팽소연이 가슴을 쓸어 내리며 유천복의 가슴에 기대었다.

"히잉, 정말 무서웠다구요."

좀 전까지와는 판이하게 다른 모습이었다. 그녀는 종종 자신이 너무 강한 모습을 보이지만 않는다면 유천복도 지금보다는 훨씬 더 잘해줄 것이 틀림없다고 생각했다.

사내들이란 모두 자기보다 약한 것을 사랑하기 마련이다. 그리고 그 약한 것을 지키며 존재의 의미를 깨닫고 우월감을 느끼는 종족이었다. 팽소연은 그가 자신을 꼬옥 안아주기를 바라며 눈을 살며시 감았다.

하지만 언제나 예외는 있는 법이고 사람의 천성이란 그리 쉽게 변하는 것이 아니다.

"나도 정말 무서웠소."

유천복은 그녀의 기대와는 달리 물에 빠졌다 나온 개처럼 온몸을 털며 말했을 뿐이다. 게다가 그녀보다는 몸에 잔뜩 달라붙은 모래를 털어내는 것에 더 관심을 쏟는 눈치였다.

팽소연은 눈꼬리를 번쩍 치켜뜨며 쌀쌀맞게 말했다.

"이곳은 원래 환기구였나 봐요. 한데 이곳에서는 어떻게 나가지요?"

두 사람이 빠져나온 곳은 우물과 같이 좁고 긴 통로가 위쪽으로 이어져 있었다. 경사도 경사려니와 벽도 기름을 바른 것처럼 매끈하여 기어오르기란 거의 불가능해 보였다.

유천복은 좁은 공간에서 팽소연과 몸을 바짝 붙이고 있는 것이 영 신경이 쓰여 자꾸 뒤로 물러서려 했다. 그럴수록 팽소연은 더욱 바짝 다가왔다.

그는 신체의 한 부분에만 피가 몰린다는 것을 깨달았다. 바로 눈앞에 크게 오르내리는 팽소연의 봉긋한 가슴이 보였다. 보지 않으려 고개를 한껏 쳐들었으나 그럴수록 뭉클한 감촉이 더욱 집요하게 그의 감각을 일깨웠다.

"문주님, 뭐 하세요?"

유천복이 자꾸만 몸을 뒤로 빼려 하자 팽소연이 동그란 눈을 더욱 동그랗게 떴다. 설마 그녀도 유천복의 변화를 눈치 챈 것일까?

"나 말이오? 나, 나는 팽 소저가 무슨 말을 하는지……."

말까지 더듬는 그에 비해 팽소연의 얼굴은 차갑기만 했다. 아직도 좀 전의 일에 대해 마음이 풀리지 않은 것이다.

"얼른 나가세요."

유천복은 얼굴이 벌게졌다. 그녀는 속으로 자신을 음흉하다고 생각하고 있을지도 모른다. 유천복은 땀을 뻘뻘 흘리며 모른 척할 수밖에 없었다.

"패, 팽 소저, 나도 나가고 싶긴 하지만……."

"설마 저보고 먼저 올라가라시는 것은 아니겠죠?"

팽소연이 톡 쏘아붙였다. 그는 그제야 팽소연이 말한 뜻이 그게 아니라는 걸 알 수 있었다. 그녀는 유천복이 이곳을 빠져나가 자신을 구해주길 바라고 있을 뿐이었다.

"아니오, 아니오. 팽 소저는 잠시만 여기서 기다리시오. 내가 먼저 올라가 줄을 내려 보내면 올라오시오."

말은 그렇게 했으나 유천복은 난감하였다. 몸도 비틀지 못할 정도로 좁은 통로의 벽은 초칠을 한 듯 반질거렸다. 도저히 맨손으로는 위로 올라갈 수 없을 것 같았다.

"끄응……."

용을 쓰며 간신히 몇 발자국 위로 올라갔으나 이내 주르륵 미끄러져 팽소연 위로 떨어졌다. 팽소연은 그의 엉덩이를 손으로 밀며 악을 썼다.

"문주님, 대체 뭐 하시는 거예요!"

답답하다는 듯이 팽소연이 소리쳤다.

"미, 미안하오. 올라가고는 싶은데 벽이 너무 미끄러워서……."

유천복은 열심히 올라가는 시늉을 해 보였다. 자신의 능력으로는 역부족이라는 것을 그녀가 알아주기 바라며.

"지금 장난하시는 것도 아니고… 마림에서 절 구하셨을 때처럼 날아가면 되잖아요!"

팽소연은 유천복의 멍한 표정을 보며 자신이 너무 큰 기대를 했다는 것을 깨달았다. 그때는 우연히 그렇게 된 것일 수도 있다. 어쩌면 옆에 있던 곤륜의 도사가 부적을 써서 한 것을 유천복이 그랬다고 둘러댄 것일지도 모른다.

하긴 아무리 신통광대한 사람이라 하더라도 이처럼 깊은 함정을 치솟아오를 수는 없을 것이다. 무림의 고수들이 한 모금의 진기로 몸을 솟구친다는 이야기는 들었으나 그것은 디딜 만한 곳이 있을 때의 이야

기이다. 이렇게 몸을 틀 공간조차 없는 곳에서 어떻게 위로 떠오를 수가 있을까.

팽소연은 고운 아미를 찡그렸다.

"휴우, 하는 수 없군요. 차라리 내가 치마라도 찢어……."

줄이라도 만들자고 할 참이었다. 그러나 유천복은 팽소연의 말을 듣자 손가락을 딱 퉁겼다.

"아! 그럼 되겠구나!"

유천복은 돌연 팽소연의 허리를 잡더니 위로 휘익 던져 올렸다. 그 힘은 많지도 적지도 않았고 팽소연이 십여 장을 날아올라 가 안전하게 바닥에 착지할 수 있을 정도로 딱 알맞은 힘이었다.

그녀는 어이가 없었다.

"이렇게 쉬울 것을 괜히 고민했잖아요. 정말이지 문주님은 알려주지 않으면 아무것도 하지 못하는군요."

팽소연은 처음으로 유천복에 대해 걱정되었다. 유천복은 그녀가 아는 사람 중에서 가장 무공이 셌지만 또한 가장 게으르며 멍청한 사람이라는 것을 새삼 알게 된 것이다.

"어서 올라오세요!"

아래를 향해 팽소연이 소리쳤다. 유천복은 팽소연을 던지고 나서야 자신을 던져 줄 사람이 없다는 것을 떠올렸다.

"이런, 그럼 나는 누가 던져 주지?"

유천복은 천왕문의 지하에 떨어지던 때의 기억을 떠올렸다. 즉시 숨을 고르고 온몸의 기를 발산하였다. 육중하던 몸이 한 가닥의 깃털처럼 가벼워지는 듯한 느낌이 들었다.

"떠올라라. 떠올라라."

그는 주문을 외듯이 중얼거리다가 발 쪽을 향해 입김을 후 불었다. 과연 그의 생각대로 몸은 천천히 위로 솟아올랐다.

그것은 마치 바람에 의해 깃털이 날아오르는 것처럼 보였다. 통로가 좁았으므로 유천복은 좌우로 약간씩 흔들리며 위로 곧장 떠올랐다.

"앞으로는 어떤 함정에 빠진다 하더라도 걱정할 필요가 없겠군요."

천장까지 올라갔다가 천천히 내려오는 유천복을 보며 팽소연이 말했다.

"그러게 말이오. 사실은 나 자신도 깜짝깜짝 놀란다오. 나한테 이런 능력이 있다니 도저히 믿을 수가 없구려."

스스로에게 탄복한 유천복이었다.

"이럴 시간이 없어요. 어서 아버지와 다른 사람들을 찾아봐야겠어요."

팽소연이 발을 동동 구르며 옆으로 한 발을 내디디려 하였다. 그 순간 그녀의 발이 허공을 짚은 듯이 휘청 하더니 유천복의 눈앞에서 다시 쑥 꺼져 버렸다. 다행히도 그녀의 모습이 완전히 사라지기 전에 유천복이 날랜 솜씨로 그녀의 허리를 잡아채어 끌어당겼다. 팽소연이 짚은 곳에는 방금 그들이 올라온 것과 똑같은 구멍이 뻥 뚫려 있었다.

"큰일 날 뻔했소."

유천복은 팽소연을 안은 채 그녀의 귀에 대고 속삭였다. 팽소연은 얼굴이 붉어졌으나 모르는 척하였다.

"이곳에는 온통 환기구투성이군요."

그녀의 말대로 얇은 판자를 대어놓긴 했지만 여기저기 구멍이 뚫려 있었다. 그걸 모르고 잘못 발을 디뎠다가는 다시 그 아래로 빠지게 되어 있었다.

"건물 안의 환기구는 모두 이곳으로 통해 있는 것 같아요."

"그럴지도 모르지."

유천복은 장풍을 날려 판자들을 모두 걷어내었다. 그러자 수십 개의 구멍이 나타났다.

"팽 소저의 말이 맞구려. 어쩌면 이 구멍을 통해 다른 사람들이 있는 곳으로 갈 수 있을지도 모르겠소."

유천복이 바로 곁에 나 있는 구멍을 보며 말했다. 그러나 팽소연의 그의 말을 듣고 있지 않았다. 그녀의 가슴은 지금 심하게 두근거리고 있었다. 그동안 많은 일들이 있었지만 단둘이 있을 기회가 없었던지라 팽소연은 유천복의 마음을 확인할 길이 없었다.

그가 자신을 구하기 위해 마림까지 온 것만으로는 부족했다. 그녀는 유천복으로부터 직접 듣고 싶었던 것이다.

"문주님……."

팽소연은 자신의 머리 위에 유천복의 얼굴이 보이자 저도 모르게 그를 유혹하듯이 입술이 살짝 벌어졌다. 그러나 둔한 유천복이 이를 알아차렸을 리가 없다.

"팽 소저, 저곳이오."

그는 무단검으로 한 구멍을 가리켰다. 갑자기 유천복이 자신을 내려놓자 팽소연은 허전함에 눈물이 날 것 같았다.

"무슨 말이에요?"

잔뜩 토라져 말하는 팽소연의 속마음은 짐작도 못하는 유천복이었다. 그는 팽소연이 얼마나 봉호문 사람들을 걱정하는지 잘 알고 있기에 한시라도 빨리 그들을 구해야겠다는 생각뿐이었다. 그는 구멍들 중에 한 곳에서 미약한 숨소리가 새어 나오고 있는 것을 알았던 것이다.

"저곳에 사람들이 있소. 여러 명이오. 틀림없이 다들 저곳에 있을 거요."

말을 마치자마자 유천복은 구멍 속으로 몸을 날렸다.

"어련하시려구요."

팽소연이 샐쭉하니 말했다. 통로는 두 사람이 빠져나온 곳보다 길고 또 복잡하였다.

빠른 속도로 내려가는 동안 그녀의 머리 속에는 팽총이 뱃속에 모래가 가득 찬 채 밀랍을 뒤집어쓴 모습이 그려지는 것 같았다.

꼬불꼬불한 통로를 한참이나 지나 두 사람이 털썩 떨어진 곳은 밀랍 인형들이 가득한 또 다른 방이었다.

팽소연은 유천복과 혼인을 하기 전에는 절대로 그와 함께할 수 없으리라는 것을 깨달았다. 그는 다른 사람들의 말처럼 정말 바보일지도 모른다. 작은 한숨이 그녀의 입에서 새어 나왔다.

"걱정 마시오. 내 반드시 다른 사람들을 구해내리다."

흰 이를 드러내며 환하게 웃는 유천복이었다.

◆제51장 화막화어다심

禍莫禍於多心

마음 쓸 일이 많은 것보다
더한 재앙은 없다

두 사람은 서둘러 방 안에 있는 밀랍 인형들을 살펴보았다. 인형들은 웃는 표정, 우는 표정, 화난 표정 등 모두 제각각이었다.

"대체 이런 인형들이 얼마나 많은 걸까요? 그런데 이곳은 몹시 덥군요."

팽소연은 실내가 덥다고 느껴져 손 부채를 부쳤다.

"이상하다? 분명히 이곳에서 인기척이 느껴졌는데……."

팽소연은 환기구의 숫자가 여럿이었던 걸 떠올렸다. 그 환기구는 밀랍 인형들의 통풍을 위한 것이었다. 환기구 있는 방마다 밀랍 인형이 있다고 가정해도 앞으로 수천 개의 밀랍 인형을 더 찾지 않으면 안 되었다.

"아버지께서 말씀하셨지. 사람에게 있어 일이 적은 것보다 더한 복이 없고 마음 쓸 일이 많은 것보다 더 큰 재앙이 없다고 말이야."

밀랍 인형들을 하나하나 살펴가며 유천복이 중얼거렸다. 그는 반대쪽에서 인형들을 살피고 있는 팽소연을 힐끗 보았다.

'그녀를 만나고 나서부터 내게 일이 끊이지 않으니 내가 그녀를 만난 것이 복인지 화인지 알 수가 없구나. 아니, 따지고 보면 관례식 전날 점쟁이를 만난 이후로 내 팔자에 액이 낀 것이 틀림없어.'

생각해 보면 참으로 고단한 여정이었다. 가는 곳마다 자신을 죽이려는 자들이 쫓아오고 모르는 사람들마저 칼을 겨누니 산목숨 하나 부지하는 것만으로도 대단한 일 같았다.

"무지자, 난 이곳만 나가면 이 길로 집에 돌아가 평생 동안 밖으로 나오지 않을 거야. 남들이 아무리 뭐라고 해도 꿈쩍도 하지 않을 거야. 근데 어떻게 하면 무사히 집으로 돌아갈 수 있을까? 무지자 네가 있었다면 방법을 가르쳐 주었을 텐데… 그나저나 여기 참 이상하지? 아까 그 노인도 이상하고. 정말 아내와 딸을 죽여 인형을 만들었을까? 난 믿을 수가 없어. 그냥 우리를 겁주려는 게 틀림없어."

유천복은 몇 개의 인형들을 스쳐 지나갔다. 그러다 문득 이상한 것이 있어 다시 되돌아왔다.

"팽 소저, 이리 와보시오."

팽소연이 가까이 다가왔다.

"이것은 인형이 분명한데 숨을 쉬고 있으니 어떻게 된 것이오?"

유천복의 말대로 인형의 가슴 부위가 오르락내리락 하는 것이 분명히 숨을 쉬고 있었다. 팽소연은 인형의 코밑에 손가락을 대어보았다. 따스한 기운이 손끝에 느껴졌다.

"뭐가 어떻게 되어요. 이 안에 사람이 들어 있는 것이지요!"

팽소연이 크게 기뻐하며 주먹을 들어 인형의 가슴 부위를 내려치기 시작했다. 아나나 다를까, 인형 속에는 한 사람이 들어 있었는데 바로 홍묘아였다. 그녀는 여전히 무표정한 얼굴로 두 눈을 부릅뜨고 있었다.

"홍묘아, 홍묘아, 말 좀 해봐요. 아무리 당신이라고 해도 이런 상황에서는 뭔가 한마디쯤은 하는 것이 좋지 않겠어요?"

팽소연이 홍묘아의 몸을 주물러 주며 말을 걸었다. 유천복은 그사이 숨 쉬는 인형들을 더 많이 찾아낼 수 있었다.

"저 위에서 느꼈던 숨소리는 바로 이것이었군. 팽 소저, 이곳에도 사람이 있소."

다행스럽게도 봉호문 사람들과 독갈은 모두 이곳에 있었다. 그러나 모두 약에 중독되어 정신을 차리지 못하였다. 팽소연은 팽총과 봉호문 사람들이 안전한 것을 확인하자 눈물을 비 오듯 흘리며 안도하였다.

"마취독에 당한 듯싶소. 그러나 생명에는 지장이 없는 것 같소."

팽소연은 그제야 안심한 표정이었다.

"그런데 능 언니의 모습이 보이지 않네요. 또 독갈……."

"여기 독 형이 있소!"

유천복이 독갈을 찾아내어 소리쳤다. 그런데 독갈은 다른 사람과 달리 눈을 뜨고 있었다.

"독 형! 독 형! 나를 알아보시겠소?"

독갈은 유천복의 물음에도 묵묵부답이었다. 유천복은 답답하여 가슴을 쳤다. 그런데 독갈의 눈동자가 자꾸 이리저리 움직였다.

"독 형, 대체 왜 그러시오? 팽 소저, 독 형이 이상하오."

"문주님은 이상한 것이 왜 그렇게 많아요. 이번에는 또 뭐가 이상하지요?"

팽소연이 눈물을 훔치며 다가왔다. 팽소연을 보자 독갈의 눈은 더욱 빠르게 움직였다. 그의 눈은 팽소연을 똑바로 바라보았다가 다시 오른쪽 보기를 반복하였다. 팽소연이 독갈의 눈을 따라간 곳에는 밀랍 인형들이 가득하였고 그 뒤에는 커다란 거울이 있을 뿐이었다.

팽소연은 가만히 거울로 다가갔다. 거울 속에는 이쪽의 모습이 그대로 비춰졌다. 멀리 유천복과 봉호문 사람들, 독갈과 자신의 모습이 보였다. 그리고 수없이 많은 밀랍 인형과 또 그 주위에 가득한 횃불들……

"횃불?"

팽소연은 주위를 둘러보았다. 이 방에는 유난히 횃불이 많았다. 거울이 있는 벽을 제외한 세 곳 벽의 아래위로 모두 횃불이 걸려 있었다. 아까 능초영이 있던 방도 사 노인을 만났던 방도 겨우 사람의 얼굴을 알아볼 정도였지 이처럼 많은 횃불을 밝혀두진 않았었다. 또한 횃불의 열기는 밀랍 인형에게는 치명적인 것이었다.

팽소연은 넘어진 밀랍 인형들을 살펴보았다. 벌써 녹기 시작한 밀랍이 바닥에 점점이 물방울 모양의 흔적을 만들어내고 있었다. 그것은 서 있는 인형들도 마찬가지였다. 마치 눈물을 흘리는 듯한 인형들의 모습은 보기에도 끔찍했다.

"아!"

그제야 팽소연은 어떤 사실을 알게 되었다. 그녀는 두려운 듯이 거울에서 물러섰다. 유천복은 사람들을 모두 한쪽으로 옮기고 난 뒤 팽소연의 모습을 보았다.

"왜 그러시오?"

팽소연은 유천복 가까이 오자 수옥봉을 들어 거울을 가리켰다.

"저곳에 사 노인이 있어요."

"무슨 소리요?"

유천복이 거울 쪽으로 다가갔다.

"그 거울을 깨버리세요! 그 뒤에 사 노인이 있다구요!"

팽소연은 유천복이 물을 사이도 없이 몸을 날려 벽에 걸려 있던 횃불들을 하나만 남기고는 모두 꺼버렸다.

그러자 거짓말처럼 거울 속에 사람들의 형체가 드러났다.

"앗! 이것이 어찌 된 일이오!"

거울 저쪽에는 사 노인만 있는 것이 아니었다. 유천복은 거울 속에서 두공과 추만생의 모습을 발견할 수 있었다. 두공의 손에는 유천복이 봉호문에서 들고 나왔다가 유가장에서 빼앗긴 오채보룡검이 화려한 빛을 발하고 있었다.

팽소연은 자신이 들고 있는 거무튀튀한 수옥봉과 화려한 오채보룡검을 번갈아 보며 약 올라 했다. 저것은 원래 자신이 유천복에게 주기 위해 가지고 나온 것이었다.

"어서 저 거울을 깨버리세요!"

유천복은 쌍장을 들어 거울을 후려쳤다. 그러나 몇 번을 내려쳐도 거울에는 흠집만 생길 뿐 깨지지 않았다.

"괜한 힘 빼지 말거라. 이건 두께가 일 장이나 되는 특수한 돌이라서 아무리 애를 써도 깨지지 않는다."

사 노인이 빈정거렸다.

"반갑소, 유 공자, 팽 소저."

돌연 두공의 목소리가 들려왔다.

"두공, 당신이 꾸민 일이었군. 사 노인도 당신 수하요?"

"흐흐, 난 그의 수하가 아니다. 굳이 말하자면 두공은 내 손님이지. 그는 너희의 인형을 아주 비싼 값에 사기로 했거든."

팽소연의 눈썹이 파르르 떨렸다.

"못된 늙은이, 나가기만 하면 가만두지 않겠어요."

"팽 소저, 저들에게는 우리가 보이오?"

유천복은 유리벽의 이곳저곳을 두드려 보았다.

"원래 어두운 곳에서는 환한 곳이 잘 보이지요. 저곳은 어둡고 이곳은 환하기 때문에 저쪽에서는 이쪽의 모습을 모두 볼 수 있는 거예요. 밀랍이 녹는데도 횃불을 이렇게 많이 둔 것은 바로 그런 이유였어요."

팽소연의 정확한 지적에 사람들은 혀를 내둘렀다.

"팽 소저는 언제나 나를 놀라게 하는군요."

"능 언니를 데려간 것도 두공이었군요?"

"사 노인, 능 소저를 어찌 했소?"

유천복은 사 노인에게 물었으나 대답은 두공이 하였다.

"걱정 마시오. 능 소저는 수옥의 행방을 알고 있는 유일한 인물이거늘 어찌 대접이 소홀할 수 있겠소. 여기 서 대협께서 각별히 신경을 써 주실 것이오."

두공의 옆에 서 있던 서추량의 얼굴이 벌게졌다. 그가 이번 길에 따라나선 것이 능초영 때문이라는 것은 모두가 알고 있는 일이었다. 그러나 막상 두공이 드러내 놓고 말을 하니 민망하기가 이를 데 없었다.

두 사람은 그동안 능초영이 수옥에 대해 말하는 것을 한 번도 들어본 적이 없었다. 그런데 두공은 어째서 능초영이 수옥을 가지고 있다고 확신하고 있는 것일까?

"그래서, 수옥을 찾았나요?"

팽소연이 궁금한 듯 물었다.

"아마 조만간 찾을 수 있을 것이오."

"두공, 어서 저들을 처리하시오. 이렇게 우물쭈물하다가 저번처럼 또 헛물을 켜게 되면 어찌시려오."

그렇게 말한 것은 추만생이었다. 이들은 유천복과 팽소연을 일부러 이곳으로 유인한 뒤 곧 뒤따라온 것이다.

"무애 대사와 견비 어르신은 어떻게 따돌린 거죠?"

두공은 웃음을 참지 못하고 대소하였다.

"하하하! 간단했소. 두 노인의 이목이 다른 사람보다 발달했다는 것을 노렸지."

"그게 무슨 소리예요?"

"여기 등 채주가 말을 타고 지나가며 옆 사람과 말했던 거요."

"이봐, 중원에서 가장 빠른 사람이 개방 방주라며?"

옆에 있던 등 채주가 두공의 말을 듣고 그때의 일을 그대로 실현해 보였다. 그러자 추만생이 맞장구를 쳤다.

"그야 모르지. 들리는 소문에 의하면 소림사의 무, 뭐라는 땡중이 더 빠르다는데 우리같이 평범한 사람들이야 어찌 알겠나. 하하하."

팽소연은 얼굴이 빨개졌다. 일이 어떻게 된 것인지 이제야 알 수 있을 것 같았다. 모든 것은 두공의 계략이었다. 두 노인의 성격을 잘 알고 있었던 두공이니 두 노인을 속여 넘기는 것은 그리 어려운 일이 아니었을 것이다.

"하하, 정말 빠르더군. 지금쯤이면 아마 저 서역까지 가지 않았을까?"

주변은 웃음바다가 되었다. 등 채주와 추만생은 두 노인이 설마 그런 말을 듣고 경공술을 겨룰까 생각했지만 두공의 말대로였다. 두 노인은 잠자리에서 자신들에 대한 말을 듣게 되자 옥신각신하다 그 즉시 서역으로 내달렸던 것이다. 물론 누가 빠른가 겨루기 위해서였다.

"그리고 등 채주가 날 찾아왔지. 인형을 실컷 만들게 해주겠다고 말이야. 그 말대로 여러 사람이 있더군. 거기다 예쁜 소저까지 말야. 난 특별히 여자 인형을 만드는 것을 더 좋아하거든."

원래 사 노인과 등 채주는 오래전부터 함께 일을 해오던 사이였다. 등 채주는 오래전부터 비적 일과 청부 살인업을 해오고 있었는데, 그중에는 증거를 남기지 않아야 하는 일도 많았다. 강호에서 감쪽같이 사라지는 시체가 어디에 있을지는 굳이 짐작하려 하지 않아도 알 수 있는 일이었다.

두공은 유천복을 쫓아 이곳까지 왔다가 추만생을 만나게 되었다.

"추만생, 네놈이 또 수작을 부렸구나!"

팽소연의 앙칼진 목소리를 듣자 추만생은 능글맞게 웃었다.

"수작이라니, 팽 소저는 무슨 말을 그렇게 하시오. 난 장사꾼이오. 장사꾼이 이득이 남는 거래를 하는 것은 당연한 일 아니오."

"나는 한 가지 궁금한 것이 있는데……?"

"무엇이오?"

"어째서 우리가 사람들을 찾아 천막에 갔을 때 공격하지 않은 거죠?"

유천복도 그것이 궁금했다.

"그건 바로 내가 원했기 때문이에요."

두공의 뒤에서 한 여자가 걸어나왔다. 유천복과 팽소연은 정말 이번만큼은 놀라지 않을 수 없었다. 그 여자는 바로 등 채주의 천막에서 구해주었던 하미였다.

"어, 어째서 소저가……?"

"흥! 네놈 손에 처참하게 죽은 하충(河忠)을 기억하느냐?"

"하충?"

"네놈이 죽인 조운자가 바로 하 소저의 오라버니인 하충이다. 귀주의 하가장과 우리 아미파는 오랜 교분을 갖고 있지."

또다시 한 사람이 나타났는데 그는 바로 아미파의 영영 진인이었다.

영영 진인은 자신의 제자 셋을 모두 잃은 슬픔 때문에 평소 수행하는 자로서의 자비심 따위는 이미 날아간 지 오래였다. 그의 마음속에는 유천복에 대한 원한만이 가득했고 하미와 만나게 되자 더욱 짙은 살심이 생겨났다. 그녀는 공교롭게도 유천복 일행이 떠난 뒤 아미산에 찾아왔고 거기서 오라버니의 죽음에 관해 듣게 되었다. 그래서 스스로 청해 유천복의 뒤를 쫓는 대열에 합류한 것이다.

"그건 내가 한 일이 아니라고 하지 않았소!"

유천복은 억울했다. 자신이 한 일이 아니라고 여러 번 말했으나 아무도 믿어주는 이가 없으니 답답한 노릇이었다.

"이놈, 분명히 본 사람이 있는데도 발뺌을 하려는 것이냐!"

영영 진인이 호통을 쳤다.

"누가 보았다는 것이오?"

"본 파의 제자 둘이 네놈과 곤륜의 도사가 그 방에서 나오는 것을 보았다! 명백한 증거가 있거늘 시침을 떼려 하다니. 내 오늘 너 같은 살인자를 죽이지 않는다면 훗날 얼마나 더 많은 사람들이 네 간교한 꾀에 속아 넘어갈지 알 수가 없구나!"

"나는 오히려 그 방에서 나오는 괴한을 쫓으려 했을 뿐이오. 이 일은 현현 진인도 잘 알고 있는 일이거늘 당신들은 어째서 나만 이렇게 죽자 사자 쫓는 것이오?"

"곤륜에도 이미 사람이 갔으니 네가 그런 것까지 걱정할 것 없다."

영영 진인이 냉소했다.

"진인께서는 제게 저자의 목숨을 양보해 주시지요."

하미가 앞으로 나섰다.

"나는 네가 얼마나 대단한 무공을 지녔기에 사람 목숨을 파리 목숨보다 못하게 여기는지 보고 싶었다. 그래야 기회를 엿볼 수 있을 테니까. 그래서 일부러 잡힌 척하였지."

하미는 슬쩍 추만생을 보았다. 추만생은 유천복에 의해 목까지 땅속에 파묻힌 일을 떠올리고는 목을 움츠렸다.

"그리고 한 가지 사실을 깨달았다. 네가 무공은 대단할지는 모르지만 널 죽이는 것이 그리 어렵지는 않을 것이라는 걸 말야."

"그건 어째서 그렇죠?"

발끈한 것은 오히려 팽소연이었다.

"저자의 무공이 셀지는 모르나 아둔하고 어리석으며 또한 유약하니 어찌 험한 세상을 헤쳐 나갈 수 있겠느냐?"

팽소연은 저도 모르게 고개를 끄덕였다. 하미는 유천복의 성격을 한번에 파악한 듯했다.

"또한 제 힘만 믿고 사람의 목숨을 함부로 취하니 대협이라 할 수도 없다. 저런 자에게 수옥과 송옥이 넘어간다면 이 세상이 어떻게 되겠느냐? 이곳에서 내 원수나 갚게 해주는 것이 복을 쌓는 길일 것이다."

"그건 틀렸어요. 문주님은 당신의 오라버니를 죽이지 않았다니까요."

"사내는 아둔하고 계집은 거짓말쟁이니 너희는 둘 다 죽을 이유가 분명하다."

"거짓말쟁이가 나쁜가요?"

팽소연은 계속해서 하미에게 말을 걸며 빠져나갈 기회를 엿보았다.

"나쁘지, 아주 나빠. 그래서 죽게 될 테니까."

하미는 소매춤에서 작은 호각을 꺼내었다.

"나는 내 손으로 원수를 갚고 싶어 진인께 청을 넣었다. 오라버니의 원수를 그렇게 쉽게 죽게 내버려 둘 수 없었지. 너희들은 처참하게 죽은 오라버니보다 더욱 처참한 죽음을 맞게 될 것이다."

하미는 호각을 불었지만 사람들의 귀에는 아무 소리도 들리지 않았다. 팽소연은 그것이 더 기분 나빴다.

"저 호각을 왜 불었을까요?"

"난들 아오?"

그 호각이 어디에 쓰이는지 알기까지는 그리 오랜 시간이 걸리지 않았다. 잠시 뒤 모래를 사각사각 긁는 듯한 소리가 들려왔다.

"이게 무슨 소리죠?"

대답은 엉뚱한 곳에서 나타났다. 벽에 뚫린 작은 구멍에서 마치 검은 밧줄 같은 것들이 끝도 없이 쏟아져 나왔다.

"문주님! 저게 뭐예요?"

"글쎄 저게……."

유천복이 뒷말을 이을 필요도 없었다. 팽소연은 정말이지 거기 있는 모든 사람들의 귀청이 떨어져 나갈 것처럼 비명을 지르며 유천복의 품에 안겼다. 만일 혼자서 이런 경우를 당했더라면 그녀는 아마 입을 다물고 재빨리 머리를 굴려 다른 방법을 찾았을 것이다. 그러나 유천복과 같이 있을 때는 일단 비명을 먼저 지르는 것이 순서였다.

유천복은 자신도 비명을 지르고 싶었지만 겁에 질린 팽소연을 보자 차마 그럴 수 없었다. 대신에 팽소연을 안고는 제자리에서 펄쩍펄쩍 뛰었을 뿐이었다.

"저, 전갈이오! 전갈이 한 마리, 두 마리… 셀 수도 없이 많소!"

바로 이것 때문에 저들은 유천복을 사막 한가운데로 유인한 것이었다.

하미는 어려서 오독문에 제자로 들어갔다. 각종 독충들 중에서도 특히 전갈을 조종하는 재주는 오독문에서도 그녀를 따라올 자가 없었다. 그녀는 하충의 원수를 직접 갚기 위해 이번에 아주 특별한 전갈을 가지고 왔다.

오독갈(烏毒蠍)은 운남에서만 사는 전갈로 크기는 삼 촌(三寸)에 불과했다. 몸 전체는 말린 대추처럼 검붉었으나 꼬리 쪽으로 갈수록 분홍빛을 띤다. 오독갈의 꼬리에서 나오는 독액 한 방울은 코끼리도 즉사시킬 수 있을 정도로 극독이었다. 그러나 오독갈이 무서운 것은 다른 이유였다.

오독갈의 암컷은 번식을 위해 특별한 냄새를 분비하는데, 이 분비물의 냄새는 모든 전갈들에게 효력을 발휘하였다. 수컷 전갈들이 몰려들면 오독갈의 암컷은 다른 수컷 전갈을 잡아먹을 만큼 잡아먹은 뒤에 같은 오독갈의 수컷을 찾아 자신의 자식을 낳도록 하였다.

수컷 전갈들은 오독갈 암컷이 자신을 잡아먹어도 아무런 반항도 할 수 없을 뿐 아니라 암컷의 마음에 들기 위해 춤도 추고 싸움도 하며 온갖 노력을 기울인다. 하지만 돌아오는 것은 죽음뿐이다.

하미가 가져온 오독갈은 그녀가 어릴 때부터 키운 것으로 주인이 원하는 것이 무엇인지 정확히 파악하고 있었다.

한 마리의 오독갈 암컷은 꼬리를 높이 치켜들고는 오만하게 주위를 내려다보고 있었다. 반질반질하게 윤기가 흐르는 검붉은 몸통은 더욱 짙게 물들었고 꼬리 끝은 터질 듯이 부풀어 금방이라도 독액을 뿜어낼 것처럼 보였다.

주변에는 어디서 몰려왔는지 모를 전갈들, 크고 작고 검고 붉고 갈색인 수십 마리의 전갈들이 몸을 비비 꼬며 꼬리를 바짝 치켜든 채 암컷의 마음을 사로잡기 위해 춤을 추고 있었다.

팽소연과 유천복은 그 광경을 넋이 나간 듯 지켜보았다.

"세상에! 어디서 저렇게 많은 전갈들이 나타난 거죠?"

"그걸 내가 어찌 알겠소?"

매번 같은 답이 되돌아온다는 걸 알면서도 팽소연은 번번이 유천복에게 물어보고 또 실망했다.

하미가 다시 호각을 불자 오독갈이 좌우로 몸을 흔들며 춤을 추기 시작했다. 수컷 전갈들을 유혹하는 듯한 몸짓이었다. 두 사람은 그게 무슨 뜻인지 몰라 긴장하였다.

오독갈의 꼬리가 앞에서 뒤로, 이쪽에서 저쪽으로 춤을 추자 수컷 전갈들은 제자리에서 미친 듯이 뱅글뱅글 돌았다. 그리고는 무엇에 홀리기라도 한 듯 일제히 팽소연과 유천복을 향해서 덤벼들기 시작했다.

전갈들은 사랑을 쟁취하기 위해 적장의 목을 따려고 덤벼드는 장수 같았다. 수만 마리의 전갈들이 잘 조련된 한 무리의 군대와도 같이 일사불란하게 움직였다.

"아악! 전갈들이… 전갈들이 이쪽으로 와요!"

그녀는 유천복의 가슴으로 파고들다 마침내는 그의 머리 위로 올라가 무등을 탔다. 팽소연이 공포에 질려서 손으로 유천복의 눈을 가렸기 때문에 유천복은 이리저리 균형을 잃고 몸이 흔들렸다.

"문주님, 움직이지 마세요! 떨어질 것 같다구요!"

"팽 소저… 앞이 안 보이오. 손 좀 치워주시구려."

"죄, 죄송해요."

팽소연은 얼른 유천복의 눈에서 손을 떼고 그의 머리카락을 움켜잡았다. 유천복은 머리카락이 한꺼번에 뽑혀 나가는 듯한 통증으로 눈물이 줄줄 흐를 지경이었다. 그러나 꾸욱 참는 도리밖에 없었다.

"빨리 어떻게 좀 해보세요!"

"하고 있지 않소! 나로서는 최선을 다하고 있는 거요!"

유천복은 가까이 다가서는 전갈들을 발로 밟아 죽이며 외쳤다. 그러나 이미 수백 마리의 전갈들이 서서히 거리를 좁혀오고 있었다. 이미 발로 밟아 죽이기에는 너무 많은 숫자였다. 유천복의 발바닥은 고작해야 한 번에 두세 마리의 전갈을 밟아 비빌 수 있을 정도의 크기였다.

"문주님, 저기도 와요! 아아악! 이쪽에도 있어요. 불! 불! 불이 필요해요!"

팽소연은 소리를 지르다 획 옆을 보았다. 벽에는 하나 남은 횃불이 활활 타오르고 있었다. 그녀는 횃불을 집어 들어 아래로 던졌다. 횃불이 떨어지자 전갈들이 잠시 주춤하는 듯했다. 그러나 그도 잠시, 전갈들은 횃불을 피해 서로 새까맣게 뒤엉켜 움직였다. 그것은 보기만 해도 끔찍한 광경이었다. 더구나 벽에서는 어디서 그렇게 많은 전갈들이 몰려들었는지 계속해서 꾸역꾸역 전갈이 삐져 나오고 있었다.

팽소연은 입술을 깨물었다. 무슨 방법이 없을까 하며 주변을 살피다 오독갈과 눈이 딱 마주쳤다.

팽소연의 눈에 쌍심지가 켜졌다.

"문주님, 저거예요! 저기 있는 전갈을 먼저 없애 버려야 한다구요!"

거의 비명에 가까운 팽소연의 목소리였다. 유천복은 그 소리를 듣자마자 오독갈을 향해 지풍을 날렸다. 그러나 오독갈은 얼마나 영리한지 유천복이 쳐다보기도 전에 번개같이 움직여 벽 틈으로 숨어버렸다.

"쯧쯧, 정말 끔찍하구려. 하 소저의 별호가 왜 냉심독갈(冷心毒蠍)인지 오늘에서야 알겠습니다."

두공이 끌끌 혀를 찼다. 사람들은 마치 검은 비단처럼 펼쳐진 전갈 떼를 보고 몸서리를 쳤다. 이 사막에 저토록 많은 전갈이 있을 줄은 사노인조차도 몰랐던 것이다.

하미는 차가운 표정으로 저쪽에서 전갈을 피해 이리 뛰고 저리 뛰는 두 사람을 보고 있었다.

"앗! 큰일이에요! 전갈들이 저쪽으로 움직여요!"

전갈들은 이제 봉호문 사람들과 독갈이 누워 있는 곳으로 향하고 있었다. 팽소연은 유천복의 어깨에서 뛰어내려 누워 있는 사람들을 벽쪽으로 끌어당겼다. 그사이 유천복은 횃불을 주워 들어 전갈들의 접근을 막았다.

"저자가 그토록 무공이 고강하다는 것을 믿을 수가 없군요."

이쪽에서 그 광경을 물끄러미 보고 있던 하미는 차갑게 비웃었다.

"하하하! 그건 내가 보장하오. 유천복의 무공은 확실히 보기 드문 것이오. 하지만 그는 언제 어떻게 그걸 펼쳐야 하는지 아직도 모르고 있는 것이 틀림없소. 그는 자신에게 어떤 능력이 있는지조차 모른다오. 다만 우연이라고 생각할 뿐이지."

두공의 웃음소리가 울려 퍼졌다.

유천복이 들고 있던 횃불은 곧 꺼져 버렸다. 다시 몰려드는 전갈을 보며 유천복은 고민에 빠졌다. 그러다 자신의 이마를 탁 쳤다.

"그게 있었지! 내가 왜 진작 그 생각을 못했을까?"

유천복이 수중연룡을 펼쳐 불덩어리를 쏘아내자 전갈들은 우왕좌왕하였다. 사막의 열기는 여환무단신공에도 영향을 미쳤다. 유천복은 그 어느 때보다 수중연룡을 펼치기가 쉬웠다.

펑펑, 유천복의 두 손에서 작은 불꽃이 일어나 쉴 새 없이 전갈들 틈으로 쏘아졌다. 전갈들은 하늘에서 때 아닌 불벼락이 쏟아지자 이내 멈추어 섰다. 불꽃이 떨어진 곳에는 전갈들이 삽시간에 뒤로 물러섰다. 그것은 먹물에 기름 한 방울이 떨어지는 듯한 광경이었다.

"역시 전갈들은 불을 무서워하는구려."

"아예 우리가 다 죽고 난 후에 무공을 펼치시지 그러셨어요!"

팽소연이 표독스럽게 외쳤다. 그녀는 어떤 때는 유천복이 한없이 자랑스럽다가도 또 어떤 때는 그가 한없이 원망스러웠다. 바로 지금은 후자인 경우였다.

그녀는 독갈의 몸 위로 올라온 몇 마리의 전갈들을 수옥봉으로 털어내 짓이겼다. 독갈의 얼굴과 목에는 이미 전갈에게 물린 자국이 여러 군데나 보였다. 그것은 다른 사람들도 마찬가지였다.

"팽 소저, 아무리 죽여도 끝이 없소!"

유천복이 아무리 전갈들을 태워 죽여도 벽에서는 점점 더 많은 전갈들이 쏟아져 나왔다.

"문주님, 그만 하세요! 이러다 전갈보다 우리가 먼저 타 죽겠어요!"

팽소연이 다시 비명을 질렀다. 유천복이 보니 불꽃이 전갈만 죽이는 것이 아니라 녹아 있는 밀랍에도 옮겨 붙어 어느새 활활 타오르고 있다는 것을 알게 되었다. 사방은 삽시간에 자욱한 연기로 가득하였다.

"콜록콜록, 연기 때문에 숨을 쉬지 못하겠어요."

"다른 사람들부터 구해야겠소."

불꽃이 멈추자 전갈들이 다시 달려들었다. 전갈들은 불이 붙은 밀랍을 피해 여러 방향에서 공격해 왔다.

"이젠… 이젠 어쩌죠?"

절망적인 팽소연의 목소리였다. 유천복은 두 눈을 부릅뜨고 거울 너머를 쳐다보았다.

팽소연은 전갈들이 발 근처까지 다가오자 유천복에게로 안겨들었다.

"우린 이제 정말 죽게 되는 건가요?"

"그럴 리 없소. 반드시 길이 있을 것이오."

유천복은 팽소연의 어깨를 강하게 안아주었다.

"이렇게 죽고 싶진 않았지만 두렵지는 않아요. 문주님과 함께 있으니까요. 그전에 꼭 할 말이 있어요."

팽소연은 마침내 자신의 마음을 고백할 때가 왔다고 생각했다. 사랑한다고 한 번도 말하지 못하고 죽는다면 얼마나 원통할 것인가 말이다. 죽는 방법이 고통스럽긴 하겠지만 금방 끝날 거라고 스스로를 위안했다. 어쩌면 지금 죽는 것도 괜찮을지 모른다.

때가 되면 죽어야 하는 사람에게 너무 행복한 것도, 불행한 것도 좋은 것만은 아닌 것이다. 행복하다면 그 행복을 두고 떠나기 싫어질 것이고 불행하다면 그냥 죽기에는 분명 너무 억울해질 테니까.

더구나 북해에는 아랑이 있다. 말은 하지 않았어도 팽소연의 마음속에는 그녀에 대한 생각이 항상 떠나지 않았다. 삼천교에서 그녀와 유천복이 나누던 눈빛은 결코 예사로워 보이지 않았다. 나중에 유천복이 전혀 기억에 없다고 하는 말은 고스란히 믿었다간 낭패를 볼지도 모르는 일이었다.

그때 가서 마음 고생하며 유천복을 원망하며 죽음을 택하느니 이처럼 가슴속에 달콤함과 아쉬움이 남은 때에 죽는 것이 더 좋을 것 같았다.

그녀는 짧은 시간 동안 많은 생각들을 정리할 수 있었다. 그리고 굳은 결심으로 입을 열었다.

"문주님… 사실은… 저는 문주님을 오래전부터 사랑……."

"독 형!"

유천복이 돌연 팽소연을 밀쳐 버렸다. 떨리는 목소리로 사랑을 고백하려던 팽소연은 졸지에 바닥으로 엎어지고 말았다. 그녀는 눈에서 불이 번쩍 하였다. 곧 이어 눈앞에 커다란 전갈이 달려들자 무시무시한 속도로 손을 들어 전갈을 일격에 때려죽였다.

"망할 놈의 전갈……."

아직도 부르르 떨고 있는 주먹에서 전갈을 떼어내며 뒤를 돌아보았다. 그곳에는 어느새 독갈이 일어서 있었다. 그는 팽소연을 보자 퉁퉁 부어오른 한쪽 눈을 찡긋해 보였다.

휘이이익—

독갈은 입술을 오므리자 높은 휘파람 소리가 울려 퍼졌다. 높은 듯 낮은 듯 단조로운 음률이었지만 어쩐 일인지 그 소리를 들은 전갈들은 움직임을 딱 멈추었다.

전갈들이 더 이상 자신의 명을 듣지 않자 오독갈이 벽 틈에서 기어 나왔다.

오독갈과 독갈은 서로를 노려보았다.

오독갈이 꼬리를 더욱 세차게 흔들자 전갈 무리들이 다시 조금씩 움직이기 시작했다.

"후후, 나랑 한번 해보자는 거구나. 벌레 주제에 겁도 없이 나를 물었겠다. 맛 좀 봐라!"

독갈도 더욱 높은 휘파람 소리를 내었다. 전갈 무리들은 이쪽으로 갔다가 저쪽으로 갔다가 갈피를 못 잡고 헤매었다. 갑자기 휘파람 소리를 멈추고 독갈이 소리쳤다.

"유 공자, 이 틈에 저 오독갈을 없애 버리시오!"

그 말을 듣자마자 유천복의 손가락에서 한줄기 새빨간 불꽃이 오독갈을 향해 날아갔다. 오독갈은 다시 재빠르게 벽 속으로 숨으려 했지만 이번에는 늦고 말아 단숨에 작은 불덩어리고 변하고 말았다.

그 순간, 하미의 입에서도 호각이 떨어졌다. 그녀는 새파랗게 독오른 표정으로 독갈을 노려보았다.

"네놈은 누구냐?"

앙칼진 목소리가 석실 안을 울리자 독갈이 능글맞게 웃으며 하미가 있는 벽 쪽으로 다가갔다.

오독갈이 사라지자 전갈 무리들은 썰물이 빠지듯 소리도 없이 사라져 버렸다.

"나? 난 도둑이오."

독갈은 품에서 누런 약봉지를 꺼내어 유천복에게 던졌다.

"이건 전갈 독의 해독약이오. 이런 때가 오리라고는 생각도 못했는데, 이렇게 쓰이다니 참으로 공교롭군."

독갈의 말대로였다. 어떻게 독갈이 전갈의 해독약을 갖고 있는 것일까? 팽소연은 아무리 생각해도 이유를 알 수 없었다. 독갈은 팽소연의 궁금증을 눈치 채고는 빙긋 웃었다.

"팽 소저, 내 이름이 왜 독갈인지 아시오?"

그 한마디에 팽소연은 모든 것을 깨닫게 되었다. 어떤 식으로든 독갈도 전갈에 대해 일가견이 있었던 것이다. 독갈이라는 이름처럼.

"난 부모도 없이 자란 고아였소. 열 살에 도문에 들어가기 전까지 이곳저곳을 정처없이 떠돌았소. 낮에는 밥을 빌어먹고 밤에는 아무 곳에서나 잠을 자야 했소. 그러다 보니 뱀이나 거미, 전갈 등에 물리는 적도 많았지. 한 번은 굉장히 커다란 전갈에 물린 적이 있었소. 정말 커다란 놈이었지. 큰 쥐보다도 컸소. 물리는 순간 난 너무 아프고 화가 나서 그 전갈을 통째로 씹어먹었다오."

팽소연은 얼굴이 찡그려졌다. 큰 쥐만한 전갈을 입에 넣고 씹고 있는 독갈의 모습이 떠올랐던 것이다.

"난 사흘 동안이나 죽어 있었소. 마침 그곳을 지나가던 도수 어른이 아니었다면 더 이상 살지 못했을 거요. 다행히 도수 어른이 내 목숨을 구해주었고 그 인연으로 도문에 들어가게 되었으니 전갈이 내게는 은인인 셈이지. 이상한 것은 그 뒤로 전갈에 물려도 아무렇지 않게 됐다는 것이오. 게다가 전갈들이 오히려 나를 보면 슬슬 피한다는 걸 알았지. 또 원하기만 하면 전갈들을 맘먹은 대로 다룰 수도 있었소. 몸이 찌뿌둥할 때 전갈을 잡아 침을 쏘고 씹어 먹으면 몸이 한결 개운해졌지. 그래서 내가 독갈로 불리게 된 거요. 해독약을 몸에 지니게 된 것은 내가 전갈을 자주 잡아오다 보니 주변 사람들이 해를 입게 될까 봐 지니게 되었던 거고."

독갈은 그중에서도 홍묘아가 해를 입을까 봐 걱정이 되었다는 얘기는 하지 않았다.

"원래 도둑과 거지는 제 몸을 돌볼 줄 알아야 하는 법이거든."

"세상에! 정말 별일도 다 있군요."

유천복과 팽소연은 감탄한 듯이 말했다.

"아까 몸이 마비되어 있었는데 전갈에게 몇 방 물리니 금방 몸이 풀리게 되었소."

독갈은 슬쩍 하미를 보더니 완전히 불에 타서 숯덩이가 된 오독갈을 냉큼 집어 입속으로 넣었다.

"하하. 맛 좋다, 맛 좋아. 전갈은 암컷이 특히 맛이 좋지."

하미는 치를 떨었다. 그 오독갈은 그녀가 특별히 귀여워하는 것으로 거의 천적이 없다고 할 수 있었는데, 오늘 이런 곳에서 처참히 죽게 될 줄이야……. 그녀는 오독갈이 마치 오라버니라도 된 것처럼 생각되어 더욱 원한이 골수에 사무쳤다.

"하 소저, 이제 우리에게 맡겨주시오!"

닫혀 있던 문이 펑 소리를 내며 부서져 나가더니 고함 소리가 울려 퍼졌다. 그곳에서 뛰쳐나온 사람은 아미파의 제자들과 영영 진인이었다. 그는 유천복을 잡아죽이기만을 바라며 아미산에서 이곳까지 쫓아왔으나 하미에게 선수를 내주었다. 한데 하미가 실패하자 더 이상 참지 못하고 뛰쳐나온 것이다.

"사부가 되어서 어찌 제자들의 죽음을 보고서도 가만있을 수가 있겠느냐! 내 오늘 반드시 네놈을 죽여 제자들의 억울한 혼을 위로하여야겠다!"

"진인께서는 일단 제 말을 들으신 후에……."

영영 진인은 두 눈에 핏발이 서고 수염을 부르르 떨더니 유천복이

미처 방비를 하기도 전에 주먹을 내질렀다.

"네놈이 또 무슨 거짓말로 나를 현혹시키려 하는 것이냐!"

아미파의 무술을 빠르고 매서운 것이 특징이었는데, 영영 진인의 권법도 그와 같았다. 유천복이 한 호흡을 내쉬기도 전에 영영 진인의 주먹이 안면까지 바짝 들어왔다. 그러나 유천복도 쉽게 잡히지는 않았다. 그는 될 수 있으면 오해를 풀고 싶었다.

"성질 한번 급하시구려. 제 말을 들으시면 오해를 풀게 되실 텐데……."

유천복이 중얼중얼거리는 것이 더욱 영영 진인의 화를 돋우었다. 그는 자신이 평생토록 수행했으나 젊은 놈의 옷자락 하나 건들지 못하자 제자들 보기가 민망하단 생각이 들었다.

"아미의 제자들은 무얼 하는 게냐? 어서 저놈을 잡아라!"

영영 진인의 호령이 떨어지자 여덟 명의 사내가 유천복의 주위로 빙둘러서며 여덟 군데에서 동시에 그를 찔러 들어왔다.

네 사람은 앞쪽에서 난피풍검법(亂披風劍法)을 펼치고 네 사람은 뒤쪽에서 청성급우(靑城急雨)를 펼치니 조금의 허점도 없어 보였다. 이 검합벽은 보기에는 여덟 사람이 한꺼번에 움직여 산란하고 질서가 없는 듯하지만 곳곳에 살수가 숨겨져 있어 허실을 알아내기가 몹시 어려웠다. 더구나 네 사람의 호흡이 마치 일 인과 같아 앞뒤에서 두 사람이 열여섯 개의 팔을 가지고 동시에 공격하는 것과 같으니 아무리 유천복이라 하더라도 빠져나올 수 없을 것 같았다.

"이크, 내가 오늘 이들을 상하게 하면 아미파에서는 앞으로 내 그림자를 보기만 해도 나를 죽이려 할 것이니 절대로 이들을 다치게 하면 안 되겠다."

유천복은 무단검으로 앞에서 찔러오는 여덟 개의 검을 물리치는 동시에 오른발을 뒤로 뻗어 뒤쪽의 공격도 차단했다. 일단 공격을 막은 후에 찬찬히 설명하면 이들도 알아들을 것이라 생각하였다. 그러나 아미파의 제자들은 막무가내였다.

"사숙들의 원수! 네놈의 목을 베어 반드시 사숙들의 영전에 바치고 말겠다!"

이를 갈며 덤벼드는 아미파 제자들의 눈에는 유천복 외에는 아무것도 보이지 않았다.

유천복은 더욱 마음이 급해졌다. 사람들을 다치지 않고 물리치려니 이만저만 어려운 일이 아니었다. 그러나 곧 유천복은 우렁찬 기합 소리와 함께 무단검을 번개처럼 내질렀다. 무단검은 하나였으나 어찌나 빨리 움직이는지 사람들은 모두 눈을 뜨고도 혈도를 맞아 움직이지 못하게 되고 말았다.

"유 공자의 무공이 날로날로 출중해지고 있으니 정말 경하드릴 만한 일이오. 내 직접 겨루어보고 싶으나 갈길이 바빠 이만 헤어지는 것이 아쉽구려."

두공이 막 몸을 돌리려는 순간 누군가 안으로 들어왔다.

"안 돼요! 지귀녀를 두고 갈 순 없어요."

바로 능초영이었다. 능초영은 사 노인에게 잡혀간 뒤 두공과 만났다. 두공을 본 순간 그가 이 모든 일을 꾸몄다는 것을 알았지만 두공의 제의를 거절할 수가 없었다.

"수옥의 행방을 알고 있는 것은 내가 아니에요."

능초영이 처음으로 수옥에 대해 말을 꺼내자 사람들은 일제히 조용해졌다. 능초영은 유천복이 사람들과 대적하는 것을 물끄러미 바라보았다.

"약선은 수옥을 감추고 지귀녀의 몸에다 그곳의 지도를 그려놓았어요. 그러나 도무지 어디인지 알 수가 없어요."

두공은 그제야 능총영이 왜 그토록 지귀녀인 홍묘아를 데리고 다녔는지 알게 되었다.

"그렇게 된 거였군. 그녀가 열쇠였어!"

능초영을 보는 두공의 눈빛이 달라졌다. 능초영은 순간적으로 겁이 났다. 자신이 괜한 말을 한 것이 아닌가 싶었다. 홍묘아가 있으니 자신은 이제 필요없게 된 것이다. 두공이란 사내의 속셈을 알 수 없었으므로 그녀는 서둘러 말을 이었다.

"그리고 지귀녀는 내 말만 들어요. 다른 사람의 말은 절대로 듣지 않게 되어 있다구요."

능초영이 두공을 쏘아보며 말하자 두공은 속마음을 들킨 듯이 웃어 보였다.

"누가 뭐랬소? 그럼 어서 지귀녀를 데리고 이곳을 빠져나갑시다."

두공은 인형처럼 한쪽에 서 있는 홍묘아에게 시선을 주었다. 능초영이 홍묘아를 향해 손짓을 하자 지금껏 돌부처처럼 서 있던 홍묘아가 거울 쪽으로 다가왔다.

독갈이 막아보려 했으나 홍묘아는 그의 손을 뿌리쳤다. 독갈이 다가가려 하자 아미파 사람들이 앞을 가로막았다. 그사이 홍묘아는 거울 앞까지 이르러 있었다.

"홍묘아, 그리 가면 안 되오! 어째서 저 여자 말을 듣는 것이오!"

홍묘아가 다가오자 사 노인은 기관을 움직였다. 거울이 양쪽으로 벌어지면서 중간에 통로가 생겨났다.

"하하하! 이제 정말 헤어졌야겠소. 잘 있으시오."

"호호호. 너희들은 아무 데도 갈 수 없다."

두 공이 말을 끝내고 돌아서려는데 누군가가 하늘에서 뚝 떨어지듯이 나타났다. 이곳은 사방이 막힌 곳이었다. 그 사람이 언제 이곳에 들어왔는지 아무도 알 수 없었다.

"이곳에서 한 발짝이라도 움직였다간 그 자리에서 황천행이 될 테니까 다들 얌전히 있거라!"

온몸의 털이 쫘악 일어설 것만 같은 간드러진 목소리가 들렸다. 그 목소리는 여자 같기도 하고 남자 같기도 했는데 듣는 것만으로도 벌레가 기어가는 것처럼 징그러운 느낌이었다.

새로운 방문객은 유천복이 있는 쪽에도 나타났다.

유천복을 향해 달려들던 영영 진인이 돌부리에도 걸린 듯이 바닥으로 푹 고꾸라졌다. 그리고 다른 사람들도 마찬가지였다. 영영 진인을 비롯한 아미파 사람들 수십 명이 동시에 픽픽 쓰러지기 시작한 것이다.

그리고 그 뒤로 땅에서 솟아난 것처럼 시커먼 그림자가 몸을 일으켰다. 이자 역시 어떻게 이곳에 들어왔는지 아무도 본 사람이 없었다.

나타난 사람들은 일남일녀였는데 생김새가 희한했다. 거울 저쪽에 나타난 사람은 녹색 치마를 입은 여자였다. 하지만 여자라고 하기엔 덩치가 너무 컸다. 푹 꺼진 눈에 입이 뾰족하고 새부리처럼 생겼으며 매의 머리처럼 생긴 모자를 쓰고 있었는데 머리의 숫자는 하나가 아니라 아홉 개였다. 커다란 하나의 새머리 주변에 여덟 개의 작은 새머리가 올망졸망 달려 있는 형국이었다.

마치 거대한 머리에 혹이 삐죽삐죽 솟아 있는 것처럼 기괴한 모습이었다. 여자는 자줏빛의 윗옷을 입고 있었는데 빼곡하게 녹색의 깃털이 붙어 있었다. 양손에도 새의 깃털이 달린 불진을 들고 있어 멀리서 보면 영락없이 한 마리의 새처럼 보였을 것이다.

두공은 저도 모르게 몇 발자국을 물러서며 말했다.

"혹시 마림 팔령?"

그러자 여자가 목젖이 보일 것처럼 째지는 웃음소리를 내었다.

"나를 아는 사람이 있을 줄을 몰랐는데. 하지만 나는 팔령이 아니니 정확히 맞췄다고 볼 수는 없어."

"그 소취란과 같은 마림의 사람입니까?"

서추량이 당황한 표정으로 물었다. 그는 이곳에 온 이후 처음으로 입을 여는 것이었다. 능초영이 자신을 보고 있었기 때문이다. 사람처럼 보이기도 하고 새처럼 보이기도 하는 이 요괴 같은 여자가 정말 마림에서 온 자일까? 여자는 서추량의 말에 화가 난 목소리로 말했다.

"어째서 소취란의 이름은 알면서 나 짐귀차(鴆鬼車)의 이름은 모르는 거지? 내가 그 요물보다 유명하지 않을 리가 없어!"

좀 전에 자신을 아는 자가 있을 줄 몰랐다고 말하더니 이제 와서 자신을 몰라본다고 화를 내는 것이다.

"난 마림 팔령 중 오령인 짐귀차님이시다."

여자는 여기까지 말하고 다시 까르륵 웃었다.

"호호호, 사실 너희는 내 이름을 알 필요가 없구나. 어차피 다 죽을 건데 괜히 이름을 가르쳐 주었네."

짐귀차의 말은 사람들의 얼굴색을 변하게 만들었다. 특히 두공의 얼굴은 점점 납색이 되었다.

"짐귀차… 마림 오령……."

"짐귀차?"

팽소연은 난데없이 나타난 일남일녀를 보며 고개를 갸웃했다. 어째서 이자들을 알고 있는 것처럼 생각되는 걸까? 한 번도 본 적이 없는 자들이었다. 하지만 짐귀차라면 그녀도 짚이는 구석이 있었다.

"마림에서 우리에게 무슨 볼일이 있소?"

어떠한 일이 있어도 얼굴색 하나 변하지 않던 두공도 이번만큼은 낭패한 모습이었다. 마림 팔령이라면 그도 잘 알고 있었다. 마림 내에서도 가장 무서운 자들이 아닌가! 평소에는 잘 드러나지 않던 흉터 자국이 얼굴이 창백해지자 붉은 지렁이처럼 흉측하게 드러났다.

"내가 이곳에 온 이유는 너희 모두 알고 있는 일이지."

그때 유천복 쪽에 나타났던 사내가 입을 열었다.

"오령, 이거 먹어도 돼?"

사내가 끝이 구부러진 지팡이를 들고 있었는데 그 끝으로 쓰러진 아미파의 사내 하나를 쿡쿡 찔러대고 있었다. 지팡이는 아주 평범해 보이는 것이었는데 사내가 쓰러진 사람들을 한 번 칠 때마다 사람들이 볶은 콩처럼 튀어 올랐다. 지팡이를 탁 내려칠 때마다 앞으로 누웠다 뒤로 누웠다 뒤집어지는 것이다. 그 모습은 마치 뜨겁게 달구어진 철판 위에서 잘 구워진 만두를 뒤집는 것처럼 보였다.

"이건 맛있게 생겼고, 이건 맛없게 생겼고……."

사내는 사람들의 얼굴을 보려고 하는 모양이었다.

그의 모습은 여자보다 더 이상하였다. 사내의 쟁반만한 머리는 낙타의 혹처럼 위로 삐죽 솟아올랐고 얼굴에 달린 두 개의 눈 중 하나는 너무 작아 거의 보이지 않는 대신 다른 하나는 접시만큼 커서 눈이 하나인 것처럼 보였다. 콧대는 없고 구멍만 뚫려 있는 큼직한 콧구멍으로는 풍풍 콧김을 뿜어냈으며 그 아래 아귀같이 쭉 찢어진 입에서는 침이 뚝뚝 떨어졌다.

"더럽게 못생겼네."

유천복은 토할 것 같아 침을 퉤 뱉었다.

그자는 다리도 하나였는데 긴 손톱이 달린 양팔이 길어 흡사 둥그런 몸통에 세 개의 다리가 솟아난 것처럼 보였다.

"배고픈데 이거라도 먹자."

괴인이 지팡이를 움직이자 아미파의 제자들 중 몇 사람이 그의 앞쪽으로 주욱 끌려왔다. 하나같이 살찐 자들이었다.

이곳에 있는 사람들은 그 말이 무엇을 뜻하는지 물으려 하지 않았다. 그 말이 사실이 아닐 거라고 생각하는 사람도 없었다.

두공의 얼굴이 더욱 하얗게 질렸다.

"외눈과 외다리… 독각독안(獨脚獨眼)이라면 마림의 사령?"

외눈박이가 웃었다.

"너는 똑똑하다. 오령의 이름은 모르고 내 이름은 아는 걸 보니."

팽소연은 은천에서 만났던 화광수와 풍리수를 떠올렸다. 그들도 마림의 육령과 칠령이라고 했다. 그런데 마림의 인물들은 하나같이 경쟁심이 대단한 모양이었다. 마치 무애 대사와 견비왜개를 보는 것처럼 자신이 상대방보다 잘났다고 했고 공을 다투었다.

"당신이 정말 마림의 사령인 독각독안이에요?"

독각독안은 앞에 있는 자들을 먹을까 말까 고민하다가 팽소연을 보았다. 그의 눈이 웃는 거처럼 구부러졌다.

"넌 먹으면 안 돼."

독각독안이 뒤로 물러섰다. 사람들은 그 이유를 알 수 없었다.

"그럼요. 난 먹으면 안 되는 여자예요. 왜냐하면 난 당신을 아주 잘 알거든요. 우린 친구예요."

팽소연이 방긋 웃었다. 사람들은 팽소연의 말을 듣고 깜짝 놀랐다. 특히 유천복은 기절할 듯이 놀라 팽소연을 쳐다보았다.

"난 화광수와 풍리수도 아주 잘 알고 있지요. 그들은 분명 당신들보다 못하더군요."

팽소연의 이 말은 짐귀차와 독각독안을 모두 기쁘게 하였다.

"호호호. 계집이 아주 똑똑하구나. 오늘 너와 네 서방만은 살려줄 테니 걱정하지 말아라."

짐귀차도 팽소연에게 걱정 말라는 듯이 말했다.

"그 말 절대로 잊어버리면 안 돼요."

두공과 사람들은 팽소연이 정말 마림의 인물들과 친분이 있다고 생각하고는 당황한 표정이 역력했다.

"그, 그럼 우리는 어떻게 하실 작정입니까?"

추만생이 어쩔 줄 몰라 하며 사방을 두리번거렸다. 그는 기회를 보아 도망칠 생각이었다. 등 채주를 보니 그도 고개를 끄덕거리며 같은 생각을 하고 있음을 알려왔다.

"우리는 마림에게 아무 잘못도 한 일이 없는데 왜 이러는 거요?"

짐귀차가 말했다.

"난 심심하거든. 난 심심할 땐 그냥 사람을 죽이는 것이 가장 재미있어. 너희들이 재수가 없는 것이고 난 오늘 재수가 좋은 편이야."

사 노인이 떨리는 음성으로 말했다.

"시, 심심하지 않게 해드리면 살려주시는 겁니까?"

"내가 심심하지 않을 때는 사람을 죽이고 있을 때지."

사 노인이 몸을 부르르 떨며 한숨을 내쉬고 있을 때 추만생과 등 채주가 동시에 몸을 날렸다.

"지금이오! 같이 공격합시다!"

등 채주는 등에서 한 쌍의 끝이 굽은 칼을 꺼내어 짐귀차의 가슴과 다리, 두 곳을 공격했다. 그러나 추만생은 그 틈을 타 밖으로 달려나갔다. 사 노인도 그 뒤를 따라 뛰쳐나갔다.

짐귀차는 등 채주의 칼은 아랑곳하지 않았다. 오히려 한 쌍의 칼이 오는 쪽으로 몸을 돌리는 바람에 칼은 그대로 짐귀차의 몸에 박힐 판이었다. 그러나 사람들이 원하는 소리는 들리지 않았다.

짐귀차의 깃털은 마치 무슨 철판이라도 되는 듯이 등 채주의 칼을 튕겨내었다. 튕겨 나간 등 채주의 칼은 그대로 사 노인의 허리를 베며 벽에 박혔다. 그와 동시에 뾰족한 손톱이 달려 있는 왼손이 등 채주의 가슴을 관통하였다. 등으로 빠져나온 짐귀차의 손에는 아직도 팔딱팔딱 뛰고 있는 심장이 들려 있었다.

등 채주는 커헉! 하는 소리조차 내지 못하고 그대로 앞으로 고꾸라져 버렸다.

"멍청한 놈! 누가 같이 공격하자고 했느냐? 사람은 누구나 때를 잘 보아야 하는 법. 그래서 사는 자와 죽는 자가 생기는 것이지."

짐귀차가 냉소하며 손을 뿌렸다. 추만생은 오직 앞으로 뛰는 것에만 온 신경을 집중하고 있었다. 그는 자신의 목을 뚫고 나온 깃털을 보았을 때도 뛰고 있던 중이었다.

"두 사람 때문에 훨씬 재미있어졌군."

한 발만 더 디디면 말이 있다… 라는 것이 그가 마지막으로 한 생각이었다.

"저런 짓을……."

유천복은 엄청난 공포심에 휩싸여 이빨을 딱딱 부딪쳤다. 세상에서 그가 가장 싫어하는 일이 몇 가지 있는데 그중 하나가 눈앞에서 피를 보는 일이며 특히 처참한 시체와 함께 보는 것이다. 더구나 그 원인 제 공자가 괴물일 경우에는 더 심각했다. 그러나 가장 무서운 것은 곁에 믿을 만한 사람이 없을 때 이런 일을 겪게 되는 것이었다.

개울가에서 분운을 보았을 때나 은천에서 화광수와 풍리수를 만났을 때는 무애 대사와 견비노인을 믿고 있었기 때문에 두렵지 않았다. 설마 하니 입신의 경지에 다다른 두 노인네가 자신을 죽게 내버려 둘 까 하는 생각이 있어서였다. 그러나 이곳에는 두 노인네가 없었다. 더욱 안 좋은 것은 자신이 그 두 노인네의 역할을 해야 한다는 것이었다.

"무지자, 난 괴물들이 정말 싫다구……."

독각독안은 여전히 침을 질질 흘리며 쓰러진 자들을 보고 있었다. 그 눈빛은 토끼를 보는 맹수의 눈빛처럼 보였다.

"난 원래 배고플 때만 죽인다. 항상 배가 고프지만."

독각독안은 아무도 묻지 않은 말을 혼자 했다. 유천복은 그 말이 무엇을 뜻하는지 생각하고는 소름이 쫘악 끼쳤다. 그것은 다른 사람들도 마찬가지였다.

갑자기 하미가 비명을 질렀다.

"안 돼!"

사람들은 독각독안이 뚱뚱한 아미파의 제자 한 사람을 막 들어 올리는 것을 볼 수 있었다. 그건 어린아이들이 개구리 다리를 잡고 양쪽으로 주욱 찢어내려 할 때의 표정과 똑같았다.

"흐흐. 도사는 맛이 좋지."

독각독안의 말과 행동은 장난이 아니었다. 이들에 비하면 화광수와 풍리수는 애교스러운 편에 속했다.

유천복은 주위를 살펴보았다. 봉호문 사람들은 언제 깨어날지 알 수 없었다. 독각독안이 마음이 변해 봉호문 사람들을 먹겠다고 할지도 모를 일이었다.

"그 손을 놓아라, 이 마림의 괴물아!"

독각독안은 난데없는 호령에 움찔하다가 이내 분통을 터뜨리며 팽소연을 손가락으로 가리켰다.

"저 여자만 빼고는 다 먹어도 된다고 했어."

팽소연은 독각독안이 왜 계속 자신만 먹지 않는다는 것인지 의아했다.

"안 돼, 멍청아. 원래 여자 혼자는 아무 쓸모가 없어. 남자가 있어야 하니까 저놈은 먹으면 안 돼."

짐귀차가 유천복을 불진으로 가리켰다. 두공도 마림에서 원하는 것이 무엇인지 짐작도 할 수가 없었다.

"독각독안께서 원한다면 그들을 모두 두고 가겠소."

두공은 담담한 표정이었다.

"두공, 그게 무슨 말이에요? 저자가 사람을 먹는 걸 두고 보겠다는 건가요?"

하미는 아미파 사람들이 괴물의 밥이 될 처지에 놓였는데도 두공이 뻔히 보고만 있자 발끈하였다.

"그럼 하 소저께서는 남으시구려. 이 사람은 이제 그만 가야겠소."

"호호호, 잘하는구나. 그런데 누가 네놈을 그냥 보내준다더냐?"

짐귀차가 즐거운 듯이 말했다. 두공은 돌연 하미를 짐귀차 쪽으로 힘껏 밀더니 쏜살같이 밖으로 뛰쳐나갔다. 하미를 미끼로 하여 자신은 달아나려는 것이다. 하미의 비명 소리가 울려 퍼지고 짐귀차가 재빨리 움직였으나 두공의 움직임은 추만생에 비할 바가 아니었다. 삽시간에 말발굽 소리가 멀어져 갔다.

"홍. 약은 놈 같으니… 두고 보자."

짐귀차는 화가 잔뜩 나서는 되돌아왔다. 그녀의 눈이 좌우를 훑었다.

"놀잇감은 많으니까."

능초영은 짐귀차가 자신을 쏘아보자 손에 든 채찍을 감아 쥐었다. 서추량이 공포에 질린 얼굴로 슬금슬금 뒤로 물러서는 것이 보였다.

쌔액 하는 소리와 함께 불진의 깃털이 눈앞으로 쏟아져 들어왔다. 능초영은 채찍을 세차게 휘둘러 깃털을 막으려 하였으나 중과부적이었다. 꼼짝없이 죽었구나 생각하고 눈을 질끈 감으려는데 바람 소리와 함께 흰 빛이 번쩍 하였다.

"능 소저, 어서 피하시오!"

유천복이 능초영 쪽으로 달려갔다.

"네놈이 날 방해할 셈이냐?"

짐귀차는 불진으로 유천복의 어깨를 감아 후려치려 했다. 불진의 깃털들이 고슴도치처럼 뻣뻣이 일어서더니 유천복의 몸에 박힐 것 같았다. 유천복은 한 손으로는 능초영을 자신의 몸 뒤로 끌어당기고 다른 한 손으로 불진을 움켜잡으려 하였다.

두 사람의 모습에 팽소연은 또다시 화가 머리끝까지 치밀었다. 그러나 유천복이 고슴도치가 되는 꼴을 보고 있을 수만은 없었다.

"조심하세요. 그 깃털에 묻어 있는 것은 아주 무서운 독이에요."

유천복은 팽소연의 말을 듣자마자 손을 움츠리고 소매로 불진을 맞받아 쳤다. 자신이 만독불침이라는 사실은 까맣게 잊은 지 오래였다. 그러나 세차게 흔드는 소맷자락에서는 강력한 흡인력이 생겨 불진을 끌어당겼다. 그 힘이 얼마나 세었던지 불진의 깃털들은 모두 빠져 버리고 말았다.

짐귀차는 얼굴이 새파랗게 변해서 펄펄 뛰었다.

"독각독안! 와서 이자를 잡아!"

그녀는 너무 화가 나서 마림주가 당부한 것도 잊고 말았다. 마림의 팔령들은 무공은 고강했으나 머리가 아주 나빴다.

독각독안은 처음과 달리 시큰둥한 표정이었다. 자신이 먹겠다고 할 때는 말리다가 이제 와서 잡으라니 마치 자신이 그녀의 수하라도 된 듯하여 마음에 들지 않았던 것이다.

눈치 빠른 팽소연은 금세 독각독안의 마음을 알아차렸다.

"어서 그녀의 말을 들어야지요. 그렇지 않았다간 그녀가 당신을 먼저 잡아먹을지도 몰라요."

그녀는 독각독안을 부추겼다.

"짐귀차는 오령이고 사령은 독각독안이다."

사실, 이들 팔령들 사이에는 서열이 없었다. 하지만 은연중에 팔령주가 없을 때는 일령의 명령에 따라 행동하고 있었다. 그렇게 따지면 짐귀차는 오령이고 독각독안은 사령이니 그녀가 자신의 아래가 된다고 생각한 것이다.

독각독안은 짐귀차가 괘씸했다.

"싫다! 난 네 말을 듣지 않는다."

"뭐야? 지금 나랑 싸우겠다는 거야?"

"난 네 말 듣기 싫어. 오령은 사령에게 복종해야 한다."

"뭐라고?"

짐귀차도 발끈해서 이쪽으로 날아왔다. 그녀는 독각독안과 한바탕 붙으려고 하다가 문득 팽소연이 혀를 낼름거리는 것을 보았다.

"앙큼한 계집! 입을 놀려 우리를 서로 싸우게 하려는 것이구나!"

그제야 팽소연이 잔꾀가 많다는 것을 떠올렸다.

"우리끼리 싸울 필요 없다. 우리는 수옥만 찾아가면 되는 거야."

짐귀차는 독각독안을 달래려는 듯이 부드럽게 말했다. 독각독안도 치켜들었던 지팡이를 서서히 내려놓았다.

"그렇지. 수옥을 먼저 찾아야 한다."

수옥이라는 말에 놀란 것은 이제껏 조용히 있던 능초영이었다. 홍묘아가 어느 틈에 능초영의 옆에 서 있었다.

짐귀차와 독각독안은 동시에 능초영과 홍묘아를 쏘아보았다.

"저 계집이라고 했지?"

"나도 들었어. 못생긴 계집이 수옥을 갖고 있다."

짐귀차가 홍묘아를 잡으러 오는 것과 유천복, 독갈, 능초영이 움직인 것은 거의 동시였다.

독각독안도 지팡이를 휘두르며 달려왔다. 생긴 것과 말하는 것은 미련해도 몸놀림만은 번개처럼 빨라 순식간에 독갈의 앞에 내려섰다. 독갈의 머리통이 독각독안의 지팡이에 맞아 터지기 일보 직전이었다.

지팡이는 빨랐으나 유천복의 검도 그 못지않게 빨랐다. 어느 틈에 무단검이 지팡이 끝을 쳐내어 멀리 날려 보냈다.

"내 지팡이가 날아갔다!"

독각독안이 긴 팔로 자신의 가슴을 마구 후려쳤다. 그는 원래 다리가 하나뿐이라 지팡이가 없으면 균형을 잡기가 어려웠다. 유천복은 그

틈을 노려 무단검으로 독각독안의 하나뿐인 다리를 베어갔다.

"멍청아! 너 혼자서는 어림도 없어! 조심해라. 저건 일령의 검이야. 저기 찔렸다간 또다시 소환술도 펼치기 전에 죽는다고."

"나도 알아. 육령과 칠령은 그걸 깜빡했지만 난 잘 알고 있어."

"그럼 알아서 피해!"

무단검이 휘둘러질 때마다 독각독안은 움찔하며 뒤로 물러섰다.

짐귀차가 불진을 뻗어 흔들자 어느새 다시 자라난 깃털이 슈욱 소리를 내며 뽑혀져 화살처럼 날아왔다. 깃털은 뭉쳐져 있을 때는 쳐내기가 쉽지만 지금처럼 퍼져서 날아오면 막기가 힘들었다.

하지만 산지사방에서 날아오는 짐귀차의 깃털은 유천복뿐 아니라 다른 사람에게도 무시무시한 위협이 되었다. 독갈과 능초영은 넘어진 사람들을 구하기 위해 안간힘을 쓰고 있었다.

유천복이 두 사람 앞을 가로막으며 양 소매를 날개처럼 펼쳤다. 깃털들은 무형의 막에 가로막힌 듯 유천복의 소매를 넘어가지 못하고 바닥에 후드득 떨어졌다.

능초영은 기회를 보아 짐귀차와 독각독안에게 연혼장을 사용할 생각이었다. 그러나 짐귀차의 움직임이 너무 빨라 좀처럼 기회를 잡지 못했다.

아차! 방심한 사이에 채찍의 끝이 짐귀차의 손아귀에 잡히고 말았다. 짐귀차가 채찍을 확 끌어당기자 능초영은 채찍을 놓을 새도 없이 그대로 주르륵 끌려갔다.

갈고리 같은 손아귀가 목을 움켜쥘 찰나 독갈이 달려왔다.

"이 요물은 내가 상대할 테니 능 소저는 어서 홍묘아와 밖으로 나가시오!"

독갈은 자신의 무공이 짐귀차에 비해 형편없다는 것을 알고 있지만 능초영의 명령 없이는 움직이지도 못하는 홍묘아를 저대로 두고 볼 수는 없었다.

"능 소저, 잘 부탁하오."

능초영은 독갈의 마음이 진심이라는 것을 알았다. 세상에서 나쁜 사내도 많지만 유천복이나 독갈처럼 진정으로 여자를 위할 줄 아는 사내도 없지 않았다.

그녀의 눈에는 저도 모르게 눈물이 고였다. 박복한 자신에 비해 홍묘아와 팽소연은 얼마나 행복한가!

"당신은 그렇게나 홍묘아를 생각하는군요."

인형이나 다름없는 홍묘아를 찾아 삼천교에서 사천으로, 또 이곳까지 따라나선 독갈이란 사내에 대해 능초영은 감탄하였다.

"넌 좋겠구나, 저런 사랑을 받을 수 있으니."

능초영은 허공을 응시하고 있는 홍묘아의 초점없는 두 눈을 보았다. 약선이 죽고 없으니 홍묘아의 술법은 풀 방도가 없다.

홍묘아는 거의 죽은 것이나 다름없는 상태였다. 홍묘아가 움직이고 걸어다닐 수 있는 것은 바로 음양현독의 기운 때문이다.

능초영이 그 기운을 모두 빨아들이고 나면 그녀는 반드시 죽을 것이다. 그러나 능초영은 독갈에게 그 말을 해줄 수가 없었다. 대신 그녀가 이런 모습으로라도 독갈의 옆에 있게 해줄 작정이었다. 능초영과 독갈은 서로 홍묘아를 지키기 위해 전력을 쏟았다. 그 때문에 짐귀차는 홍묘아를 잡을 수가 없었다.

"으아악! 이놈들, 모두 죽여 버릴 테다!"

지팡이를 빼앗기고 유천복에게 밀리기만 하던 독각독안은 하나뿐인 눈이 더욱 붉게 변하더니 갑자기 우뚝 서서 큰 소리로 주문을 외우기 시작했다. 그의 몸이 돼지 오줌통처럼 부풀어 오르고 있었다. 하나뿐인 다리는 금세 절구통만큼이나 두꺼워졌다.

그와 동시에 짐귀차도 멈추어 섰다. 그녀의 입술 틈으로 웅얼거리는 소리가 들려온 것은 그때였다. 흐느끼는 듯, 노래하는 듯 들려오는 것은 유천복도 팽소연도 모두 아는 것이었다.

독갈과 능초영도 분위기가 심상치 않다는 것을 알고 긴장하였다.

"헉! 큰일이오! 또 괴물이 나타날 모양이오!"

먼저 눈치 챈 것은 유천복이었다. 두 사람의 얼굴이 굳어졌다. 이 두 괴물만으로도 이곳을 무사히 나갈 수 있을지 장담하기 어렵거늘 괴물과 합신한 저들을 과연 물리칠 수 있을까.

"마존군신, 응감지위… 귀차소환!"

아니나 다를까, 짐귀차의 목소리가 끝남과 동시에 세 사람이 서 있는 바닥이 서서히 흔들리기 시작했다. 이어 바닥에서 벽 쪽으로 금이 쭉쭉 올라갔다. 그러나 이미 분운을 한 번 보았던 팽소연은 느긋했다. 유천복 곁에 있는 한 그녀는 아무것도 두려울 것이 없었다.

"어디 나타나 보라구. 문주님께선 눈썹 하나 까딱하시지 않을 테니까."

그녀의 말에 대답하기라도 하듯 바닥과 벽이 쩌억 갈라지며 머리가 아홉 개나 달린 거대한 새가 모습을 드러냈다.

팽소연은 역시나 하는 표정으로 재빨리 말했다.

"저건 구두괴조라는 요괴예요."

"구두괴조? 정말 그 말 그대로군."

유천복은 여자의 머리에 달려 있던 아홉 개의 새머리를 떠올렸다.

"짐귀차라는 말을 들었을 때부터 알았어요. 이런 괴물이 나타날 줄 짐작했었죠."

팽소연이 말했다.

"어떻게 알고 있었소?"

유천복은 팽소연이 총명함을 자랑할 기회를 주었다. 팽소연은 신이 나서 재빠르게 읊조렸다.

"한고조 유방(劉邦)의 황후인 여 태후(呂太后)는 남편이 죽은 후 황태자 자리를 빼앗으려고 했던 척(戚) 부인과 그 아들 조왕(趙王) 여의(如意)를 죽이려고 했어요. 그래서 두 사람을 소환한 뒤 짐이라는 독조의 깃털로 저은 술을 먹여 독살했지요. 내가 아까 저 여자 몸에 붙어 있던 깃털을 보니 책에 나와 있던 짐의 깃털과 모양이며 색이 똑같았어요. 또 형초세시기(荊楚歲時記)에 보면 남령(南嶺)의 남쪽에서는 정월 달밤에 머리가 아홉 달린 새가 나타나는데 사람의 혼을 빨아들인다고 해요. 마림의 요괴들은 하나같이 전설에나 나오는 흉측한 몰골들을 하고 있으니 정말이지 끔찍해요, 문주님."

팽소연은 씩씩하게 말을 꺼냈을 때와 달리 연약하고 가녀린 표정으로 말을 마쳤다.

"그럼 독각독안에 대해서도 나와 있소?"

"그건 산중에 사는 요괴예요. 원래는 냇가 근처에 살면서 게나 개구리를 먹다가 먹을 것이 없으면 사람도 잡아먹지요. 하지만 겁이 많아서 큰 소리가 나면 금방 도망가 버린대요. 대나무가 쪼개지는 소리를 가장 무서워한다더군요."

"역시 팽 소저구려. 저들의 정체를 알고 나니 조금 덜 무서워지는 것 같소."

애써 의연한 체해 보이는 유천복의 말에 팽소연은 우쭐했다. 그녀는 신기한 이야기를 밥 먹는 것보다 좋아하였다. 그래서 틈만 나면 전룡의 서고에 틀어박혀 독서에 탐닉했다. 특히 그녀가 좋아한 것은 공수가 남겨놓은 책들이었는데, 거기에는 세상에 전해 내려오는 기이한 일들이 적혀 있었다.

"팽 소저, 그런데 저 괴물들은 어떻게 처치해야 하오?"

유천복이 황급히 물었다.

"그건… 그건 나도 몰라요."

팽소연이 울상을 지었다. 늘상 중요한 것은 모르는 그녀였다.

구두괴조의 등에는 짐귀차가 불진을 든 채 앉아 주문을 외우고 있었다. 괴조는 불진이 움직이는 방향대로 공격해 왔다. 몸통에는 긴 목이 달려 있어 집채만한 머리통이 스치고 지나갈 때마다 두꺼운 벽이 얇은 종잇장처럼 부서져 버렸다. 강철 같은 주둥이는 일 장이나 되는 유리 벽도 단숨에 사기 그릇처럼 깨뜨려 버릴 만큼 위력적이었다.

유천복은 이들과 싸우다 벽이 무너지면 사람들이 다칠까 걱정이 되어 쏜살같이 밖으로 빠져나왔다. 짐귀차와 독각독안은 한데 뒤엉켜서 유천복을 쫓아왔다.

짐귀차는 육중한 몸을 가지고 있었으나 나는 것에는 지장이 없는 모양이었다. 양 날개를 펼치자 그 길이가 십여 장을 훌쩍 넘었으며 살짝만 움직여도 세찬 바람에 몸이 날아갈 것 같았다.

유천복도 뒤로 밀리지 않기 위해 안간힘을 쓰며 여환무단신공 중 광풍노도 일장으로 맞받아 쳤다. 짐귀차의 날개 바람과 유천복의 일장이 맞부딪치자 굉음이 나며 그 사이로 모래들이 날아올라 삽시간에 모래 폭풍이 일어났다.

능초영과 독갈도 석실 밖으로 나왔다. 두 사람의 앞에는 거대한 독각독안이 버티고 있었다

"정말 질리는군. 대체 저런 괴물들을 앞으로 몇 놈이나 더 만나야 하는 거지?"

독갈은 독각독안의 거대한 덩치에 기가 질린 듯 말했다.

"마림에는 팔령이 있다니까 생각해 봐요. 그나저나 덩치만 커진 것이라면 좋겠는데……."

능초영의 말에는 그다지 확신이 없었다.

"덩치만 커졌을 리는 없겠죠."

열 배나 몸집이 커진 독각독안은 하나밖에 없는 외다리로 경중경중 뛰어 두 사람을 밟아 뭉개려 하였다. 한 번 쿵쿵 뛸 때마다 땅이 흔들려 제대로 서 있을 수도 없었다.

능초영은 기회를 보아 연혼장을 발출하였으나 독각독안은 꿈쩍도 하지 않았다. 독각독안이 다시 발을 쿵 구르자 지면이 들썩하였다.

"어어……."

능초영과 독갈은 비틀거리다 독각독안과 정면으로 마주 보게 되었다. 독각독안의 눈동자는 더욱 붉게 타올랐다. 능초영과 독갈은 서로 다른 방향으로 도망갈 생각이었으나 독각독안의 눈을 보는 순간 몸이 움직이지 않았다. 그것은 아주 이상한 느낌이었다.

보이지 않는 거미줄에 걸린 나비처럼 꼼짝도 할 수 없었다. 독각독안의 무기는 원래 하나뿐인 다리와 눈이었다. 그의 다리는 세상의 어떤 두 다리보다 힘이 세었고, 하나밖에 없는 눈동자와 마주치게 된 것은 무엇이든 움직일 수 없게 되었다.

능초영은 독각독안의 거대한 발이 독갈의 머리 위로 떨어지는 걸 차

마 볼 수 없어 눈을 질끈 감았다. 그녀는 조금 떨어진 곳에 홍묘아가 서 있는 것을 보았다. 이대로 자신이 죽으면 그녀는 어떻게 되는 것일까?

독갈의 시선도 홍묘아에게 머물러 있었다. 그는 끝내 홍묘아의 진정한 모습을 보지 못하고 죽는 것이 한스러웠다. 그녀에게 단 한 마디도 하지 못한 것이다.

"제길, 이럴 줄 알았으면 진작에 업고서라도 튀는 건데……."

이제 와서 후회한들 때는 이미 늦은 것이다. 거대한 발바닥이 얼굴에 닿는 것이 느껴졌다. 엄청난 압박감이었다. 이대로 죽는 것인가? 독갈은 마음이 편해졌다.

그러나 발은 더 이상 내려오지 않았다. 발이 멈춘 것은 한 쌍의 손 때문이었다. 그 한 쌍의 손은 두꺼운 피부와 손톱을 가진 거무튀튀한 손이었다.

"홍… 묘… 아?"

독갈은 그 손의 임자를 보고 믿을 수 없는 표정이 되었다. 그리고 다음 순간 독각독안은 쿵 하는 소리를 내며 땅바닥에 쓰러지고 말았다.

홍묘아와 능초영이 양쪽에서 독각독안의 발바닥을 밀어 넘어뜨린 것이다.

"어떻게?!"

능초영은 아까와는 다른 모습을 보였다. 그녀는 쓰러진 독각독안의 몸에 연거푸 엄청난 위력의 권장을 쏟아 부었다. 작은 동산만한 독각독안의 배는 능초영이 장력을 쏟아 부을 때마다 출렁거렸다.

독각독안은 양팔을 짚고 간신히 일어섰다. 그러나 바로 눈앞에는 자신의 지팡이가 보였다.

"이거나 받아라, 이 괴물아!"

능초영은 독각독안의 지팡이를 발견하고는 그걸 무서운 힘으로 독각독안의 눈에 쑤셔 박은 것이다. 그녀가 어떻게 몸을 움직이게 되었고 이런 놀라운 힘을 발휘할 수 있게 된 것일까?

독갈이 막 뭉개지려는 순간 능초영은 홍묘아의 목소리를 들었다. 그녀는 굳어버린 홍묘아를 쳐다보았다.

'구해줘요.'

홍묘아의 눈은 분명히 그렇게 말하고 있었다.

'그를 구해줘요.'

얼굴 근육이 미세하게 떨리고 있었다. 능초영은 저런 모습을 예전에도 한번 본 적이 있었다.

'천귀녀가 죽을 때도 저런 모습이었지.'

홍묘아는 몸에 숨겨진 음양현독의 힘을 능초영에게 가져가 달라고 말하고 있었다. 그리고 그 힘으로 독갈을 구해달라고 하고 있는 것이다.

능초영은 망설이지 않을 수 없었다. 하지만 곧 그녀의 말대로 하였다. 그녀는 자신만이 아는 방법으로 홍묘아의 몸에서 음양현독의 기를 흡수하였다. 그러자 홍묘아는 자신의 의지대로 움직일 수 있었고 능초영 또한 독각독안의 마수에서 벗어날 수 있었다.

그녀는 될 수 있는 대로 멀리 독각독안을 끌고 갔다. 홍묘아가 죽는 순간을 방해하고 싶지 않았던 것이다.

"오랜만이야."

마침내 독갈의 품에 안기게 된 홍묘아가 숨을 몰아쉬며 말했다.

"날 알아보겠어?"

독갈이 마주 웃었다. 그는 홍묘아가 어떻게 정신이 들게 되었는지 알지 못했다. 다만 그녀가 정신을 차린 것만이 기쁠 뿐이었다.

"도수 어른이 좋아하겠군. 네 걱정으로 주름이 열 개는 늘었을 거야."

홍묘아가 가냘프게 웃었다.

"왜 그래?"

힘없는 미소에 독갈의 가슴이 철렁 내려앉았다. 홍묘아는 독갈의 손을 잡았다. 얼음보다 차가운 손이 심장을 움켜쥐는 느낌이었다. 그의 손 안에 매끈하고 단단한 것이 쥐어졌다.

"이것은?"

"수옥이야."

독갈은 깜짝 놀랐다. 홍묘아가 수옥을 가지고 있을 줄은 꿈에도 생각하지 못했기 때문이다. 그는 얼른 손을 펴서 수옥을 확인하려고 했다.

"보지 마."

홍묘아는 독갈의 손을 놓지 않았다.

"왜?"

"넌 욕심이 많아서 수옥을 보면 분명히 갖고 싶어질 거야."

홍묘아는 수옥을 보는 자는 마성에 젖게 된다는 것을 잘 알고 있었다. 독갈이 그렇게 되는 걸 보고 싶지 않았다.

"항상 네 모습을 보고 있었어. 말할 수 없었지만 네 말에 대답할 수도 웃어줄 수도 없었지만 다 듣고 있었어. 내 몸은 내 의지대로 움직일 수 없었지만… 나 때문에 이곳까지 와줘서 고마워."

"뭐야? 왜 그런 소리를 하는 거야? 이제 돌아가자. 이까짓 수옥 없어도 좋아. 유 공자에게 주고 우리는 도문으로 돌아가는 거야."

독갈은 홍묘아를 안아 일으켰다.

"약속해 줘, 수옥을 유 공자에게 주겠다고. 또 헛된 욕심 부리지 않겠다고."

"약속할게. 그러니까 더 말하지 마."

"도문으로 가고 싶어. 하지만 갈 수 없을 거야."

홍묘아가 힘없이 말했다. 그녀의 몸은 예전의 모습으로 돌아와 있었다. 마치 잔뜩 부풀어 올랐던 공에 바람에 빠진 것처럼 쪼그라들었지만 독갈의 눈에는 여전히 아름다워 보였다.

"이 상처는?"

독갈은 그녀의 배에 커다란 구멍이 뚫려 있는 것을 발견했다. 흘러나온 피는 어느새 독갈의 몸을 흠뻑 적시고 있었다. 배뿐만이 아니었다. 홍묘아의 몸에서 마지막 주문이 사라지자마자 구멍이란 구멍에서 피가 흘러나왔던 것이다.

"봤지? 이 몰골로 갔다간 나보다 아버지가 먼저 황천길로 가고 말 거야."

그녀는 밝은 목소리로 말했다. 좀 전에 숨이 넘어갈 듯한 모습은 어디에도 없었다.

"빌어먹을 늙은이가 수옥을 내 배꼽 속에 감춰두었지. 그리고 약물과 주문으로 날 못생긴 괴물로 만들어 버렸어. 그 약물을 바르자마자 내 몸은 부풀어 올랐고 피부는 단단해져서 수옥은 몸속으로 박혀 버렸지. 난 다 기억해."

독갈은 그녀가 얼마나 고통스러웠을지 생각했다. 능초영이 약선을 죽이지 않았다면 그가 반드시 죽였을 것이다.

장난스럽던 독갈의 눈에서 굵은 눈물방울이 뚝뚝 떨어졌다.

"내 몸 안에는 엄청난 기운이 있었어. 약선은 주문을 써서 그 기운을 봉했지. 오직 능 소저만이 날 해방시켜 줄 수 있었어. 그녀를 원망하지 마."

독갈은 능초영이 어째서 갑자기 괴력을 발휘했는지 알게 되었다. 그는 부르르 떨더니 홍묘아를 내려놓았다. 그리고 묵검을 들고 벌떡 일어섰다. 당장이라도 능초영을 베어버릴 기세였다.

"저 요녀가 널 죽게 만들 줄 알았어!"

"그게 아니야. 내가 원한 거야. 아무것도 모르고 널 위험에 빠뜨리게 할 수 없어서 내가 원했던 거야. 네가 괴물의 발에 깔려 죽는 것을 차마 볼 수 없어서 내가 부탁했어."

홍묘아는 독갈을 끌어당겨 그의 어깨에 살며시 기대었다.

"여기서 이렇게 별을 보고 있으니 참 좋아……."

그녀는 그렇게 잠이 들었다. 독갈의 어깨에 기대어 쏟아지는 별 속에 파묻힌 채… 떨어지는 별들 중에서 마유의 웃는 모습이 보이는 것도 같았다.

홍묘아는 마지막으로 마유를 생각하며 방긋 웃었다.

"바보……."

독갈은 그 말이 누굴 뜻하는 것인지 묻고 싶었으나 묻지 않았다.

그는 능초영이 마침내 독각독안의 몸에 커다란 구멍을 내서 피가 분수처럼 뿜어져 나오는 것도, 짐귀차의 육중한 몸이 거대한 모래폭풍에 휩쓸려 하늘 저편으로 사라지는 것도 보고 있지 않았다.

독갈은 홍묘아와 함께 눈이 아찔하도록 황홀한 별을 보고 있었다. 동쪽 끝에서 꼬리가 긴 별 하나가 막 땅으로 떨어지려 하고 있었다.

◆제52장 **흉인혼시살기**

凶 人渾是殺氣

악한 사람은 목소리와 웃으며하는
맘에도 살기가 있다

아미산에 머물던 각파의 장문인들은 유천복이 떠난
후 자신들의 문파로 돌아갔다. 아미파와 화산파가 주축
이 된 척살조로부터의 연락은 아직까지 없었지만 너무
오랜 기간 문파를 비워둘 수가 없었기 때문이다.

손님들이 모두 돌아가고 난 뒤 아미파의 장문인인 보
영 신니는 자신의 거처로 돌아왔다. 보영 신니는 그제
야 오랫동안 가슴속을 짓누르고 있던 돌덩이를 내려놓
은 듯한 기분이었다.

어려서 아미파에 들어와 오십 평생 동안 청정심(淸淨
心) 잃지 않았던 그녀였다. 그런 보영 신니로서도 그간
의 일들은 참기 힘든 괴로움이었다. 어쩐지 마음이 불
안했다.

하룻밤에 세 제자를 잃었기 때문일까? 자식처럼 아끼던 제자들이었다. 그 일을 떠올리자 돌연 보영 신니의 가슴속에는 유천복에 대한 살심이 뭉글뭉글 피어올랐다.

"사제로부터는 왜 여태 연락이 없지?"

유천복을 쫓아간 영영 진인으로부터는 벌써 한 달째 연락이 없었다. 이런저런 생각으로 잠을 이룰 수가 없었다. 보영 신니는 가슴이 답답하고 얼굴이 달아올라 가만히 앉아 있을 수가 없었다.

저도 모르게 검을 들어 난피풍검법을 시전했다. 이런 적은 없었다. 검을 휘두르면 휘두를수록 검세가 무시무시해졌고 마음속에 살의가 가득했다.

"하압!"

보영 신니가 허령구식(虛靈九式)을 펼치는 동안 머리 뒤쪽에서 은은한 금광이 무리를 짓더니 방 안의 사물들이 일제히 떨기 시작했다.

벽마다 한 치씩 패인 검흔이 생겼고 가구가 부서졌으며 책이 날았다. 그녀의 이마에는 땀이 송골송골 맺혔고 눈빛은 살기등등하였다. 누구라도 베지 않고는 견디지 못할 것 같았다.

"장문인, 무슨 일이십니까?"

제자들은 장문인의 방에서 싸우는 듯한 소리가 들리자 걱정스러운 표정이었다. 누군가 침입한 것이 분명했으나 장문인의 명이 없는 이상 방으로 뛰어들 순 없는 노릇이었다.

급기야 방문이 펑 소리를 내며 나가떨어져 산산조각이 났다. 엄청난 위력이었다. 밖에 서 있던 아미파의 제자들은 난생처음 장문인의 흐트러진 모습을 보고는 다들 깜짝 놀랐다.

보영 신니의 옷은 너덜너덜해졌고 머리는 산발이 되었으며 입가에는 한줄기 혈흔이 남겨져 있었다. 그러나 방 안에 다른 사람의 흔적은 보이지 않았다.

"장문인……?"

그 순간 보영 신니의 오른손이 금색을 띠었다. 제자들이 영문을 몰라 분분한 사이 그녀는 자신의 손을 미간에 갖다 대었다. 부들부들 떨리는 손은 더욱 금빛을 띠었고 이마의 힘줄은 터져 나올 듯이 부풀어 올랐다. 조조 사태는 그것을 보고 크게 놀랐다.

"오오! 저것은 태청현공(太淸玄功)이구나. 그런데 이게 어찌 된 일인가? 어째서 사부님께서 스스로의 몸에 태청현공을 펼치신단 말인가!"

제자들은 장문인이 심마에 들었다고 생각하기 시작했다. 어서 말려야 한다고 수군거렸지만 감히 장문인의 신공을 방해할 엄두는 내지 못했다.

"저대로 두었다간 장문인께서 주화입마에 드실지도 모릅니다. 어서 말리셔야 합니다!"

그렇게 말한 것은 역지였다. 사부인 청운자가 죽고 영영 진인마저 문파 내에 없어 제자들은 우왕좌왕이었다. 보영 신니의 제자인 조조 사태는 세상일에 경험이 적었다. 그러나 사부가 주화입마에 들게 그대로 둘 수는 없었다.

"사부님! 제자의 무례를 용서하시옵소서!"

조조 사태는 괴로운 신음을 토해내고 있는 보영 신니에게 가까이 다가갔다. 보영 신니의 제자가 된 지 삼십 년 동안 한 번도 본 적이 없는 모습이었다. 언제나 평정심을 잃지 않던 사부였다. 조조 사태의 마음은 더욱 급해졌다. 수십 일 동안 일어난 아미파의 변고로 인해 제자들 모두 심란한 상태였다. 이런 때 사부에게 무슨 일이라도 생긴다면 아미파는 크게 위축될 것이 틀림없었다.

"너희들도 와서 돕거라!"

역지를 비롯한 제자들이 쭈뼛거리며 그녀를 돕기 위해 다가왔다. 그들이 막 보영 신니의 몸에 손을 대려 할 때였다.

"물러서거라."

보영 신니가 남은 한 손을 내밀며 저지했다.

"사부님, 괜찮으신지요?"

조조 사태와 제자들이 일제히 소리쳤다. 보영 신니는 제자들을 밀치며 밖으로 비틀비틀 걸어나갔다. 미간을 짚은 손이 부르르 떨리고 있었다.

"이것이… 이것이 마도충……. 그자의 말이 사실이란 말인가……."

마침내 보영 신니의 손이 미간에서 떨어지며 허공으로 뿌려졌다. 피분수와 함께 붉은 살점들도 날아올랐다. 그러나 살점 속에서 꿈틀거리는 머리카락처럼 검은 벌레를 본 자는 아무도 없었다. 보영 신니는 대노하여 부르짖었다.

"저 마물이 아직도 살아 있다니!"

보영 신니는 사력을 다해 금정면장(金頂綿掌)을 펼쳤다. 그녀의 손에서 금빛 광채가 한줄기 화살처럼 허공으로 쏘아졌다. 그러나 제자들은 금정면장에 맞은 정원의 집채만한 바윗덩이가 돌 가루가 되어 우수수 부서지는 것만을 보았을 뿐이었다.

조조 사태는 사부가 하는 말을 알아들을 수가 없었다.

보영 신니는 금정면장을 펼친 후 바닥으로 폭 쓰러졌다. 그녀의 얼굴은 온통 피 범벅이었고 미간은 살점이 떨어져 나간 채 움푹 파여 있었다.

"사부님, 대체 어찌 되신 일입니까?"

"마모충이……."

그녀는 끝내 의식을 잃고 말았다. 보영 신니는 검법을 시전하던 중 마모충의 존재를 느꼈던 것이다. 심장이 두근거리고 억제하기 힘든 분노가 피어올랐다. 그러나 오랜 수행으로 일가를 이룬 그녀의 심공은 아무리 마모충이라 해도 어쩔 수 없었다. 보영 신니는 마모충이 자신의 미간에 자리하고 있다는 것을 깨달았다.

그녀는 태청현공을 펼쳐 마모충을 스스로 잡아내려 하였다. 그러나 마모충을 몸에서 제거하는 데는 성공했으나 심력을 너무 소모한 나머지 혼절하고 만 것이다.

조조 사태는 얼굴이 창백해졌다. 사부마저 이리되었으니 이제 자신이 문파의 모든 책임을 떠맡게 되었다.

"사부님, 정신 차리세요! 무엇들 하느냐! 어서 사부님을 안으로 뫼시거라!"

제자들을 재촉하며 보영 신니를 안으로 옮기려는데 등 뒤에서 무슨 소리가 들려왔다. 고개를 돌린 그녀의 눈에는 믿지 못할 일이 벌어져 있었다. 눈앞에 크게 확대되어진 것은 바로 역지의 얼굴이었다. 미간의 검은 주름이 선명하였다.

역지가 히죽 웃으며 말했다.

"장문인은 이제 나야."

조조 사태는 자신의 가슴에 검이 박힐 때까지도 도저히 알 수가 없었다. 어째서 역지가 자신을 죽였는지, 다른 아미파의 제자들은 왜 그걸 보고만 있었는지… 사부의 말은 무엇이었는지… 그녀는 아무것도 알지 못한 채 그렇게 죽었다.

조조 사태는 몰랐지만, 그 같은 일이 아미에서만 벌어진 것은 아니었다. 시기의 차이는 있었으나 각 문파마다 내분이 생겨났다. 제자가 사부를 베고, 사형제 간의 혈전이 비일비재했다. 이 같은 골육상잔은 문파와 세가를 막론하고 벌어졌다.

무당의 백운 진인도 사제에게 죽임을 당했고 청성과 종남의 장문인들도 흉적에게 살해당했다.

모든 일은 어느 날 갑자기 벌어졌다. 사람들은 흉포해졌고 참을성이 없어졌다. 오직 탐욕과 쾌락, 본능이 명하는 대로 행할 뿐이었다. 세상의 인심은 흉해졌고 각박하여져서 부모와 자식이 척을 지고 부부 간에도 등을 돌렸으며 이웃과는 얼굴을 붉히는 일이 자주 일어났다.

황궁의 관리들은 제 실속을 차리기 위해 전전긍긍하였고 지방의 수령들도 예외는 아니었다. 현인과 지자들은 이 시대를 개탄하여 늠름히 나섰으나 곧 위선자가 되어 처단되거나 산속으로 숨어버렸다. 사람들은 아무도 믿지 못하게 되었다.

각처에서 살인, 방화, 강간 등이 벌어졌으며, 범인들은 평상시에는 아주 순했던 사람인 경우가 많았다. 해가 지면 온 나라 안이 문을 걸어 잠그고 낯선 자를 경계했다. 모두 불안에 떨며 망조가 들었다고 술렁거렸다.

그리고 끝내 남쪽에서 혈풍이 불어오기 시작했다. 자신들을 마림이라 부르며 갑자기 나타난 자들은 무림을 먼저 공격했다. 내분으로 인하여 세력이 약해진 문파들은 얼마 되지 않아 마림에게 충성을 맹세하기에 이르렀다. 이 모든 일은 운남에서 마림이 발호한 지 불과 열흘 만에 벌어진 것이다.

무림맹이 마림의 손에 떨어지자 황궁은 더 이상 무림의 일을 좌시할 수만은 없게 되었다. 아직까지 마림의 휘하에 떨어지지 않은 소림과 개방은 최호의 천황수호단과 연계하여 무림을 손에 넣은 마림을 급습하였다. 대대적인 반격은 효과가 있어 마림의 위세는 주춤하는 듯했다.

이때 각처에서 인간이 아닌 괴물들이 나타나 사람들을 도륙했다. 괴물들은 어느 날 갑자기 땅에서 솟아났다. 인간의 형상이나 인간이 아닌 자들은 죽여도 죽지 않았고 그 숫자가 점점 많아졌다.

사람들은 도탄에 빠졌고 황제를 원망하며 천신을 부르짖었다.

황제는 천사도주에게 명을 내려 마귀들을 물리치도록 하였다. 패악이 이끄는 암영천사군이 곳곳에서 마귀들과 대적하였다.

중원의 혈풍은 언제 그치게 될지 아무도 알 수 없었다.

*　　　　　*　　　　　*

칠흑 같은 밤이었다. 하늘과 땅, 바다를 구분할 수 없을 정도로 어두운 그믐밤이었다.

한 사내가 서 있었다.

"일검단악!"

사내는 그저 왼편 허리춤에 찬 검집에서 느린 동작으로 검을 빼내어 허공을 향해 가볍게 휘둘렀을 뿐이다. 그런데 그 대수롭지 않은 동작 하나가 일순 주변의 공기를 흔들어놓았다.

검에서 뿜어져 나온 차가운 기운은 주변의 공기마저도 얼어붙게 만들었다. 검을 중심으로 얼어붙은 기운이 대지에 깊숙이 박혔다.

쿠르르릉—

대지는 괴성을 질렀다. 땅속으로 깊이 박힌 검은 미동조차 없었으나 쩌억 벌어진 상처는 다시는 아물지 않을 것 같았다. 거대한 균열에서는 쉴 새 없이 붉은 연기가 흘러나오고 있었다.

사내 옆에 서 있던 아름다운 여자는 검이 보여준 엄청난 위력에도 놀라지 않았다. 놀라운 것은 검을 든 자였다. 그의 얼굴에는 아무런 표정도 떠올라 있지 않았다. 무심의 상태가 저런 것일까?

"이검절수!"

또다시 검이 움직이기 시작했다. 그러자 명주실 같은 바람 한줄기가 은근슬쩍 끼어들어 뱅뱅 맴을 돌기 시작했다. 마치 자신도 놀아달라는 듯이 나뭇잎들을 간질이며 검 주위를 떠나지 않는다.

검은 무표정한 그의 얼굴과는 다른 모습이었다. 작은 바람과 어우러져 춤을 추며 눈부신 햇살을 희롱하였다. 키득 하는 웃음소리가 들려오는 것만 같았다.

검이 말을 하다니 지나던 개가 다 웃을 일이다. 그러나 그것은 그녀의 착각이었다. 검은 웃고 있지 않았다. 원래 검이란 웃는 물건이 아니다. 마검은 피를 보아야 웃는다.

검에서 나온 작은 바람은 폭풍이 되었다. 사나운 폭풍은 천지를 뒤흔들 것처럼 세차게 휘몰아쳐 그의 뜻대로 움직였다. 사나운 폭풍은 갈 곳을 정한 듯 쏜살같이 바다로 향했다. 바다는 비단 폭이 찢어지는 듯한 소리를 내며 포효했다. 그것은 저항의 표시였다. 바람은 그걸 용납하지 않았다. 더욱 거세게 휘몰아쳤고 바다는 항복할 수밖에 없었다. 하얀 포말이 가득한 거대한 물기둥이 여인의 허벅지처럼 양쪽으로 벌어지며 단단하고 검붉은 속살을 드러냈다. 여자는 그 광경을 보며 입술을 깨물었다.

사내는 웃는 듯 마는 듯한 이상한 표정이 되었다.

"삼검무정."

그의 입술이 살짝 벌어졌다. 잠시 뒤 폭풍 속을 뚫고 강렬한 푸른 빛이 새어 나왔다. 빛은 차갑지도 뜨겁지도 않았다. 그 빛은 자신이 빛이라는 것조차 잊어버린 듯하였다. 어느 순간 빛은 하나에서 둘이 되었다가, 열이 되었다가, 마침내 어두운 하늘조차 가리울 정도로 엄청난 태양이 되었다. 모든 것을 태워 버릴 것처럼 강렬한 빛이었다.

여자는 심장이 튀어나올 듯한 두려움을 느껴야 했다. 눈을 감아도 빛은 사라지지 않고 끈질기게 따라붙었다. 그러더니 한순간에 사라졌다.

단 한 번의 눈 깜빡거림을 끝으로 모든 것은 제자리를 찾았다. 사물도 제 소리를 내기 시작했다. 천지는 언제 그랬냐 싶게 조용했다. 주위는 다시 어둠으로 물들었고, 바다는 얌전해졌으며, 대지의 상처는 아물었다.

꿈이었나?

여자는 자신이 악몽을 꾸었다고 생각했다. 사내는 원래 있던 자리에서 조금도 움직이지 않은 것처럼 보였다. 검은 얌전히 검집에 들어가 있었다.

"삼초검이란 원래 이런 것이었군!"

그는 기쁜 모양이었다. 표정으로 보아서는 알 수 없었지만 적어도 말투는 그랬다.

길고 검은 머리에 주사처럼 붉은 입술, 달빛처럼 창백한 얼굴에 박혀 있는 눈동자는 은은한 녹광을 뿜어내고 있었다.

그자는 바로 도비류였다.

소취란은 도비류의 풀어헤쳐진 가슴을 보고 있었다. 땀에 젖은 단단한 근육은 아직도 터질 듯 팽팽했다. 목에서 배꼽까지 길게 이어진 검붉은 흉터는 숨을 쉴 때마다 조금씩 부풀어 올랐다가 가라앉곤 했다. 그녀의 손이 흉터에 스치자 그가 움찔하는 것이 느껴졌다. 아직도 고통을 느끼는 것일까? 남아 있던 흉터는 아픔을 떠올리게 한다.

"대단한 검법이었어."

그녀는 도비류의 삼초검을 칭찬했다. 하지만 어조는 그렇지 않았다. 소취란은 사실 화가 나 있었다. 그의 검이 그토록 완벽하다는 것이 화가 났다. 그가 변한 것이 싫었다. 밤마다 그와 같은 방을 쓰고 함께 잠자리에 들었다. 그녀가 원하는 만큼 그를 소유할 수 있게 되었지만 만족스럽지 않았다.

"몸이 기억하고 있었다. 애써 기억하려 하지 않아도 자연스럽게 펼칠 수 있었어. 마치 널 안을 때와 같더군."

아무런 감정도 없는 차가운 어조였다.

소취란은 드러난 가슴과 어깨를 가릴 생각도 안 하고 몸을 일으켰다. 도비류가 그녀를 보았다. 한 쌍의 건조한 시선이 허공에서 얽혀들었다. 그는 소취란의 눈 속 깊은 곳에 일렁이는 불꽃을 느꼈으나 그것이 무엇을 뜻하는지 알고 싶지 않았다.

"내가 널 얼마나 싫어하는지 말하지 않았지. 넌 정말… 끔찍한 괴물이야."

소취란이 매섭게 쏘아붙이며 이불을 머리끝까지 뒤집어썼다. 그녀는 이제 인정해야 했다. 그녀가 기억하는 다정한 시선은 결코 두 번 다시는 볼 수 없다는 것을, 부드러운 미소도 가슴속에 간직해야만 한다는 것을 인정하지 않을 수 없었다.

"잊었나? 이건 네가 원한 것이라는 걸?"

위에서 그가 말하는 소리가 들려왔다. 그의 말이 맞다. 그것이 그녀가 원한 것이었다. 아삼의 소원이 강한 자가 되는 것이라는 걸 알고 있던 그녀는 그의 소원을 이런 방법으로나마 들어주고 싶었다. 그렇게라도 아삼이 살아주길 바랐다.

마림주는 흔쾌히 그녀의 소원을 들어주었다. 그러기 위해선 일령인 구미의 도움이 필요했다. 팔령의 가장 윗자리를 차지하고 있는 이 괴물은 모처럼 인간의 모습이 된다는 것에 흥분하고 있었다. 오랫동안 여자의 몸으로 있었으나 남자가 되어 보는 것도 흥미롭다고 했다.

장강의 거센 물길 속에서 갈기갈기 찢기다시피 한 도비류의 시체를 건져 올린 것은 전동이었다. 도비류의 심장은 이미 그의 몸속에서 터져 한 줌 핏물이 되어버렸으니 아삼의 심장이 들어가기에 그보다 더 좋은 조건은 없었다. 아삼의 심장과 도비류의 육신은 원래 하나였던 것처럼 서로에게 딱 들어맞았다.

백리향은 이미 물고기 밥이 되어버린 지 오래였다. 하나 도비류만은 무슨 연유인지 온전한 사람의 형체를 갖추고 있었다. 소취란은 속으로 그것이 음양현독의 독 때문일 것이라 생각했다.

마림주는 도비류의 몸에 아삼의 심장을 이식하였고 소취란은 그 대가로 구미와의 합신을 양보해야 했다.

그 결과 저런 괴물이 탄생한 것이다.

도비류의 몸을 움직이고 아삼의 심장을 움직이게 하는 것은 오직 구미의 능력이었다. 이 괴물에게는 또 한 가지 특이한 능력이 있었는데,

도비류와 아삼의 기억을 모두 갖고 있다는 것이었다. 그 기억을 자신의 의지대로 행사할 수 있다는 것도 구미였다.

소취란은 점점 마림주보다 구미가 두려워졌다. 그만큼 구미의 능력은 다른 마귀들과는 격을 달리하는 것이었다. 그러나 어쩌면 그것과는 또 다른 이유가 있는 것일지도 모른다. 예를 들면 그와 보내는 밤을 잃게 될까 봐 두려운 것이 아닐까? 그것은 그녀가 최초로 경험한 '정(情)'을 잃는 것과도 같다.

"대체 널 뭐라고 불러야 하지?"

다시 만났을 때 심장이 있는 곳을 보며 그녀가 물었다.

그녀는 사실 아삼이 약한 것이 좋았다. 인간이란 이래야 하는 것이라 생각했다. 단 한 번도 스스로를 인간으로 생각해 본 적이 없었으니까. 하지만 이제는 그를 아삼으로 부르고 싶지 않았다. 그 이름은 이제 이 세상에서 다시는 불리지 않을 것이다.

"네 마음대로 해."

소취란은 그 괴물을 그냥 구미라고 불렀다.

"너, 이리 와봐."

구미는 문가에 서 있는 마림의 졸개 하나를 불렀다. 졸개가 흙빛이 된 얼굴로 문간에서 머뭇거렸다. 이불 속에서 이 소리를 듣고 있던 소취란은 그자의 마음을 짐작할 수 있었다. 인간이 죽음의 두려움을 어찌 감당해 낼 수 있으랴. 그녀는 이불을 눈 아래까지 내렸다.

불쌍하게도 그 졸개는 거의 미치기 일보 직전인 것처럼 보였다. 그의 악명은 이미 마림 곳곳에 퍼져 있었다. 도망가는 사람들도 있었지만 아무도 성공하지 못했다.

방 안에는 한동안 끈적끈적한 두려움과 공포의 냄새로 가득 찼다.

그자는 끝내 두려움을 참지 못하고 비명을 지르며 문 밖으로 뛰쳐나갔다. 그러나 그뿐이었다. 그의 바람은 이룰 수 없는 꿈과도 같은 것이다.

그녀의 옆에서 바람 소리가 들려왔다. 움직이는 나신은 한 마리의 표범과도 같이 완벽했다. 그의 검처럼 잔인했다. 길게 울려 퍼지던 비명 소리는 어느 순간 뚝 끊어졌다. 졸개의 눈동자는 서서히 풀어졌고 스르르 바닥으로 미끄러졌다. 핏기가 하나도 없이 새하얀 얼굴은 석고로 만든 인형과도 같았다.

"내가 이 몸에 들어가서 좋은 것은 딱 하나 있어."

새빨간 혀를 움직여 입가에 묻은 핏자국을 닦아내며 구미가 만족한 듯이 웃었다. 이상한 것은 그것이 하나도 사악해 보이지 않는다는 것이다. 마지막 한 방울의 피 조차도 흐르지 않도록 깔끔하게 처리하는 그 수법은 경건한 의식과도 같았다.

바로 그것이 구미가 살아가는 방법이었다. 소취란은 그 모습에서 구미 외에는 다른 어떤 모습도 찾아볼 수 없었다. 하지만 아무리 참아보려 해도 며칠에 한 명씩 눈앞에서 피를 빨려 죽는 광경은 참기 힘들었다. 더구나 죽은 자들은 다시 살아나 구미의 명령에 복종했다.

죽지 않는 괴물들은 세상으로 나갔고 사람들을 공격했다.

"꼭 이 방에서 그래야 해?"

소취란이 혐오스럽다는 듯이 말했다.

"너도 이 몸이 죽는 걸 원하지는 않잖아? 이건 네가 단단면을 먹는 것이나 마찬가지라는 걸 알아야지."

당연하다는 말투였다. 구미의 눈가에 야릇한 미소가 번져 갔다.

소취란은 저도 모르게 소름이 끼쳤다. 그날 성도의 죽파방에서 단단면을 들고 웃고 있던 아삼의 모습이 눈에 보이는 듯하였다. 구미는 아삼의 기억을 갖고 있다. 지금도 같은 생각을 하고 있을 것이다. 그녀는 참지 못하고 소리쳤다.

"다시는 그런 식으로 말하지 마!"

그녀는 이를 뿌드득 갈았다.

"그렇다면 참는 법을 배워."

구미가 히죽 웃으며 말했다. 그의 눈동자는 빛을 잃어버린 나뭇잎의 색깔처럼 보였다.

소취란은 구미와 합신을 이뤄 일령이 되었을 때의 그 전율이 생생히 되살아났다. 미칠 것 같은 분노, 세상 모든 것을 파괴해 버리고 싶은 본능, 모든 살아 있는 것들에 대한 저주가 그것이었다. 그러나 도비류와 아삼의 몸속에 들어가 있는 구미는 그때와는 다른 모습이었다. 그는 사람이 된 것을 즐기고 있었다. 하지만 구미가 어떤 생각을 하고 있는지는 오직 구미만이 알고 있을 것이다.

"지금 내가 참을 수 없는 게 뭔지 알아?"

그녀의 말에 구미가 돌아보았다.

"내가 묻고 싶지도 않고 관심도 없다면?"

구미는 정말 그런 것 같았다. 그가 관심있는 것은 사람들의 광분이었다. 마모충이 갑자기 번식하게 된 것은 그럴 만한 이유가 있었다. 이 일은 마림 내에서도 몇 사람만이 알고 있는 일이었다.

그러나 소취란은 마모충에 감염된 사람들이 어떤 행동을 하는지 전혀 개의치 않았다.

한 사람의 남자와 한 사람의 여자가 공통의 관심사가 없는데 한 방에 있다는 것은 서로에게 지겨운 일이 될 수도 있었다.

"넌 반드시 들어야 해."

"할 수 없군. 쿡쿡, 옛정을 생각해서라도 들어주는 수밖에."

"그건 네가 지금까지 그곳에 서 있다는 거야. 어째서 이쪽으로 오지 않지?"

소취란이 눈을 빛내며 말했다.

구미는 히죽 웃더니 다시 이불 속으로 들어왔다. 뱀처럼 차갑고 매끄러운 감촉이 그녀의 전신을 끌어안았다.

"이건 예전의 너와 합신했을 때와는 또 다른 재미야. 확실히 달라."

그녀는 대답하지 않았다. 대신에 더욱 강하게 그에게 매달렸을 뿐이다. 두 사람은 몇 날 며칠을 방에서 나오지 않았다.

그건 자연스러운 행동이었다. 구미는 본능에 충실했고 소취란은 자신이 여자이길 원했다. 그가 아삼이든 도비류이든, 혹은 구미라도 상관없었다. 이미 남녀 간의 일을 알아버린 이상, 그리고 그것만이 그녀를 여자로 존재하게 해준다는 것을 안 이상 어쩔 수 없는 선택이었다.

마림주는 그렇게 살지 않으면 그녀는 당장 사라지고 말 것이라 했다. 그렇다고 다시 소양으로 되돌아가지도 않는다는 것이었다.

존재의 소멸! 아삼을 잊게 되는 것보다 더 두려운 것은 바로 그것이었다.

그래서 그녀가 처음 임신한 것을 알던 날, 그녀는 미칠 듯이 기뻤다. 비로소 완전한 여자가 된 것이다. 너무 기쁜 나머지 아이의 아버지에 대한 생각은 조금도 할 수가 없었다.

마림주는 마치 손주의 소식을 들은 할아버지처럼 기뻐했다. 소취란의 변화를 그녀보다 먼저 아는 것은 바로 마림주였다. 이미 육신이랄 수도 없는, 굳어버린 화석이 된 마림주가 기뻐하는 이유는 오직 한 가지였다.

"후후후… 드디어 때가 왔다. 내 계획이 완성될 때가 온 것이다! 보아라, 전동. 드디어 무족의 혈통을 이을 자가 생겨났도다. 음과 양의 기운을 모두 가진 자, 생사를 초월하는 존재, 천신조차도 거스를 수 없는 강력한 힘을 가진 아이가 태어날 것이다!"

벽을 가린 검은 천이 세찬 바람에 흔들리는 듯이 펄럭거렸다. 전동은 그 앞에 부복하고 있었다.

"후후후. 전동, 너는 내가 유천복과 팽소연을 왜 풀어주었는지 알고 있겠지. 아, 저 미련한 팔령들도 모두 알고 있는 일을 네가 모를 리 없지."

전동은 물론 알고 있었다. 팽소연은 기억하지 못할 테지만 이미 그녀의 몸에는 마모충이 들어가 있었다. 그 마모충은 다른 것과는 달랐다. 그것은 마림주가 특별히 만들어낸 것으로 그로 인해 마림주의 생명이 위태로운 지경까지 이르게 된 것이다. 마모충은 팽소연의 몸 깊숙한 곳에 잠자고 있으므로 어느 누구도 눈치 챌 수 없었다. 그리고 그녀가 아이를 가지게 되면 깨어나게 될 것이다. 이런 일은 누구라도 짐작조차 할 수 없는 일이었다.

하지만 전동이 궁금한 것은 왜 꼭 팽소연이어야 하는가? 하는 것이었다. 전동은 이 질문을 하지 않을 수 없었다.

"어째서 그녀가 아니면 안 되었습니까? 차라리 선문의 아랑 쪽이 더 확실했을 텐데요?"

돌연 벽이 부서질 정도로 마림주의 웃음소리가 크게 들려왔다.

"크하하하! 그것은 아무도 모르는 일이지. 천존조차도 모르는 일일 거야. 이 세상에서 오직 나만이 알아볼 수 있는 일이다. 전동, 너는 어째서 천비의 환생자와 아랑의 환생자가 다시 나타났는지 알고 있느냐?"

마림주의 말에 전동은 대답할 수 없었다. 어떤 일이 이루어질 때는 정말 공교롭게도 모든 조건이 거기에 딱 들어맞는 우연만이 존재할 뿐 그 외에 다른 어떤 설명도 할 수 없는 경우가 있기 마련이었다.

"너는 세상에 우연이 존재한다고 믿고 있겠지?"

"……."

"그러나 세상에 우연히 벌어지는 일은 아무것도 없다. 흐르는 강물 위로 떨어지는 나뭇잎 하나도 그냥 떨어지지 않는 것이다. 전동, 내가 혼신의 힘을 다해 그녀에게 마모충을 집어 넣은 것은……."

마림주의 목소리가 갑자기 작아졌다. 누가 들으면 큰일이라도 난다는 듯한 태도였다.

"하하하, 바로 그녀가 원했기 때문이지."

전동은 어이가 없었다. 설마 팽소연이 마림주에게 그렇게 해달라고 부탁이라도 했다는 말인가? 절대 그럴 리 없다는 것은 그가 더 잘 알고 있었다.

"하하하, 소취란이 원하는 일을 팽소연이 원하지 말라는 법이 어디 있겠느냐?"

"속하는 도무지 무슨 말씀인지 알 수 없습니다."

"흐흐흐, 알 수 없지. 절대로 알 수 없을 것이다. 너는 아랑의 환생자와 천비의 환생자가 태어날 수 있다면 다른 사람도 그럴 수 있다는 생각을 해본 적이 없느냐?"

마림주의 말에 전동은 한동안 말이 없었다. 그가 생각할 때 마림주는 공손헌원의 환생자는 아니었다. 다만 그의 혈통을 가진 자일 뿐.

"대체 누가……?"

"그것이 바로 세상의 오묘한 이치지. 팽소연이 바로 '발'의 환생이기 때문이다. 크하하하!"

이번에는 전동도 놀라지 않을 수 없었다. 헌원을 도와 천비를 함정에 빠뜨린 마녀 발이 팽소연으로 태어나다니, 이게 어떻게 된 일일까? 대답은 마림주가 대신해 주었다.

"이것은 바로 발이 원했기 때문에 이루어졌다. 사실 오랜 옛날 그녀는 천비를 사모하고 있었단다. 그녀는 무족의 딸이었으나 천족인 천비를 사랑했다. 그러나 천비는 아랑 외에는 절대로 다른 여자를 쳐다보지 않았지. 그것이 발을 분노케 하였다. 결국 천비는 그로 인해서 죽음에 이르게 되었고, 발은 나중에야 자신이 저지른 일을 후회하고 세상의 끝에 가서 홀로 외롭게 살았다. 그러나 천비를 사모하는 마음만은 사라지지 않았다. 그래서 그녀는 자신의 죽음을 담보로 간절하게 원하게 되었던 것이다. 훗날 천비의 환생자가 태어나게 된다면 자신도 다시 태어나게 해달라고. 그래서 못다 한 인연을 이룰 수 있게 해달라고. 여자들이란 때때로 그렇게 어리석은 법이지."

"팽 소저는 자신이 그렇다는 것을 알고 있습니까?"

"그녀는 모르지. 절대로 알 수가 없고 아마 죽을 때까지 모를 것이다. 그것 또한 발이 원했기 때문이다. 하지만 그녀가 아이를 낳게 된다면 알 수 있을지도 모르지. 크하하하! 왜냐하면 그녀가 아이를 낳으려면 자신의 목숨을 걸어야 하기 때문이다. 사람은 누구나 죽을 때가 되면 모든 것을 알게 되는 법이니까."

전동은 고개를 끄덕이다 다시 물었다.

"그렇다면 구미는?"

그는 지금껏 구미가 발인 줄 알고 있었기 때문이다.

"구미? 크하하하! 구미는 구미일 뿐이지, 그 외에 무엇이 될 수 있겠나?"

녹색 눈동자가 어둠 속에서 걸어나왔다.

"인간들은 왜 일을 그렇게 복잡하게 하지? 당신은 더 살 수도 있는데… 마림주, 당신은 이 인간을 살릴 것이 아니라 자신을 살렸어야 했어. 그리고 당신이 세상을 지배하면 되는 거잖아."

그 말은 전동도 오래전부터 묻고 싶었던 것이기도 했다. 마림주가 자신의 죽음을 예언한 것은 마모충 때문이었다. 마존의 머리카락이라 불리우는 마모충이 나타났다는 것은 마림주의 힘이 다했다는 것을 말하는 것이었다. 마림주가 굳어버린 화석이 된 것도 결국은 마모충의 번식으로 인해 기력이 떨어졌기 때문이다.

구미와 합신하면 죽은 후에도 살 수 있다는 것을 마림주가 모를 리 없었다. 하지만 전동은 이미 마림주의 대답을 알 듯도 하였다. 그것은 그가 다른 팔령들과 달리 목숨이 하나인 것과 같은 이유였다. 그것은… 자신의 의지대로 죽을 수 있는 '자유'였다.

"후후후, 그것이 내가 원하는 것이다. 구미, 너의 뜻대로 사는 것은 내가 원하는 것이 아니야."

마림주의 말에 구미는 움찔하였다. 구미와 합신하는 순간부터 구미의 뜻과 생각대로 움직여야 한다는 것을 마림주가 말하고 있었기 때문이다.

"난 네가 원하는 대로 한다는 걸 알고 있잖아."

"그 원하는 것조차 내 마음이 아니라는 것도 알고 있지."

그 말은 전동의 생각과도 일치하는 것이었다.

"구미, 너는 아주 오래전부터 천족과 마족, 무족과 인간과의 사이에 존재해 왔다. 너희 일족은 이 세상에 인간과 무족이 생겨나기 전에 있었던 존재이다. 유일하게 천존이 만들어내지 않은 것이 바로 너희 일족이지. 그렇기에 너는 원래 있어서는 안 되는 존재였다. 나의 조상이 널 구해주지 않았더라면 너는 너희 일족과 함께 사라지고 말았을 거야. 그런 의미에서 너는 또한 유일하게 우리 무족이 만들어낸 창조물이야."

구미의 얼굴이 살짝 찌푸려진 것처럼 보였다. 그러나 곧 녹색 눈동자를 빛내며 말했다.

"나야 아무래도 상관없어. 그저 순간순간 내가 살아가고 싶은 대로 살아가면 그만이니까. 이 몸도 나쁘지는 않고 말야."

전동은 처음으로 구미가 어떻게 생겨났는지를 듣게 되었다. 그는 마림주를 만날 때부터 구미가 있었다는 것을 기억해 냈다. 마림주가 얼마나 오래 살았는지 알 수 없지만 구미가 그 이전부터 있어왔다는 것은 그도 짐작하고 있는 일이었다.

마림주의 목소리가 냉랭해졌다.

"무족이 만들어낸 창조물 따위에 빌붙어 사는 것은 내 뜻이 아니지. 내가 원하는 것은 인간들의 멸망도 아니다. 백 년도 못 사는 인간 따위야 어떻게 되든 말든 내가 신경 쓸 필요도 없어. 내가 바라는 것, 오래전부터 내가 바라마지 않던 것, 그것은 바로 무족들이 다시 이 땅을 지배하게 되는 것이야. 후후후후… 그 예전처럼 이 땅에 무족들이 넘쳐나게 되는 날 천족들은 깨닫게 될 것이다, 진정한 승자가 누구인지를. 진정한 세상의 주인이 누구인지를 말이야. 후후후후."

"하지만 한마디는 하지 않을 수 없네. 그 말은 결국 마귀 새끼 한 마리를 얻기 위해 그렇게 공을 들였다는 거잖아. 스스로 할 수 있는 일을 어째서 다른 자를 통해 이루려는 거지?"

구미가 시큰둥하게 말했다.

"후후후, 너는 원래 일족 따위에 신경 쓰지 않으니 알 수 없겠지. 전동, 자네는 내 맘을 알겠지?"

전동은 자신이 환교를 되살리기 위해 안간힘을 썼던 것을 떠올리며 고개를 끄덕였다.

수옥과 송옥에서 깨어나는 천비와 마존이 이 세상을 쓸어버리고 나면 소취란에게서 태어나는 아이는 새로운 역사를 쓰게 될 것이었다. 그리고 팽소연에게서 태어나는 아이와 짝을 이루어 영원한 무족 세계를 이루게 될 것이다.

"나는 선문의 멍텅구리들이 내 일을 방해하지 못하도록 팔령들로 하여금 적절히 유천복을 방해하도록 했지. 적당히 싸워주다 물러서도록. 후후후… 팔령들이 사라지게 되더라도 상관없어. 마귀들은 많으니까. 하지만 천비와 마존은 반드시 부활해야 한다. 그래야 세상이 바뀔 테니까. 사람들은 절규하겠지. 사는 것이 죽음보다 더하다는 것을 알게 될 것이다. 그때 강력한 힘을 가진 자가 나타나 천비와 마존을 제압하고 세상을 구하게 된다면… 그자야말로 진정한 영웅이 될 것이다."

"그렇지만 그걸 보기 전에 세상에서 사라지게 된다면 억울할 거야."

구미가 눈을 빛내며 마림주를 충동질하였다. 그러나 마림주는 전동을 보았다. 그는 전동을 믿고 있었다. 하나의 세계가 탄생하기 위해서 그전의 낡은 세계가 무너지는 것은 진리와도 같은 것이다.

"새로운 세상을 만들기 위해 나는 기꺼이 껍질이 될 것이다. 나를 뚫고 나올 신세계를 위하여… 천족과 마족, 인간족이 모두 내 앞에 무릎을 꿇고 경배하겠지. 크하하하!"

이것이 마림주의 원대한 목표였다. 그것은 그가 새롭게 창조하는 세계였다.

"나는 새로운 신이 되는 것이다. 신 종족의 창조주 말이다! 크하하하! 내가 명하노니 생존하고 번식하거라! 번식하거라! 크크크!"

마림주의 광소가 한동안 일대를 뒤흔들었다.

구미의 녹색 눈동자가 한쪽으로 움직였다. 그는 오래전부터 소취란이 문 밖에 서 있다는 것을 눈치 채고 있었다.

소취란은 마림주의 얘기를 엿듣고 있었다. 그녀가 아이를 가졌다는 것을 말하러 왔는데 마림주는 이미 알고 있었다. 하긴 마림주가 모르는 일은 아무것도 없었다.

그녀는 오래전 일을 생각했다. 그녀가 마림을 찾아왔을 때 마림주는 자신이 무족의 원형과 가장 닮아 있다고 말했었다.

음과 양, 생과 사를 초월하는 존재, 자신을 괴물이라고 생각해 오던 그녀는 마림주의 그 말에 주저없이 몸을 의탁하였다. 스스로 인간이길 포기했었다.

"나는 인간일까, 마귀일까?"

그녀는 스스로 되뇌었다.

◆제53장 인욕노상심착
人欲路上甚窄

욕망의 길은 한없이 좁다

홍묘아는 별이 가장 잘 보이는 곳에 묻히고 싶어했
다. 독갈은 사막 속의 초원에 홍묘아의 무덤을 만들었
다.

"그녀는 행복한 사람이군요."

능초영이 문득 말했다. 그녀는 홍묘아가 옥청화보다
훨씬 행복할 것이라 생각했다. 독갈은 원망 섞인 눈초
리로 그녀를 보았다.

"능 소저, 당신은 알고 있었소?"

"무엇을요?"

능초영은 독갈이 무엇을 묻는 것인지 알고 있었지만
대답하지 않았다. 홍묘아가 독갈을 살리고 싶어했던 만
큼 그녀 자신도 살고 싶었다는 것을 인정하고 싶지 않

았다. 사람이 한순간 죽고 싶다고 생각할 수는 있지만 어느 누구도 그것이 진심이라고 생각하지는 않는다. 독각독안의 발이 독갈을 뭉갠 후에 어디로 올 것인지는 자명한 일이었다. 그러니 능초영은 홍묘아의 부탁이 아니더라도 그렇게 했을 것이다.

"당신은 홍묘아가 죽는다는 것을 알고 있었지 않소?"

"물론 나는 알고 있었어요. 그러나 만일 그렇게 하지 않았다면 어떻게 우리 두 사람이 목숨을 부지할 수 있었겠어요?"

능초영이 되물었으나 이번에는 독갈이 대답하지 않았다. 그는 한참 동안이나 홍묘아의 무덤을 보고 있었다.

"그녀는 날 위해 그런 것이오. 결국 내가 그녀를 죽인 것이나 다름없소."

독갈은 마침내 굵은 눈물방울을 보이고 말았다. 홍묘아의 무덤을 파고 그녀의 시신을 안에 넣을 때까지 그는 안색 하나 변하지 않았었다.

봉호문 사람들은 모두 깨어났으나 중독된 상태여서 더 이상 앞으로 나갈 수가 없었다. 그들은 모두 독갈과 함께 중원으로 돌아가기로 하였다.

독갈은 떠나기 전에 유천복만을 따로 불렀다.

"이것은 그녀가 당신에게만 주라고 한 것이오."

유천복은 주머니 속의 그것이 수옥이라는 것을 알자 뜨거운 돌멩이를 집어 들었을 때보다 더 놀랐다.

"이것을 어떻게 독 형이!"

"말했잖소, 그녀가 주었다고. 원래 약선 그 늙은이가 여우 같은 능초영이 아닌 그녀의 몸속에 숨겨놓았었소. 그걸 숨기기 위해 그런 무지막지한 모습으로 변하게 한 것이오."

독갈은 이쪽을 빤히 쳐다보고 있는 능초영을 힐끔 보았다.

"여우 같은 능 소저를 조심하시오. 그녀는 도비류가 죽은 뒤에 의기소침한 듯 보이나 반드시 그렇지만은 않소. 그녀 자신을 위해서라면 아무리 유 공자라 하더라도 해를 입히게 될 것이오."

진심 어린 충고였다. 독갈은 처음부터 능초영과 사이가 좋지 않았는데 이런 일까지 겹치자 능초영을 벌레 보듯 하였다.

하지만 유천복은 자신이 조금만 더 빨리 짐귀차를 해치웠더라면 이런 일이 벌어지지 않았을 텐데라며 자책하고 있었다.

그러나 독갈과 봉호문 사람들이 떠난 다음날 밤, 수옥은 능초영과 함께 사라지고 말았다.

"그 여우 같은 것이 그런 속셈일 줄 난 진작부터 알고 있었어요."

팽소연은 북해까지 오는 동안 두고두고 능초영을 욕했지만 유천복은 오히려 잘된 일이라고 생각했다. 수옥이 없는 편이 차라리 맘이 편했다. 그는 팽소연이 잔소리가 백 개의 수옥보다 훨씬 가치있다고 여겼다.

어떤 사람이 수옥과 송옥을 둘 다 가지고 있는 것보다는 각기 다른 사람이 하나씩 갖고 있는 편이 더 나았다.

그러면 누구도 그 힘을 쓸 수 없을 것이기 때문이다.

"어째서 내가 지금도 북해에 가야 한다고 생각하는 거요?"

유천복은 원래 처음부터 북해에 가고 싶지 않았다. 언제나 그가 원하는 것은 한결같이 집으로 돌아가서 일신이 편안한 상태에 있게 되는 것이었다.

독갈과 봉호문 사람들이 중원으로 돌아갈 때 그도 같이 가고자 하였다. 그럴 수 없었던 것은 오직 그만이 가고 싶어했기 때문이었다. 만일 팽소연도 가고자 하였다면 틀림없이 두 사람은 지금 유가장의 대청마루에서 맛있는 음식과 술을 앞에 둔 채 밤이 깊을 때까지 밀어를 속삭였을 것이다.

"그게 문주님의 운명이니까요. 세상을 구하느냐 마느냐 하는 것은 바로 문주님의 어깨에 달려 있다구요."

그러나 팽소연은 유천복과는 달랐다. 그녀는 유천복의 어깨에 무림의 중대사가 걸려 있다는 것을 자랑스러워했고, 그래서 유천복이 영웅협사처럼 행동하길 바랐다.

나중에 아이들이 태어나게 되면 자랑스럽게 아버지에 대해 말할 수 있기를 진심으로 원했다. 유천복은 팽소연의 진심을 외면할 수 없었다.

"난 내가 세상을 구할 사람이라는 걸 도저히 믿을 수가 없소."

"그게 무슨 말씀이세요. 문주님께서 천비의 환생자라는 것을 이제는 모르는 사람이 없는데요. 그래서 무지자가 문주님의 몸에 들어왔던 것이잖아요. 그걸 각성시키기 위해서… 무지자의 희생을 벌써 잊으신 것은 아니죠?"

무지자… 그랬다. 그는 유천복을 각성시키기 것이 할 일이라고 하였다. 하지만 유천복은 자신이 무엇을 깨달았는지 알 수가 없으니 답답했다.

아주 오랜 옛날에 벌어진 일이 어째서 자신과 연관이 있다는 말인지 이해할 수 없을 뿐 아니라 이해하기 싫었다.

그 때문에 아버지를 잃고, 집을 잃고, 친구도 잃었다.

"왜 내가 아니면 안 된다는 건지 모르겠소. 수옥과 송옥을 그대로 두면 아무 일도 일어나지 않을 것 아니오."

그건 유천복이 오래전부터 생각해 오던 것이었다. 수옥과 송옥을 꼭꼭 감추어 버리면 마림이라 한들 찾을 수 없을 것이 아닌가? 아니, 지금도 선문에서 송옥을 세상에 내어놓지 않는 한 수옥 하나만으로 무엇을 어쩔 수 있으랴. 유천복 자신이 선문에 가지 않는다면 송옥이 세상에 나올 이유도 없었다.

이 같은 이야기를 들은 팽소연은 한숨을 내쉬었다. 그녀는 자신이 유천복이라면 벌써 천하를 얻었을 것이라 생각했다.

"문주님께서는 마림을 잊고 계세요. 우리가 선문에 가지 않는다면 조만간 마림이 선문을 공격할 것이에요. 그리고 능 언니가 가져간 수옥은 언제라도 마림이 빼앗을 수 있다구요. 그렇게 되면 세상이 마림의 손에 들어가게 되죠. 화광수와 풍리수, 독각독안과 짐귀차 같은 괴물들이 세상을 휘젓고 다니며 사람을 잡아먹어도 좋다는 말이에요?"

"그건 아니지만… 나 대신 다른 사람이 그걸 막을 순 없는 것인가 하는 거요. 예를 들면 두공이 나 대신……."

"그는 천비의 환생자가 아니잖아요!"

참지 못한 팽소연이 소리를 빽 질렀다.

"지금까지 무슨 소리를 들은 거예요! 문주님은 천비의 환생자라구요. 수옥과 송옥에 갇혀 있다 나온 천비와 마존의 힘을 다른 사람이 악용한다면 천하가 어찌 되겠어요? 문주님께서는 이 다음에 태어날 우리 아이들은 그런 끔찍한 세상에서 살기를 바라시는 거예요?"

'우리 아이들?'

팽소연의 말에 유천복은 그만 멍해졌다. 한 번도 자신의 아이가 살아야 할 세상을 생각해 본 적이 없었기 때문이다. 그는 끄응, 하는 신음 소리를 내뱉었다.

어쩐지 팽소연의 말대로 하지 않았다간 평생 동안 죽는 것보다 더 괴로운 일을 당하게 될 것만 같았다.

"알았소. 갑시다, 가면 될 것 아니오."

유천복은 북해에 이르러서야 숲이 바다와 같다는 말을 이해할 수 있었다. 천상천하(天上天下) 유아독존(唯我獨尊)이라는 말이 무색하게 구름을 뚫고 하늘로 곧장 뻗어 올라간 나무들은 그 끝이 어딘지 알 수가 없었다.

"정말 별천지로군요. 평지에 이토록 많은 나무가 있는 것은 처음 봤어요."

팽소연은 거대한 나무들 사이에서 흘러나오는 비릿하고 야릇한 내음에 취한 듯 얼굴마저 새빨개져 있었다. 그 향기는 사람의 혼을 빨아들일 것만 같았다. 팽소연은 검은 흙을 꾹 밟아보았다.

"이곳의 흙은 왜 이렇게 검죠? 중원의 황토 흙과는 전혀 달라요."

팽소연은 보는 것마다 신기한지 쉴 새 없이 나무 사이를 뛰어다니고 있었다.

"나무들은 어째서 이렇게 하늘로 높게 솟아 있을까요? 황산에서도 이렇게 높은 나무는 본 적이 없어요."

재잘거리는 팽소연의 모습은 마치 나무 사이를 날아다니는 하얀 나비처럼 보였다. 유천복은 이곳까지 오는 동안 고생한 일들이 그녀의 웃음소리에 모두 날아가 버리는 듯한 느낌을 받았다. 팽소연이 기뻐하는 것을 보니 오길 잘했다는 생각이 들었다.

"여기는 사람이 오는 곳이 아니오."

두 사람이 흠뻑 숲의 향기에 취해 있을 때 돌연 음산한 목소리가 들려왔다.

유천복이 홱 뒤돌아보았지만 아무도 보이지 않았다.

"무슨 소리죠?"

"바람 소리일 거요."

팽소연은 더럭 겁이 나서 유천복 곁으로 바짝 다가섰다.

"문주님, 정말 이쪽이 틀림없어요?"

유천복은 대답할 수 없었다. 분명히 이쪽으로 가야 한다는 확신을 갖고 무작정 온 길이었다. 마치 누군가 부르기라도 한 듯 끌려온 것이었다. 그렇지 않다면 두 사람이 어떻게 이곳까지 도달할 수 있었겠는가?

"나도 모르겠소. 이곳의 무엇인가가 나를 불렀던 것만은 틀림없지만… 확신할 수는 없소."

유천복은 낭패스러운 듯 말했다.

"지금 그걸 말하면 어떻게 해요? 전 문주님께서 길을 확실히 알고 계신 줄 알았다구요."

"내가 언제 길을 알고 있다고 했소? 난 항상 돌아가자고 했는데."

"그럼 왜 번번이 앞장섰어요!"

팽소연이 소리를 빽 질렀다.

"어서 이곳을 빠져나가야겠소."

유천복은 팽소연을 안아 들더니 쏜살같이 숲을 빠져나갔다. 팽소연은 행복한 비명을 질렀다.

"꺄아아악! 너무 빨라서 어지러워요. 좀 천천히 가세요, 문주님."

훗날 봉호문 사람들이 별 볼일 없는 무공을 지닌 팽소연이 어떻게 북해까지 갔을까 궁금해했을 때 그녀가 웃기만 했던 것은 바로 이런 이유였다.

"아!"

유천복이 갑자기 멈추어 섰다.

"왜 멈추는 거지요?"

팽소연이 유천복의 가슴에서 고개를 들었다.

"아!"

그러나 그녀도 곧 유천복과 똑같은 말을 할 수밖에 없었다.

숲은 갑자기 끝났다. 그리고 눈앞에 보이는 것은 드넓은 평원이었다. 물기를 머금은 생생한 풀이 온 세상의 전부인 것처럼 펼쳐져 있었다.

"정말이지 이곳은 무엇이든 바다처럼 보이는구려!"

유천복이 감탄한 듯 말했다.

"문주님께서는 바다를 보신 적이 있어요?"

"없지만 아버지께서 말씀해 주신 적이 있었소. 세상에서 가장 넓은 곳이 있다면 그곳이 바로 바다라고 하셨지. 어디를 보아도 물뿐이라 하셨는데, 지금 이곳은 어디를 보아도 풀뿐이지 않소. 그러니 이곳도 풀의 바다라고 불러야 옳을 것이오."

"풀의 바다… 멋져요! 이렇게 멋진 곳은 처음이에요."

팽소연이 가슴 가득 시원한 바람을 들이키며 말했다. 그러나 사실 그녀는 유천복의 얼굴만을 보고 있었다. 그와 함께라면 세상 어느 곳에 있다 한들 멋지지 않을 수 없을 것이다. 그래서 그녀는 행복했다. 이곳까지 오는 동안 이 행복이 깨지지 않을까 두렵지 않은 것은 아니었지만 지금 현재 행복한 것이 더 소중하다고 생각했다.

두려워서 피해간다는 것은 팽소연의 성격상 절대로 있을 수 없는 일이었다. 그녀는 정면으로 부딪쳐 이겨낼 작정이었다.

아랑에게도 그 누구에게도 유천복을 빼앗길 수는 없었다.

유천복은 다른 생각에 빠져 있었다. 그의 몸이 가볍게 흔들렸다. 바람이 불 때마다 이쪽으로 저쪽으로 흔들리는 풀을 따라 그의 몸도 흔들리고 있었다. 무거운 육신의 껍질을 벗어던지고 영혼의 자유를 온몸으로 만끽하였다. 유천복은 자신의 몸이 바람이 된 듯한 착각에 빠졌다.

"어머! 문주님!"

갑자기 팽소연이 소리를 질렀다.

"왜 그러시오, 팽… 어엇!"

쿵!

유천복은 팽소연을 안은 채 바닥으로 쿵 떨어져 엉덩방아를 찧고 말았다.

"아얏! 그렇게 떠오르시면 어떻게 해요."

팽소연이 부딪쳐 빨개진 코를 문지르며 곱게 흘겨보았다. 유천복이 바람이라고 느낀 것이 착각만은 아니었다. 유천복이 점점 위로 떠오르자 팽소연이 놀라 소리를 질렀고 유천복이 말을 하는 바람에 두 사람은 바닥으로 떨어졌던 것이다.

"제가 말을 걸지 않았다면 어디까지 떠오를지 몰랐겠네요."

팽소연이 살짝 웃었다. 유천복은 멋쩍은 듯 고개를 돌려 앞을 보는 체하였다. 그는 아직도 자신이 자연과 동화된다는 것이 신기하기만 하였다. 그래도 이렇게 가슴이 시원하게 뻥 뚫린 듯한 느낌이 드는 걸 보면 무공을 배운다는 것이 그리 나쁘지는 않았다. 괴물과 맞닥뜨리지만 않는다면 말이다.

"이곳은 사람이 올 곳이 아니오."

그때 또다시 그 목소리가 들려왔다. 이번에는 좀 더 가까운 곳에서 들리는 것 같았다. 팽소연의 얼굴이 아까보다 더욱 창백해졌다.

"누구예요? 장난하지 말고 어서 나와요!"

그러나 아무도 나오지 않았고 아무 소리도 들리지 않았다.

"문주님, 어서 선문을 찾아가요."

팽소연이 두려운 듯이 말했다.

번쩍!

갑자기 한줄기 날카롭고 푸른 빛이 하늘을 반으로 갈랐다.

팽소연이 비명을 질렀다. 별안간 여기저기서 번쩍 하는 빛이 난무하더니 이내 귀청을 찢을 듯한 천둥 소리가 울려 퍼졌다.

"비가 오려나 봐요! 어서 피해야겠어요."

거의 울 듯한 팽소연과는 달리 유천복은 움직이지 않았다. 그의 심장은 천둥 소리를 따라 울리고 있었다. 온몸이 부르르 떨려왔다. 번개가 칠 때마다 그의 피도 끓어오르는 듯하였다.

천둥과 번개, 바람은 점차로 거세어졌고 굵은 빗방울에 풀들은 몸살을 앓는 소리를 토해내었다.

투다다다— 쏴아아아—

심장의 고동 소리가 터질 듯이 빨라졌다. 유천복은 팽소연을 내려놓았다. 그러더니 엄청난 괴성을 지르며 미친 듯이 앞으로 달려나갔다.

"왜 그러세요? 문주님, 돌아오세요!"

팽소연이 소리쳤지만 그는 들리지 않는지 소리를 지르며 미친 듯이 달려나가 평원 한가운데 양팔을 벌리고 우뚝 섰다.

"문주니임—"

빠지지직!

팽소연의 긴 비명 속에서 번개와 천둥이 동시에 울려 퍼지며 강렬한 한줄기의 화살 같은 빛이 유천복에게 내리꽂혔다.

순간, 그는 온몸으로 느끼고 있었다.

자연의 위대함!

유천복은 자신이 자연의 일부가 되었다는 것을 깨달았다. 부딪침이 없는, 걸림이 없는 무한 속에서 거대한 공명의 울림이 그의 몸 가득히 퍼져 나가고 있었다. 바늘처럼 따갑게 꽂히는 빗발은 유천복의 몸을 관통하여 땅에 꽂혔다.

팽소연이 거센 바람과 빗발을 헤치며 간신히 유천복 가까이 다가갔지만 한마디도 할 수 없었다.

"이상하오."

"뭐가요?"

"내가 내가 아닌 것 같소. 난 그냥 이 풀들이나 바람과 마찬가지로 이곳의 일부인 것 같단 말이오."

유천복은 땅에 무릎 꿇고 양팔을 벌려 하늘을 보고 있는 자세였다.

팽소연은 문득 유천복이 그대로 사라져 버릴까 공포심에 휩싸였다. 그는 너무도 편안하게 자연과 일체되어 있어 도저히 사람이라고 느껴지지 않았다. 그대로 두면 어느새 팔과 다리에서 싹이 돋아날 것만 같았다.

"무슨 소리예요! 문주님은 문주님 자신이라구요!"

그녀는 유천복을 확 잡아끌었다. 그러자 유천복의 몸은 한 포기의 풀이 뽑혀지듯 힘없이 팽소연에게로 끌려왔다. 그가 이토록 쉽게 움직일 줄 몰랐던 팽소연이 휘청 하는 바람에 두 사람은 그대로 풀 속으로 쓰러지고 말았다.

"이대로 영원히 있어도 괜찮을 것 같은데."

유천복은 얼굴 위로 따갑게 쏟아지는 빗줄기의 경쾌함에 웃음이 터질 것만 같았다. 그러나 팽소연은 세찬 비바람을 맞기에는 너무 연약했다. 그녀는 흠뻑 젖은 생쥐처럼 덜덜 떨고 있었다.

"이렇게 있다간 병이 나고 말 거예요."

그녀는 벌써 병이 난 것 같았다. 너무 추워서 죽을 지경이었다.

"난 이곳이 낯설지 않소. 이 느낌이 낯설지 않소, 어찌 된 일인지."

유천복은 꼼짝할 생각이 없는 듯했다. 팽소연은 그런 유천복이 야속하기만 했다.

"그것은 그대가 천비님의 환생자이기 때문이오."

예의 그 목소리가 다시 들려왔다. 이번에는 바로 옆에서 들리는 것 같았다.

팽소연이 놀란 토끼처럼 몸을 일으켰다. 유천복도 천천히 일어섰다.

어느 틈에 다가왔는지 바로 옆에 한 명의 노파가 서 있었다. 흰옷을 걸치고 체구가 당당한 노파의 얼굴은 추하기 이를 데 없었다. 그러나 이상하게도 한 방울의 비도 맞지 않고 있었다. 팽소연은 노파의 몸을 피해 흘러내리는 빗방울을 보자 마치 귀신이라도 만난 듯한 표정이었다. 그러나 유천복은 아무렇지도 않아 보였다.

"선문을 찾고 있다면 나를 따라오시오."

유천복이 앞장서자 팽소연도 할 수 없이 노파를 따라갔다.

노파가 데려간 곳은 정말로 바다였다.

세상이 온통 물로 가득한 곳. 아버지 말씀이 맞았다. 바다는 정말 세상에서 가장 넓은 곳이구나, 유천복은 경탄했다.

"이곳은 바다가 아니오."

마치 유천복의 마음을 읽기라도 한 듯 노파가 말했다.

"바로 천지(天池)라오."

시종일관 불안한 얼굴로 따라오던 팽소연마저도 하얀 무지개가 하늘에서 물로 다리처럼 놓여져 있는 것을 보며 넋을 잃었다.

"설마… 선문이 저 위에 있는 것은 아니겠죠?"

"후후, 왜 아니겠소."

"그렇다면 정말로?"

두 사람은 깜짝 놀랐지만 노파의 말은 장난이었다. 선문이 있는 곳은 호수 한가운데 있는 섬이었다.

"이곳은 인간들의 눈에는 보이지 않는 섬이오."

이미 밤이 되었는데도 사방은 어둡지 않았다.

그믐달은 처연하고 육감적인 흰 빛을 토해내었다. 팽소연이 왜 날이 저물지 않냐고 물어보자 노파는 여름이 되면 이곳에는 밤이 없어진다고 하여 또 한 번 그녀를 놀라게 했다.

"여기는 정말 천신들이 사는 곳이었군요."

팽소연은 종달새처럼 지저귀는 것을 좋아했었는데 그 말 이후에는 어쩐 일인지 얌전했다. 마치 신들의 땅에서 떠들기라도 했다간 큰 벌이라고 받을까 봐 두려워하는 눈치였다.

천지의 한가운데 뿌연 안개가 가득한 곳에 선문이 있었다. 섬의 안쪽은 거대한 얼음덩어리들로 이루어져 있었고 선궁은 바로 그 속에 있었다. 얼음덩어리는 황산의 크기보다 크면 컸지 절대로 작지 않아 보였다.

유천복은 온통 얼음으로 이루어진 이곳에서 오히려 넘쳐 나는 생명의 기운을 느낄 수 있었다. 머리로, 가슴으로, 온몸으로 느껴지는 푸른 생명의 기운이 그의 몸 가득히 들어차 생명의 기쁨에 충만토록 하였다.

"이곳은 정말이지 모든 것이 살아 있는 것 같구려."

"무슨 소리에요. 얼음 속에서 살 수 있는 것이 뭐가 있겠어요."

새침하게 말하던 팽소연도 세상의 온갖 꽃이 가득 피어 있는 것 같은 화원을 보았을 때는 입을 다물지 못했다.

선문에 도착하자 노파는 사라지고 시비들이 두 사람의 시중을 들었다. 유천복은 정말 오랜만에 편하게 쉴 수 있었다.

유천복이 팽소연을 다시 보았을 때 그녀는 이미 오랜 여독을 씻어낸 듯 아름다운 모습을 하고 있었다. 걸음걸이도 봄날의 산들바람처럼 살랑살랑거렸으며 보폭도 크지 않았다.

그녀가 이렇게 변한 것은 아랑 때문이었다. 팽소연은 선문에 오면 아랑을 만나게 될 것이고 유천복이 두 사람을 비교하게 될 것이라 생각한 것이다. 그녀는 아랑보다 여자답게 보이고 싶었다.

그러나 다음날에도 아랑의 모습이 보이지 않자 이내 의욕을 잃고 다른 곳에 관심을 보였다.

팽소연은 얇은 옷을 입고도 오히려 따스한 것이 궁금해 죽을 지경이었다. 그녀는 유천복에게 계속해서 이렇게 속삭였다.

"세상에! 북해가 이렇게 따스한 곳이라고 누가 짐작이라도 했겠어요?"

"그것은 이곳이 얼음으로 둘러싸여 오히려 온기가 나가는 것을 막고 있기 때문이라오. 그리고 얼음에 물을 뿌리게 되면 오히려 따스한 열이 발생하지."

그들을 데리고 왔던 노파가 어느새 다가와 대답해 주었다. 두 사람은 그 노파를 따라갔다.

대청에는 모두 아홉 사람이 있었다.

중앙의 커다란 의자에는 열두세 살 정도의 연약하게 생긴 어린 소녀가 앉아 있었는데, 그녀가 바로 선문의 문주인 화령이었다.

"어서 오세요, 두 분. 오느라 고생하셨습니다."

화령은 아주 얇은 비단으로 된 흰옷을 걸치고 있었으며 그 아래로 드러난 팔은 옷보다도 더 희고 깨끗하여 마치 북해의 투명한 얼음을 보고 있는 것 같았다. 머리카락은 매끄러운 은색의 비단실처럼 그녀의 어깨를 덮고 있어 더욱 더 신비로움을 자아냈다.

팽소연은 화령을 보게 되자 아랑보다 더 마음에 걸렸다. 여자들이란 원래 자신보다 어린 여자는 무조건 경계하는 족속이었다.

화령은 어떤 남자가 보더라도 보호해 주고 싶은 생각이 드는 여자였다. 그녀의 깊은 눈을 보고 있노라면 세상의 모든 시름을 잊을 것만 같았다.

여자인 자신이 이럴진대 남자인 유천복은 오죽할까. 팽소연은 유천복을 보았다. 그러나 그는 탁자만 내려다보고 있을 뿐 도통 고개를 들지 않았다.

유천복은 이런 자리가 싫었다. 사람들이 모두 자신을 바라보고 있는 것이 부담스러웠다. 탁자 아래 구멍이라도 있다면 숨고 싶은 심정이었다.

대청에는 문주의 자리가 높게 마련되어 있었고 양쪽으로 사람들이 앉아 있었다. 그리고 그 가운데 유천복과 팽소연이 자리한 것이다.

곧 시비들이 차를 내왔는데 그것은 단지 한 덩어리의 얼음에 불과했다.

유천복과 팽소연이 어리둥절하여 있으려니 화령이 설명해 주었다.

"그 차는 빙련차(氷蓮茶)라는 것이에요. 이곳에서는 차를 담은 모시 주머니를 밤사이 연꽃잎 속에 넣어두었다가 차 주머니에 새벽 이슬이 배이면 살짝 얼린 뒤에 뜨거운 물을 부어 마신답니다."

과연 시비들이 찻주전자를 가지고 와 뜨거운 물을 붓자 하얀 연기가 모락모락 피어오르며 금세 실내에 연꽃 향이 가득 퍼졌다. 더욱 기이한 것은 뜨거운 차를 마시는데도 얼음으로 만든 찻잔이 녹지도 않을 뿐 아니라 얼음 찻잔에 닿은 입술에도 온기가 느껴진다는 것이었다.

"이건 서역에서 들여온 수정 잔이로군요."

팽소연이 말하자 유천복은 그제야 어찌 된 일인지 알게 되었다. 그는 뜨거운 차를 마시면서 안에 있는 사람들을 살펴보았다.

오른쪽에 앉은 사람들은 모두 노파들이었는데 모두 엄청나게 못생 겼다는 공통점이 있었다. 그중 세 번째에 앉은 노파가 두 사람을 이곳 까지 안내한 바로 그 노파였다. 반면에 왼쪽으로는 선풍도골의 풍채를 지닌 노인 넷이 인자한 미소를 띠고 있었다.

대청 안은 술렁거리고 있었다.

화령이 자리에서 일어났다.

"유 공자께서 본 문에 오신 것은 모두 아시다시피 한 가지 물건 때문입니다. 그 물건은 본 문이 존재하는 이유이며 본 문의 신물이기도 합니다. 우리는 오랫동안 그 물건의 주인을 기다려 왔으며 이제 그 주인을 찾았다고 생각해요."

화령의 목소리에는 힘이 넘쳤고 위엄에 차 있었다.

유천복은 화령이 보기에는 어려 보이지만 나이 많은 장로들을 압도할 만하다고 생각했다. 그녀의 어조는 침착하면서도 강하고, 부드러운 듯하면서도 설득력이 있어 어느 누구라 하더라도 그녀의 말을 거스를 수 없을 것 같았다.

"이것은 선조께서 우리에게 남기신 사명이므로 나는 오늘 유 공자에게 그것을 넘기려 합니다."

넓은 대청 안은 폭풍 전야처럼 침묵이 흘렀다. 네 명의 노파들은 고개를 끄덕였고 네 명의 노인들은 서로 눈치만 보고 있을 뿐 아무도 먼저 말하려 하지 않았다.

"여기에 이견이 있으신 장로께서는 지금 말씀해 주세요."

"제가 한말씀 드리지요."

갑자기 왼쪽에서 한 사람이 일어섰다. 그 노인은 오른쪽 눈 옆에 콩알만한 사마귀가 나 있었는데 기이하게도 가운데 길게 한 가닥의 털이 자라고 있었다. 그 털은 노인의 머리카락만큼 길어 마치 얼굴을 반으로 가른 듯이 보였다.

"저는 먼저 유 공자께서 가지고 오셨다는 수옥을 보고 싶습니다."

같은 쪽에 앉아 있던 세 명의 노인들은 고개를 끄덕였고 맞은편에 앉아 있던 네 명의 노파들은 안색을 찌푸렸다.

화령은 유천복에게 시선을 주었다. 직접 말하라는 무언의 암시였다.

"수옥은… 수옥… 가지고……."

그는 수옥을 가지고 있지 않다고 말하려 했다. 수옥을 가지고 있지 않으니 송옥도 가질 수 없었다. 그리고 그것이 유천복이 진정으로 원하는 일이었다.

그때 팽소연이 유천복의 옆구리를 쿡 찌르며 일어섰다.

"당연히 수옥을 가지고 있지만 보여 드릴 수는 없어요."

"소저께서는 무슨 말씀을 하시는 것이오, 수옥을 보여줄 수 없다니!

소저는 지금 우리와 장난을 하자는 것이오!"

처음의 노인이 언성을 높이며 탁자를 손바닥으로 내려쳤다. 돌처럼 단단하고 얼음처럼 투명한 탁자에 깊은 손자국이 새겨졌다.

팽소연은 노인이 그저 탁자를 친 것뿐인데 탁자에 손자국이 새겨진 것을 보자 갑자기 떠오르는 것이 있었다. 그것은 전룡의 서고에서 본 '강호기사(江湖奇事)' 라는 책이었다.

"단면악귀(斷面惡鬼)?"

저도 모르게 팽소연이 중얼거리자 노인의 눈썹이 미세하게 꿈틀거렸다.

오십 년 전, 강호에는 아무도 풀지 못한 이상한 사건이 벌어졌다. 무림인 열 명이 하룻밤 사이에 모두 같은 방법으로 죽은 사건이었다. 흉수는 모두를 단 일 장씩에 쳐 죽였는데, 가슴팍에는 한 치씩 푹 패인 장인(掌印)이 선명하게 새겨져 있었다.

당금 강호에는 일장으로 사람의 오장육부를 상하게 하고 갈비뼈를 부러뜨려 죽일 수 있을 만한 사람이 몇 있었다. 그러나 죽은 자들은 내장이 상하지도, 갈비뼈가 부서지지도 않았다. 오직 가슴에 한 치 정도 되는 손자국이 있었고 심장이 멎어 있을 뿐이었다.

죽은 자들은 또한 그 일대에서는 내로라하는 고수들이었다. 이 일은 오직 단 한 명의 목격자에 의해 강호에 알려지게 되었다. 그 목격자는 흉수가 사람을 죽이는 것을 몰래 숨어서 볼 수 있었는데 단 일 장으로 사람을 해쳤다고 했다. 사람들의 그의 용모를 묻자 그는 부들부들 떨며 이렇게 말하였다.

"흉수는 얼굴이 반으로 갈라진 자였소."

팽소연이 이자를 보는 순간 사마귀에서 자란 한 올의 털이 얼굴을 반으로 갈라 틀림없이 단면악귀처럼 보였다. 게다가 탁자를 내려친 일 장은 더욱 고매한 수법이어서 손자국이 난 주변에는 잔금조차 없었다. 그것은 마치 훌륭한 장인이 공들여 그곳에 손자국을 새겨놓은 것처럼 보였다. 하지만 선문의 장로라는 자가 그렇게 극악무도한 짓을 저지를 수 있었을까?

틀림없이 자신이 잘못 생각하였을 것이다. 세상에는 얼굴이 반으로 갈라진 것처럼 보이는 사람이 또 있는 것이 분명했다.

노인은 다시 냉랭하게 말을 이어갔다.

"유 공자께서는 혹시 수옥을 갖고 계시지 않은 것이 아니오? 만일 그렇다면 천비님의 환생자라는 것을 무엇으로 증명할 수 있겠소?"

"손(孫) 대장로는 말을 삼가세요. 그가 천비님의 환생자라는 것은 아 랑이 증명해 줄 거예요."

"문주께서는 어찌 아랑 군주의 말씀만으로 저자에게 수옥을 내어주 시려는 것이오?"

손 대장로의 옆에 앉아 있던 노인이었다.

"이(李) 장로에게는 어떤 고견이 있습니까?"

"우리들은 대장로의 말에 일리가 있다고 생각하오. 송옥을 내어주는 일은 본 문의 신물을 내어주는 막중한 중대사요. 어찌 천비님의 환생 자라는 정확한 증거도 없이 본 문의 신물을 내어줄 수가 있단 말이오."

다른 두 명의 노인들도 맞장구를 쳤다.

그러자 맞은편에 앉아 있던 추괴한 용모의 노파 중 한 명이 일어났 다.

"이 장로께서는 선대의 규율을 잊으셨소? 아랑 군주님께서는 아랑 님의 환생이시오. 어찌 천비님을 못 알아보실 수가 있겠소? 게다가 문주께서도 문제 삼지 않고 있거늘, 장로들이 이렇게 나서는 것은 무슨 까닭이오?"

유천복은 노인들의 말이 맞다고 생각했다. 아무리 자신이 천비의 환생자가 맞기는 하지만 송옥을 확인도 없이 넘겨주려고 하는 문주와 노파들의 행동은 조금 이상해 보였다.

"규율이라… 언제부터 우리 선문에 그런 규율이 있었는지 모르겠구려. 우리들은 오히려 문주께서 이토록 쉽게 저자에게 송옥을 넘겨주시려 하는 의도가 무엇인지 궁금하외다."

세 번째 앉아 있던 노인이 말했다.

"저희들이 알아본 바에 의하면 아랑 군주께서는 이자에게 각별한 정을 갖고 있으시다고 하더군요. 아랑 군주께서 천비님의 반려자셨던 아랑님의 환생이시라는 것은 우리 모두 알고 있는 일이오. 선대의 문주께서 이를 확언하셨으니 우리가 무어라 할 수 있겠소. 그러나 아랑 군주께서 사기꾼에게 속아 정을 느끼셨다 한들 우리가 그자를 천비님으로 보아야 할 근거가 어디 있는가 하는 말입니다. 우리가 만일 아랑님의 느낌만으로 송옥을 잘못 내어주게 된다면 이 또한 세상에 크나큰 죄를 짓는 것이 아니고 무엇이겠소."

이 이유는 모두 납득할 만은 했다. 팽소연 한 사람만 제외한다면. 그녀는 유천복이 사기꾼이라는 말보다 아랑이 유천복에게 정을 느끼고 있다는 말을 더욱 인정할 수 없었다.

화령은 가볍게 탄식할 뿐 아무 말도 하지 않았다.

"삼장로, 당신은 우리 선녀(鮮女)들의 점괘도 믿지 못한단 말이오?"

세 번째 앉아 있던 노파가 격앙된 목소리로 말했다.

발끈하려던 팽소연은 가장 못생긴 노파가 스스로를 선녀라고 말하자 그만 웃음을 피식 터뜨리고 말았다. 노파들의 젊은 시절에는 용모가 선녀 같았을진 모르나 지금의 모습은 절대로 선녀라고 할 수 없을 것 같았다.

"점괘라는 것이 늘 맞는 것은 아니지 않소?"

손 대장로가 비웃었다. 그는 노파들의 점괘에 따라 수옥을 찾기 위해 몇 번이나 강호에 나갔던 일을 말하고 있는 것이다. 그때 수옥은 무룡천 밑에 있어 그녀들이라 하더라도 그 흔적을 찾기가 수월치 않았다. 덕분에 네 명의 장로들은 번번이 허탕만 쳐야 했다.

"그런 말을 하다니!"

네 명의 노파들이 노기충천하여 소리치자 네 명의 노인들 역시 고함을 질러 대청 안은 삽시간에 아수라장이 되고 말았다.

노인들의 고집스러움은 어린아이들이 떼를 쓰는 것보다 꺾기 힘들 때가 많은 법이다.

화령이 몇 번이나 그만 하라고 말했지만 여덟 명의 늙은이들은 들은 척도 하지 않았다.

"그럼 장로들은 어떻게 해야 유 공자께서 천비님의 환생자라는 것을 믿을 수 있겠소?"

화령의 말에 네 명의 노인들은 때가 왔다는 듯이 저마다 입을 열었다.

"저는 제 개인적인 생각을 말씀드리는 것이 아닙니다. 수옥을 볼 수 없다면 저희 장로들은 유 공자가 과연 정말 천비님의 환생자가 맞는지 알 수 없으니 다른 시험을 해보아야 한다고 생각합니다."

'시험'이라는 말은 유천복이 가장 싫어하는 말이었다. 그는 지금이라도 당장 자신한테는 수옥이 없으니 이만 돌아가겠다고 말하고 싶었다.

그러나 팽소연의 무서운 눈초리에 그만 찔끔하여 말할 때를 놓치고 말았다.

"무슨 시험을 치르자는 말이오?"

"지금 이 판국에 시험은 무슨 시험! 한시라도 빨리 천비님을 모시고 혼탁한 세상을 바로잡아야 하오!"

노파들이 다시 웅성거렸다.

"사선녀들은 조용하세요. 장로들의 말에도 일리가 있다고 생각해요. 무조건 유 공자를 천비님의 환생자로 볼 수는 없어요. 아랑이 잘못 생각했을 수도 있고 선녀들의 점괘가 틀릴 수도 있잖아요."

화령의 말에 장로들은 그것 보라는 듯이 의기양양했고 노파들은 꿀 먹은 벙어리가 되었다.

"장로들은 유 공자에게 어떤 시험을 치르도록 해야 한다고 보세요?"

네 명의 장로들은 잠시 고민에 빠졌다. 송옥을 쉽게 넘겨줄 수는 없다는 생각에 손 대장로의 뜻에 따랐지만 시험에 대해서는 생각해 본 바가 없기 때문이었다.

그러자 손 대장로가 이미 생각해 둔 바가 있다는 듯이 말했다.

"선문이 이곳에 세워지기 전 이곳에는 이미 다른 건물이 있었던 것으로 압니다만."

"다른 건물이라니, 그게 무슨 소리요?"

삼장로들조차도 처음 듣는 이야기인 듯했으나 화령과 사선녀들은 안색이 흙빛이 되었다.

팽소연은 이상한 생각이 들었다. 삼장로는 모르고 있는데 문주와 사선녀들은 분명 아는 눈치였기 때문이다.

"손 대장로가 하는 말을 알아들을 수가 없네요. 선문 이전에 이곳에 무엇이 있었다는 말인가요?"

화령이 싸늘한 어조로 되물었다.

"저는 빙궁(氷宮)을 말하고 있는 것입니다."

"빙궁?"

"그건 전설일 뿐이오."

삼장로와 사선녀들이 시끄럽게 떠들었다.

"흐흐흐, 본 장로도 강호에 떠도는 빙궁에 대한 소문은 바로 우리 선문에 대한 것이 왜곡되어 전해진 것이라 알고 있었소. 그러나 우연히 오래된 고서를 발견하게 되었는데 그곳에 분명히 쓰여 있었소."

"안 돼요!"

갑자기 화령이 소리쳤다. 그러나 손 대장로는 개의치 않고 말을 이었다.

"오래전 옛날 이곳에는 설인(雪人)이 살고 있었다오. 그 설인에게는 삼백삼십육 명의 아들과 한 명의 딸이 있었소. 그는 이 딸을 자신이 정해준 남자에게 시집보내려 하였으나 딸에게는 이미 사랑하는 남자가 있었기에 딸을 그에게 가기 위해 도망치려 했지. 그러자 그 설인은 화가 나서 딸을 죽이고 말았소."

"그건 이곳에 내려오는 전설일 뿐이에요!"

화령은 더욱 단호히 말했다.

"흐흐, 전설이 아니오. 그러자 천존께서는 화가 나서 이곳에 빙궁을 짓고 그 설인과 아들들을 가두어 버렸다오. 그리고 설인과 그 아들들이 영원히 나오지 못하도록 선문을 이곳에 세우도록 한 것이오."

"빙궁의 전설을 모두 아는 얘기 아니오?"

"나는 문주께서는 그곳을 알고 있으리라 생각하고 있소. 그렇지 않소, 문주?"

손 대장로는 더욱 거만한 어조로 말했다.

"그러나 만일 문주께서 모르신다고 한다면 이 사람이 가르쳐 드릴 용의가 있소. 그것은 아마도 선문당 밑에 있을 것이고 송옥 역시 그곳에 있을 것이오."

선문당은 바로 화령의 침실을 통해서만 들어갈 수 있는 선문의 사당을 말하는 거이었다.

"손 대장로, 그 말이 사실이오?"

다른 노인들이 흥분에 찬 듯 술렁거렸다.

"문주를 제외하고는 선문의 어느 누구도 송옥이 숨겨진 장소를 알지 못하오. 흐흐, 안 그렇소. 문주?"

화령의 얼굴은 더욱 차갑게 변했다.

"손 대장로, 당신이 그것을 어떻게……?"

"네 이놈! 감히 선문의 금역에 몰래 잠입했었다니!"

사선녀들이 자리를 박차고 일어났다.

"무슨 소리요? 그럼 선녀들은 이미 송옥이 있는 곳을 알고 있었단 말이오?"

"어째서 우리 장로들만 모르고 있는 것이오?"

네 명의 장로도 덩달아 자리에서 일어났다. 손 대장로는 더욱 큰 소리로 말했다.

"나는 선문당을 들어가 본 적이 없지만 이것으로 빙궁의 존재가 드러난 것이 확실하니 유 공자를 빙궁에 들어가도록 해야 한다는 것이 우리 장로들의 뜻이오! 그가 그곳에서 송옥을 가지고 살아 나온다면 천비님의 환생자라는 것을 인정하겠소!"

장로들은 모두 손 대장로의 말이 맞다고 생각하는 눈치였다.

"그건 안 돼요!"

그때 아랑이 문을 박차고 들어왔다.

"아랑아, 너는 들어오면 안 돼."

화령이 만류하려 하였으나 이미 아랑은 네 노인의 턱 밑까지 와 있었다.

"그건 말도 안 돼요. 지금껏 빙궁에서 살아 돌아온 사람은 아무도 없다구요."

손 대장로는 아랑을 보며 싸늘하게 말했다.

"아랑 군주, 이곳은 오직 문주와 원로들만 들어올 수 있는 곳이오. 더구나 군주께서는 저희도 모르는 빙궁의 존재를 이미 알고 있었던 모양이구려."

"아무리 군주라 한들 이 같은 무례함은 용서할 수가 없소."

"이 일에 군주께서 나서는 것은 옳지 못하오."

손 대장로의 말에 다른 장로들도 한마디씩을 보태었다.

화령은 손으로 이마를 짚었다.

"아랑아, 원로들의 말이 옳다. 네가 낄 자리가 아니야."

아랑은 안타깝게 말했다.

"하지만 언니, 빙궁은……."

화령의 손짓에 아랑은 더 이상 말을 잇지 못하였다.

아랑 역시 우연한 기회에 선문 안에 빙궁이라는 곳이 있다는 걸 알게 되었다. 화령에게 졸라 빙궁이 바로 송옥이 있는 곳이라는 걸 알게 되었고, 또한 그곳이 얼마나 위험한 곳인지도 알게 되었던 것이다. 그 것은 빙궁에 들어간 자들이 한 명도 살아 돌아오지 못했다는 것만 봐도 알 수 있는 일이었다.

"문주께서는 어째서 그토록 빙궁을 감추시려는 거요? 혹시 우리가 모르는 보물이라도 숨겨놓으신 것이오?"

팽소연은 손 대장로의 목적이 바로 저 말에 있는 것이 아닐까 생각하였다.

유천복은 아랑이 갑자기 들어오자 더욱 난감한 표정이었다. 그러나 아랑은 유천복을 거들떠보지도 않았다. 팽소연은 그것이 더 못마땅했다.

"보물이라니, 네놈은 무슨 말을 지껄이는 것이냐!"

유천복과 팽소연을 안내했던 세 번째 선녀가 참지 못하겠다는 듯이 손 대장로에게 욕을 퍼부었다.

"장로들은 어째서 선녀들과 내 말을 믿지 못한다는 거죠? 점괘에도 유 공자가 천비님의 환생자라고 나오고 내가 직접 두 눈으로 보았어요. 유 공자는 천비님의 환생자가 분명해요!"

아랑이 분기탱천하여 말했다. 하지만 사실 그녀 자신도 확신할 순 없었다. 단 한 번도 유천복의 입에서 자신의 천비의 환생자라는 말을 듣지 못했다. 단지 느낌으로 알 수 있었던 것뿐이다.

그가 자신을 보는 그 눈빛……. 절대로 처음 느끼는 것이 아니었다. 무룡과 유천복의 관계를 다 아는 것은 아니지만 진실은 언젠가는 밝혀지게 되어 있다는 것을 아랑은 믿고 싶었다.

"군주께서는 그렇게 믿고 싶은 게 아닌가요?"

손 대장로는 마치 아랑의 속을 들여다보기라고 한 것처럼 말하며 히죽 웃었다.

"더 이상 분별력이 없는 군주의 말을 들을 수가 없소. 유 공자가 이

시험을 통과하지 못한다면 그는 절대로 천비의 환생자일 리가 없으니 송옥을 내줄 수가 없소."

"그럼 손 대장로는 어떻게 하자는 말이오?"

세 번째 선녀가 냉랭하게 말하였다.

"설마 지금 중원이 어떤 지경인지 모르고 있으신 것은 아니겠지요?"

"천비님이 돌아오시지 않으면 누구도 이 일을 해결할 수 없소."

사선녀들이 한마디씩 하였다.

"물론이오. 사선녀들의 말대로 중원을 쑥대밭으로 만들고 있는 마림의 횡포를 좌시하고 있을 수만도 없소."

마림이 중원을 공격한 일을 처음 듣게 된 팽소연과 유천복은 더욱 놀랄 수밖에 없었다.

손 대장로가 두 사람의 얼굴을 보며 다시 말했다.

"만일 유 공자께서 송옥을 가지고 오지 못하신다면 우리는 문주께서 그걸 갖고 오셔야 한다고 생각하오. 선문은 송옥의 힘을 빌어 중원에 발호한 마림을 처단하고 진정한 천비님의 환생자를 찾아야 할 것이오."

손 대장로의 말에 화령과 아랑, 사선녀들의 얼굴엔 분노가 가득 해졌다.

"역시 네놈의 야심은 그것이었구나!"

세 번째 노파가 소리를 질렀다.

팽소연은 일이 점점 이상하게 되어간다고 생각했다. 그녀는 유천복을 쿡 찌르며 눈짓하였다.

"기회를 보아 이곳을 빠져나가는 것이 좋겠어요."

그녀가 속삭였다. 유천복은 남몰래 아랑을 보고 있었는데 팽소연이 옆구리를 찌르자 저도 모르게 크게 놀라 의자에서 벌떡 일어섰다.

좌중의 시선이 일제히 그에게 쏠렸다.

"무슨 할 말이 있으신가요?"

화령이 묻자 유천복은 당황하여 고개를 세차게 가로저었다.

"결국 속셈을 드러내는군요. 당신은 천비님의 힘을 얻어 세상으로 나가고자 하는 거예요!"

아랑이 손 대장로를 손가락질하자 화령과 원로들의 얼굴은 일시에 굳어졌다.

손 대장로는 큰 소리로 웃음을 터뜨렸다.

"흐흐흐, 더 이상 숨길 것도 없소. 군주의 말대로요. 이제 선문은 더 이상 숨겨진 문파가 아니오. 세상에 나갈 때가 되었소."

"저, 저런……!"

"손 대장로, 무슨 뜻이오?"

화령이 의자에서 일어서자 손 대장로가 손뼉을 탁 쳤다.

갑자기 와, 하는 소리가 들려오더니 대청의 문이 부서지며 수많은 사내들이 우르르 몰려와 대청을 빙 둘러 사람들을 포위하였다.

유천복과 팽소연은 엉겁결에 자리에서 일어나 화령이 있는 쪽으로 피했다.

"뭐 하는 자들이냐!"

사선녀들이 소리를 지르며 일제히 손을 쓰려 하였다. 그러나 공력을 끌어올리자마자 가슴이 탁 막히며 목에서 울컥 선혈이 넘어오며 그대로 도로 주저앉고 말았다.

온몸의 마비된 것뿐만 아니라 한 줌의 공력도 끌어올릴 수가 없었다.

"이, 이럴 수가… 네놈이 독수를 쓴 것이 분명하구나!"

"언니!"

아랑이 소리쳤다. 화령이 비틀 하며 의자로 엎어지듯이 몸을 기대었다. 그녀의 입가에도 한줄기 선혈이 흘러내렸다. 그녀 역시 공력을 끌어올리자마자 독성이 발작하였던 것이다.

"문주님마저도……."

사선녀의 얼굴이 더욱 참혹하게 일그러졌다.

"도대체 언제?"

화령이 손 대장로를 노려보았다.

"하하하! 너무 놀랄 것 없소. 나는 문주께서 아침마다 빙련차를 즐긴다는 것을 알고 있었으니 그 다음은 뻔한 것 아니겠소. 연꽃 안에는 물에 잘 녹는 독을 미리 뿌려놓아 새벽 이슬과 함께 차 주머니에 배어들도록 하였소. 이 독은 무색, 무미, 무취하니 아무리 문주라도 눈치챌 수 없었을 것이오. 더구나 공력을 끌어올리기 전에는 독성이 발작하지 않으니 절대로 들킬 리 없지."

"그럼 네놈들은 중독될 걸 알면서도 의심을 사지 않기 위해 차를 마셨단 말이냐?"

"우리는 이미 이빨 안에 해독제를 물고 있었으니 아무리 차를 많이 마신다 해도 중독되지 않는다오. 하하하하!"

다른 장로들도 큰 소리로 따라 웃었다. 손 대장로는 기분이 매우 좋은 모양이었다.

팽소연은 몰려온 자들의 차림새나 옷차림으로 보아 북해 사람이 아니라 중원인들이라는 것을 알았다. 그녀는 손 대장로를 보았다.

"나는 당신을 알고 있어요."

"정말 그렇소?"

손 대장로가 오만하게 웃어 보였다.

"당신은 단면악귀가 틀림없을 뿐 아니라 이 일을 아주 오래전부터 계획해 왔을 거예요."

팽소연이 탄식하듯이 말했다.

"나는 당신을 보는 순간 알아차렸어야 했어요. 결코 좋은 사람이 아니라는 것을 문주님께 미리 알려 드렸어야 했는데… 내가 어리석어 이런 낭패에 처하게 되었군요."

"하하하. 팽 소저는 이제 겨우 이십 년도 살지 못했을 터인데 그토록 견식이 넓다니 축하할 일이오. 그러나 앞으로는 그러한 견식을 자랑할 기회가 없게 되었으니 애석하기 짝이 없구려."

손 대장로는 더욱 크게 웃음을 터뜨렸다. 팽소연이 자신을 보고 단면악귀라고 중얼거렸을 때 심장이 철렁 내려앉았었다. 혹시나 그 일을 말해 일을 그르치게 될까 봐서였다. 그러나 다행히도 팽소연이 그냥 넘어간 것을 보면 오늘 자신의 운이 좋은 것이 틀림없었다. 그러나 오십 년 전의 일을 이 어린 계집애가 어찌 알고 그 이름을 입에 담은 것인지 알 수 없었다.

"단면악귀라니, 그게 무슨 소리예요?"

화령이 팽소연에게 물었다. 팽소연은 간략하게 자신이 아는 바를 사람들에게 얘기했다. 사선녀들은 더욱 기가 막혔다.

"손 대장로, 팽 소저의 말이 사실이오?"

"당신들은 앞으로 모두 이 얼음 속에 갇히게 될 텐데 내가 거짓말을 해서 무엇 하겠소. 팽 소저의 말은 모두 사실이오. 내가 오십 년 전 사선녀의 점괘에 따라 수옥을 찾기 위해 강호에 나갔을 때 어느 주점에

묵게 되었소. 그때 옆방에는 당시에 내로라하는 무림인들이 묵고 있었지. 밤에 그들이 하는 말을 우연히 듣게 되었는데 바로 당 황실의 보물이 빙궁에 묻혀 있다는 얘기였소. 그는 그 사실을 당황제를 모시던 환관으로부터 들었다고 하였소."

"당신은 필경 그자들을 죽여 입을 봉했겠군요."

팽소연이 손 대장로의 말을 대신했다.

"나는 그들 중 한 사람에게 접근하여 천하에 이 일에 대해 아는 자들이 오직 그들뿐이라는 것을 알게 되었소. 나는 그 일을 혼자서만 알고 싶었지. 후후후."

"그리고 오랫동안 기회를 노려왔겠죠."

"난 오십 년간이나 빙궁이 대체 어디에 있는지 찾아 헤매야 했지. 송옥 역시도 틀림없이 그곳에 있을 거라 확신했소. 그러다가 얼마 전에야 선문 아래 빙궁이 있다는 것을 알게 된 것이오."

"당신은 저들 중에 당신과 같은 생각을 하고 있는 사람이 없다고 어떻게 확신하지요?"

팽소연은 살기등등하여 자신들을 에워싼 한 무리의 사람들을 가리켰다. 그들은 하나같이 복면을 썼고 커다란 삿갓을 깊게 눌러쓰고 있어 절대로 진면목을 알아볼 수 없었다.

"팽 소저는 걱정하지 않아도 된다오. 그들은 귀머거리라 내가 무슨 말을 하는지 알아듣지 못한다오."

사람들은 손 대장로가 얼마나 공을 들여 이 일을 계획했는지 알고 간담이 서늘했다.

"하지만 저들은 귀머거리가 아니잖아요?"

팽소연은 다시 삼장로를 보았다. 삼장로의 얼굴이 시뻘게졌다.

"네년은 무슨 소리를 하고 싶은 것이냐?"

사실 삼장로들도 빙궁이나 당 황실의 보물에 대한 것은 처음 듣는 것이었다. 그들은 손 대장로와 손을 잡고 선문을 장악하기로 한 것뿐이었다. 손 대장로를 제외한 나머지 장로들은 태어나면서부터 선문에 있던 자들이었다. 그들도 젊은 시절에 중원에 나가 사람 사는 맛을 알게 되었다. 그렇기 때문에 선문이 중원에 나가기를 바랐던 것이다.

그러나 그들은 원래 심성이 악한 자들이 아니었다. 속으로는 손 대장로가 무서운 사람이며 너무 심하다고 생각하고 있었다. 그런데 이제 팽소연이 손 대장로에게 자신들을 언급하니 등줄기로 식은땀이 주르륵 흘러내렸다.

"손 대장로, 우리는 무엇이든 시키는 대로 할 것이오."

"그 말이 맞소. 우리는 이제 한 배를 탄 셈이오."

"나도 손 대장로의 뜻대로 따를 것이오."

세 명의 장로들은 입을 맞추기라도 한 듯 동시에 말했다. 그러나 그들은 곧 자신들을 보는 사람들의 표정이 이상하다는 것을 알았다.

"이, 이장로, 코에서 피가……."

"당신도 그렇소."

세 명의 장로들은 서로의 얼굴에서 피가 흐르는 것을 보았다. 갑자기 숨이 탁 막혀왔다.

"서, 설마… 우리에게도 독수를… 우리는 분명히 해독약을 먹었는데……."

세 장로는 끝내 말을 잇지 못하고 불귀의 객이 되고 말았다. 손 대장로가 한심하다는 듯이 죽은 자들에게 말했다.

"세상에는 여러 종류의 독이 있다오. 당신들이 해독약인 줄 알고 먹은 것도 실은 독이었지. 쯧쯧. 나는 노력하지 않는 자들과 공을 나누기는 싫다오."

손 대장로는 모여 있는 사람들 가까이 다가왔다.

"문주, 이제는 그 자리에서 내려오실 때가 된 듯싶소."

"네놈이 선문을 이렇게 능멸하고도 살아남을 줄 알았느냐!"

화령이 돌연 일갈을 지르며 손을 뿌리자 손가락 끝에서 한줄기 얼음 같은 지풍이 쏟아져 나와 손 대장로를 향해 뻗어갔다.

손 대장로는 방심하고 있다가 하마터면 화령의 지풍에 가슴이 뚫릴 뻔하였다. 그러나 간발의 차로 빗나가고 말았다. 그것은 화령의 지풍이 평소보다 현저히 약해져 있었기 때문이다.

그는 허공으로 뛰어올라 빙한지(氷寒指)를 피하며 빙그르르 방향을 틀어 화령의 등으로 돌아갔다.

퍼엉!

강맹한 장력이 화령의 등에 격중되었다.

"헉!"

"언니!"

"문주님!"

아랑과 사선녀들은 화령이 피를 토하며 쓰러지자 사색이 되었다.

"이런 악독한 놈 같으니! 내 너를 절대로 용서하지 않겠다!"

아랑은 손 대장로에게 달려들려 하였다. 그러나 이미 수백 개의 창 칼이 화령과 사선녀의 목에 겨누어져 있는지라 어쩔 수 없이 물러서고 말았다.

"누구라도 움직였다간 문주의 목숨을 보장할 수 없소."

유천복은 상황이 급변하는지라 빠르게 대처하지 못하다가 아랑이 달려드는 것을 보자 도우려 하였다. 그는 이미 만독이 불침하는 지경에 이르러 있었기 때문에 손 대장로의 독수가 아무 소용이 없었다.

그러나 팽소연이 그의 옷자락을 잡았다.

"가만히 계세요. 잘못하면 문주와 저들의 목숨이 위험하다구요."

유천복은 팽소연의 말이 일리있다고 생각하였다. 선문 사람들의 안위를 생각하면 섣불리 행동할 수 없는 것이다.

"유 공자의 수옥은 이 사람이 가지는 게 어떻겠소?"

손 대장로가 다가오고 있었다. 유천복은 간이 철렁 내려앉았다. 그는 난처한 듯이 팽소연을 보았다.

"수옥은 지금 이곳에 없어요."

팽소연이 쌀쌀맞게 말했다.

"팽 소저, 거짓말을 할 생각이라면······."

"내가 왜 거짓말을 하겠어요. 원래 우리는 이곳에 오기 전에 수옥을 숨겨두었어요. 그처럼 귀한 것을 몸에 지니고 다녔다가 혹시라도 잃어버리기라도 하면 어떻게 해요. 나는 원래 조심성이 많아서요. 세상에는 당신 같은 사람들이 꼭 있는 법이거든요."

팽소연의 비웃음에도 손 대장로의 얼굴에서는 웃음이 가시질 않았다.

"거짓말은 아니겠지?"

"내가 왜 거짓말을 하겠어요? 의심나면 우리 몸을 뒤져 보세요."

너무도 당당히 말하며 치마를 확 들치는 팽소연의 태도를 보자 손 대장로는 고민에 빠졌다.

"그럼 먼저 수옥을 가지러 갑시다."

팽소연이 다시 숨도 쉬지 않고 말했다.

"우리는 사막에서 마림 팔령들을 만나기 전에 수옥을 숨겼기 때문에 그들에게도 빼앗기지 않을 수 있었어요. 그곳은 여기서 만 리나 떨어진 곳인데 어떻게 빨리 갔다 올 수 있겠어요. 당신은 먼저 원하는 것을 찾은 뒤 우리와 함께 그곳에 가도 늦지 않을 거예요. 나와 문주님이 빙궁으로 가 송옥을 찾아오겠어요."

손 대장로는 팽소연의 말이 맞다고 생각했다. 어차피 저들을 인질로 잡고 있는 이상 수옥이 어디로 도망갈 리도 없을 것이다. 먼저 빙궁을 들어가 보물과 송옥을 꺼내온 뒤 수옥을 찾아도 될 것이었다.

"유 공자와 아랑 군주는 이 사람을 위해 빙궁에서 당 황실의 보물과 송옥을 가져다 주시오. 그때까지 문주와 팽 소저의 목숨은 내가 맡아 두겠소. 그 뒤에 수옥을 찾으러 갑시다."

손 대장로는 빙궁에 어떠한 장치가 있는지 전혀 모르고 있었기 때문에 자신이 직접 들어가는 모험을 하려 하지 않았다. 그는 자신이 화령과 팽 소저를 인질로 잡고 있으니 저 두 사람이 절대로 다른 마음을 품지는 못할 것이라 생각했다.

"안 돼요! 나도 같이 가겠어요."

팽소연은 어떻게든 시간을 벌어보려 거짓말을 한 것이었다. 유천복과 빙궁에 들어간 뒤 다음 일을 의논해 볼 생각이었는데 손 대장로는 돌연 아랑과 유천복을 보내려는 것이 아닌가? 그녀는 필사적으로 반대하였으나 손 대장로의 뜻은 변함이 없었다. 그녀는 두 눈에 눈물이 가득하여 유천복을 쳐다보았다.

"문주님, 저도 함께 가겠어요."

"그럴 수 없다. 이 계집애는 늙은 여우처럼 꾀가 많으니 함께 보낼 수 없다."

유천복은 팽소연의 애처로운 얼굴이 마음에 걸렸으나 어쩔 수 없었다.

"팽 소저, 하는 수 없구려. 내가 반드시 돌아와 구해주겠소."

"당 황실의 보물과 송옥을 가지고 오면 사람들을 풀어주겠다. 하나 명심하거라. 기한은 한 달이다. 한 달 안에 돌아오지 않으면 이년들은 몽땅 죽은 목숨이 될 것이다!"

손 대장로의 말에 팽소연의 얼굴은 백지장처럼 하얘졌다. 유천복이 이 모든 게 귀찮아서 아랑과 함께 멀리 떠나 버린다면… 순간적으로 머리에 떠오른 생각이었다.

사람들은 문주의 침실로 향했다. 화령이 입술을 깨물며 침상의 줄을 당기자 아래로 향하는 계단이 드러났다.

"후후, 정말이지 교묘하구나. 선문당이 문주의 침실에 있을 줄은 생각도 못하였다."

손 대장로가 웃으며 화령을 밀어 넣었고 다들 그녀의 뒤를 따랐다. 이윽고 계단을 다 내려왔다. 화령이 머뭇거리자 손 대장로는 사선녀를 베어버리겠다고 위협하였다. 사선녀들은 그녀에게 할머니나 마찬가지인 사람들이었다.

화령은 어쩔 수 없다는 듯이 중앙의 돌 구슬 앞에 섰다. 그녀가 양손을 돌 구슬 위에 얹고 오른쪽으로 세 번, 왼쪽으로 세 번, 다시 오른쪽으로 세 번을 돌리자 돌 구슬에서 환한 빛이 새어 나오더니 거울처럼 투명해졌다.

사람들의 시선이 일제히 그곳으로 향했다. 어둡고 불길하게, 그러나 한편으로는 성스러운 느낌을 주는 검고 푸른 호수, 중앙에 칼처럼 솟아오른 얼음산이 희미하게 보였다.

"바로 저곳이 빙궁이에요. 이곳을 통해서만 갈 수 있어요."

화령의 말이 끝나자 돌 구슬이 있던 팔각의 단이 서서히 옆으로 이동하기 시작했다. 그리고 마치 악마의 입처럼 시커먼 구멍이 모습을 드러냈다.

유천복은 뻥 뚫린 검은 구멍을 들여다보며 몸서리를 쳤다.

"이곳은 낮인데 저곳은 왜 밤이죠?"

팽소연은 이상하다는 듯이 물었다.

"빙궁은 세상의 뒤쪽에 있기 때문에 항상 어둡고 춥지요. 이 세상에서 가장 추운 곳이에요."

화령의 말에 유천복은 더욱 가고 싶은 생각이 없어져 버렸다. 그렇지만 세상에는 하기 싫어도 꼭 해야 하는 일이 언제나 있는 법이었다.

"유 공자, 어서 가요."

아랑이 먼저 구멍 안으로 훌쩍 뛰어내리자 더 생각할 겨를이 없었다. 팽소연의 안타까운 외침을 뒤로하고 유천복은 구멍 안으로 몸을 날렸다.

"걱정 마시오, 팽 소저. 유 공자는 틀림없이 돌아올 것이오."

팽소연의 얼굴이 귀신을 본 것처럼 창백해졌다. 그 목소리의 주인공은 바로 두공이었다.

◆제54장 월륜천지무흔
月輪穿池無痕

달빛은 무늪을 뚫어도
흔적이 없다

유천복은 눈을 뜰 수가 없었다. 아니, 이미 뜨고 있는
데 느끼지 못하고 있는 것일지도 몰랐다. 사방은 칠흑
같은 어둠, 손을 내밀어 손가락을 움직였지만 느낌조차
없었다.

구멍으로 뛰어들고 정신이 들었을 때는 이미 이곳에
와 있었다.

"유 공자님?"

갑자기 옆에서 부드러운 손이 나타나 어깨를 잡았다.

"아랑 소저?"

"이쪽이에요."

"아무것도 보이지 않소. 화섭자라도 가지고 올 걸 그
랬나 보오."

아랑의 손이 이끄는 대로 걸어가던 유천복은 순간 눈동자가 찢어질 것처럼 아파왔다. 별안간 눈까풀이 파르르 떨리며 시야를 고정하기조차 힘들 만큼 눈부신 빛이 들어왔던 것이다.

유천복은 얼른 눈을 감았다. 감기는 것을 보니 여태껏 뜨고 있었던 것이 틀림없다. 그렇다면 어째서 이 빛을 보지 못한 것일까? 마치 누군가가 두 사람을 어두운 방 안에 밀어 넣었다가 한꺼번에 천 개의 불을 밝힌 것 같았다.

"아!"

옆에서 아랑의 탄성이 터져 나왔다.

"저기 좀 보세요."

"으!"

유천복의 입에서는 신음 소리가 새어 나왔다.

그것은 순백(純白)의 세계였다. 맑고 투명하고 터질 듯하면서도 고정되어 있는, 바람결에 바스러져 날릴 것 같고, 손바닥에, 옷깃에 묻어 날 것 같은 순백의 덩어리가 하나의 세계로 존재하고 있었다.

"맙소사! 이런 곳이 있다니!"

"이렇게 환한데 어째서 저 위에서는 어둡게만 보였을까요?"

아랑이 물었으나 유천복이 그 답을 알 리가 만무했다.

두 사람은 무작정 얼음 위를 걸어갔다. 걷는 것 외에 또 무엇을 할 수 있으랴!

"어디가 끝인지 알 수 없으니 답답하군."

유천복의 걱정과 달리 길은 금세 끝이 났다. 얼음과 눈으로 뒤덮인 깎아지를 듯한 절벽이 돌연 눈앞에 솟아올랐다. 그것은 얼음 아래에서 누군가가 갑자기 위로 찔러 넣은 것처럼 생겨났다.

온통 하얀색의 얼음 절벽 중간에는 나무 한 그루가 서 있었다. 이곳에서 색깔이 있는 것은 오직 그 나무뿐이었다. 나무는 선명한 푸른빛의 부채처럼 생긴 잎들이 무성하게 달려 있었다. 나뭇잎들은 바람이 없는데도 살랑살랑 나부끼며 무슨 소리를 내고 있었다.

유천복은 그 소리가 처음에는 바람 소리라고 생각했으나 곧 노랫소리라는 것을 알았다. 나무가 노래를 하다니… 팽소연은 분명히 믿지 않을 것이다.

아랑이 노래를 따라 부르고 있었다.

"인생은 물과 같구나. 흘러가는 물결에 맡기고 음미하라. 이곳에서부터 그것을 배워라. 시대를 원망하지 말라. 땅을 차거나 하늘을 두들겨 패려 들지 마라. 삶을 꾸밈없이 즐기고 그것을 노래하라. 그러면 그대가 원했던 일이 저절로 이루어지리라……."

유천복은 노랫소리에 마음이 편안해졌다.

"이곳 사람들에게 전해 내려오는 노래예요."

노래가 끝나자 아랑이 방긋 웃으며 말했다.

"좋은 곡이오."

"정말 삶을 즐기면 원했던 일이 저절로 이루어질까요?"

아랑의 눈이 유천복을 똑바로 바라보았다. 유천복은 마침내 올 것이 왔다고 생각했다.

"나는 누구나 원하는 대로 살 수 있다고는 생각하지 않소. 하지만 원하는 대로 살려고 노력할 순 있을 거요. 아버지께서 말씀하시길, 노력할 줄 아는 자야말로 부자가 될 자질을 갖춘 자라고 하셨소."

"유 공자님께서 원하는 것은 무엇인가요?"

"나야 당연히……."

팽 소저와 돌아가 죽을 때까지 밖으로 나오지 않는 것이라고 말하려 하였지만 유천복은 끝내 그 말을 할 수 없었다.

"그래요. 자신이 원하는 걸 확실히 알고 있는 사람이 몇이나 되겠어요… 저도 모르겠는걸요."

"그렇소, 그렇소. 아랑 소저의 말대로요. 나도 내가 원하는 것이 무엇인지 모른다오."

나무를 올려다보았다. 나뭇잎 사이로 동굴이 있었다. 아랑도 본 모양이었다.

"그런데 이곳을 어떻게 올라가죠? 사다리라도 있으면 좋을 텐데."

아랑의 말이 끝나자마자 두 사람의 몸이 위로 치솟았다. 또다시 바닥으로부터 얼음이 솟구쳐 두 사람을 동굴 입구까지 밀어 올린 것이다.

유천복은 이상한 생각이 들었다. 어쩐지 자신들이 말만 하면 그대로 이루어지는 것 같았다.

동굴 안은 넓었고 안쪽으로 길게 이어져 있었다. 중간중간 보이는 흰 덩어리들은 작은 동물의 뼛조각이었다.

두 사람은 말없이 걷기만 했다. 밀폐된 공간이란 연인들에게는 매우 유용한 곳이겠지만 지금의 두 사람에게는 없느니만 못했다. 동굴에 들어온 뒤 아랑은 한마디도 하지 않고 걷기만 했다. 유천복은 어색함을 참을 수 없어 몇 번이나 말을 걸려 했지만 번번이 헛기침만 하였을 뿐이었다.

마침내 침묵을 견딜 수 없었던 유천복이 먼저 말을 꺼내려 할 때였다.

"저……."

"다 왔어요."

아랑이 입을 열었다. 유천복은 속으로 안도의 한숨을 내쉬었다. 동굴을 빠져나오자 눈앞에는 거대한 얼음산이 있었다. 오기 전 화령이 구슬로 보여주었던 바로 그곳이었다. 다른 것이 있다면 어둠 속에 있는 것이 아니라는 것. 세상의 빛은 전부 이곳에서 뿜어져 나온다고 해도 과언이 아닐 정도로 눈부신 얼음산이었다.

"대, 대단하군요!"

그때 두 사람 뒤에서 무슨 소리가 들려왔다.

"방금 들었어요?"

아랑도 들었는지 긴장한 기색이 역력했다.

"나도 들었소. 작은 동물들이 지나가는 소리일 거요."

유천복은 침착하게 말하려 애썼다. 그러나 곧 그것이 작은 동물들이 아니라는 것이 드러났다.

더구나 얼음산에서 들려오는 목소리는 분명 유천복이 알고 있는 목소리였다.

"이번에는 내 차례다."

"쿵쿵, 어디 한번 해보거라. 쿵! 땡중 네놈이 이번에 성공하면 내 죽을 때까지 너를 할아버지라고 부르마."

그 순간 유천복은 유장추가 살아 돌아온 것처럼 기뻤다. 유천복은 나는 듯이 목소리가 들리는 쪽으로 달려갔다.

"어르신들, 이곳에 계셨군요!"

아니나 다를까, 삐죽삐죽 솟은 얼음산 뒤에 무애 대사와 이자오가 있었다. 유천복은 반가운 마음에 일단 절부터 넙죽 올렸다.

"대체 어떻게 되신 겁니까?"

이자오가 눈을 동그랗게 떴다.

"쿵쿵. 어라? 그러는 네놈은 여기 어쩐 일이냐? 쿵쿵. 아! 우리를 찾아온 게로구나. 쿵쿵. 기특한지고. 기특한지고. 쿵."

"어! 이제 오는군. 젊은 사람이 행동이 그렇게 느려 터져서야 어디다 써먹겠는가. 우리처럼 늙은이들을 이처럼 기다리게 하다니."

"쿵쿵, 듣고 보니 그렇군. 우리가 사라진 지 언젠데 이제야 오다니. 쿵! 예끼, 이놈아! 그동안 너희끼리 무슨 즐거운 짓을 하고 다니느라 이제야 온 것이냐? 쿵쿵."

"너무 나무라지 말게. 젊은 사람들이야 우리 노인들이 그저 사라지기만을 바랐을 테니 우리가 늙은 것을 탓할 수밖에."

"쿵쿵, 그러게 내 말했지? 요즘 젊은 것들은 그저 노인 알기를 무슨 개 밥그릇 정도로밖에 생각 안 한다니까. 쿵쿵."

무애 대사와 이자오는 유천복을 보자마자 한참 동안 잔소리를 늘어놓았다.

"무슨 말씀이세요. 두 분 어르신께서 그렇게 사라지신 후로 얼마나 찾았는지 아십니까?"

유천복은 볼멘소리를 하였다.

"쿵쿵. 알았다. 알았으니 저쪽에 가 있거라. 쿵, 지금은 내가 저 땡중 놈의 할아버지가 되느냐 마느냐 하는 쿵, 아주 중요한 일이 있으니 네놈 변명은 나중에 듣기로 하자. 쿵쿵. 잘못하면 저놈이 내 할애비가 되게 생겼단 말이다. 쿵쿵."

"네놈의 할애비가 돼서 좋을 일이 뭐가 있다구. 개코 할애비면 나도 개란 얘기냐? 더구나 이건 네놈이 먼저 하자고 꺼낸 말이 아니냐."

유천복의 반가움과는 달리 아랑은 믿을 수 없다는 표정이었다.

"두 분께서는 이곳에 어떻게 들어오신 거죠?"

이자오는 그제야 아랑을 발견하였다.

"쿵쿵, 이놈 보게. 그새 말을 갈아탄 모양이군. 쿵쿵. 희한하다, 희한해. 그 앙큼한 년이 널 순순히 보내줬을 리 없는데… 게다가 다른 놈들은 모두 어디 간 게냐? 쿵쿵."

이자오가 아랑의 주위를 뱅글뱅글 돌았다.

"쿵. 하긴 나올 데 나오고 들어갈 데는 다 들어갔으니 댓가지처럼 빼빼 마른 고년보다는 더 낫군. 쿵쿵."

유천복과 아랑의 얼굴이 동시에 시뻘게졌다.

"그, 그게 아니라요."

"이놈아, 볼 거냐? 안 볼 거냐?"

무엇을 하려는지 무애 대사가 이자오를 재촉했다.

"쿵쿵. 아, 해보나마나라니까!"

이자오는 어쩔 수 없다는 듯이 고개를 돌려 무애 대사를 쳐다보았다.

무애 대사는 퉁명스런 얼굴로 얼음산 앞에 서더니 오른손을 가슴 앞쪽으로 당겼다. 소매가 펄럭이는가 싶더니 갑자기 손이 크게 부풀어 오르는 것이 보였다.

"쿵쿵, 저놈이 반야대수인(般若大手印)을 펼치려는군. 쿵쿵. 그래도 소용없을 거다, 이놈아! 내 혼원귀일신공(混元歸一神功)이 너만 못해서 그런 줄 아느냐. 쿵쿵."

"반야대수인?"

반야대수인은 대력금강장과 더불어 소림의 절학으로 꼽히는 무공이었다. 돌연 무애 대사가 산이 쩌렁쩌렁 울릴 정도로 기합 소리를 내며 일장을 내질렀다.

"타압!"

그러자 강맹한 기운이 얼음산의 아래쪽을 향해서 뻗어 나갔다. 일순간 엄청난 충격이 주변에까지 전해졌다. 빙산은 부르르 떨며 커다란 얼음덩어리들을 마구 쏟아내었다.

"이크크, 또 실패군. 피해라, 피해!"

무애 대사가 소리를 지르며 이쪽으로 쏜살같이 뛰어왔다. 이자오도 양손을 머리 위에 얹고는 놀란 토끼처럼 잽싸게 달아나기 시작했다. 유천복과 아랑도 엉겁결에 두 노인을 쫓아 무조건 뛰었다.

집채만한 얼음덩어리들은 한참 동안이나 떨어진 후에야 잠잠해졌다.

"이런 빌어먹을!"

무애 대사가 투덜거리자 이자오는 희희낙락하여 손에 들고 있던 것을 불쑥 내밀었다.

"자, 어서 차라구."

이자오가 내민 것이 얼음으로 된 고랑이었다. 무애 대사는 이자오가 내민 것을 발에다 끼워 넣으며 울상을 지었다.

"앗! 차가워라. 이러다 풍한증에 걸려 제 명대로 살지도 못하고 죽는 거 아닌지 모르겠다. 이놈의 망할 늙은이는 왜 안 나타나는 거야! 제 때에 밥은 줘야 할 거 아냐!"

무애 대사가 말한 사람이 누구인지는 금방 알 수 있었다.

하늘에서 검은 그림자가 뚝 떨어졌는데 그것은 하나의 바구니였다.

"히히히, 또 틀렸구나, 틀렸어. 그것 보라구. 내가 쉽지 않을 거라 했지."

바구니가 떨어진 자리에 또다시 검은 물체가 내려앉았다. 그것은 사람보다는 괴물에 가까운 자였다. 머리는 봉두난발에 땅에까지 닿을 정도로 길었고, 검은 얼굴에 이빨은 다 빠졌으며, 몸에 걸친 것이라고는 동물 가죽으로 만든 겉옷이 다였다. 또 손에는 북을 들고 허리에는 색색깔의 천을 꼬아 만든 띠를 둘렀다. 띠에는 작은 칼과 나무로 만든 화살통과 활과 종 등이 주렁주렁 매달려 있었다. 게다가 손발은 물론이고 코도 썩어 문드러져 괴물처럼 보였다.

"어라? 그새 아이들을 낳았을 리는 없고, 이것들은 또 어디서 떨어진 것들이냐? 너희 두 늙은이가 또다시 물속에서 건져 올린 것들이냐?"

"쿵쿵, 건져 올린 게 아니라 하늘에서 떨어졌다. 쿵쿵."

이자오가 바구니를 냉큼 집어 올렸다. 유천복은 괴물이 또 나타난 줄 알고 잔뜩 긴장하였다. 그러나 곧 세 노인이 서로 바구니를 빼앗기 위해 다툼을 벌이는 것을 멍하니 보고 있었다.

아랑은 선문이 생긴 이래 처음 열린 빙궁에서 잇달아 사람들을 만나게 되자 할 말을 잃었다.

노인이 던진 바구니에는 보기에도 이가 시릴 정도로 꽝꽝 얼어붙은 시뻘건 고깃덩이와 속이 투명한 물고기가 가득 들어 있었다. 무애 대사는 재빨리 물고기를 집어 들었고 이자오는 고깃덩이를 든 채 몇 개 남지 않은 이빨로 씨름 중이었다.

"도대체 어르신들은 어떻게 빙궁에 계신 것이며 또한 무엇 때문에 이러고 계신 것인가요?"

아랑이 물음에 봉두난발노인이 고개를 바짝 들이밀었다.

"빙궁?"

갑자기 노인의 얼굴이 굳어지더니 한스러운 목소리로 말했다.

"하늘에서 왔다고 했지? 그러고 보니 네년은 선문에서 왔구나! 내 백 년도 더 되었지만 그 향기만은 잊어버리지 않고 있지."

그리고는 허리띠에 찬 칼을 뽑아 들고 전광석화와 같이 아랑에게 덤벼들었다. 노인의 행동은 그 자리에 있던 어느 누구도 예상하지 못할 만큼 빨랐으며 순간적이었다. 아랑의 뒤에는 얼음산이 있었을 뿐이니 그녀는 절대로 피하지 못할 것이었다.

따다당—

그러나 들려온 소리는 인간의 살에서 들릴 수 있는 것과는 전혀 다른 것이었다. 노인은 자신의 칼을 막는 것이 무엇인지 보았다. 한 자루의 상아빛 검과 딱딱하게 언 고깃덩이와 막대기처럼 얼어붙은 물고기였다. 유천복과 무애 대사, 이자오가 동시에 손을 써 노인의 칼을 막아냈던 것이다.

"네놈들이 여태 내 밥을 얻어 처먹었으면서 나를 막는 거냐, 이 배은망덕한 놈들아!"

노인이 칼을 빼는 솜씨는 신출귀몰하였으나 내공의 힘은 세 사람을 당할 수 없었다.

"노인장, 일단 말을 해보신 연후에……."

유천복이 무단검에 은은한 공력을 주입하며 말했다.

"내 선문이라면 이가 갈리거늘 무슨 할 말이 있어 선문의 계집과 말을 섞는단 말이냐!"

노인이 무애 대사와 이자오를 노려보며 소리쳤다. 도와달라는 눈치인 듯싶었다. 그러나 두 노인은 어느새 먹는 것에만 열중할 뿐 대답하지 않았다.

"노인장은 대체 누구시고, 왜 선문에 그토록 원한을 갖고 계신지 말씀을 해보세요."

아랑은 그 노인의 정체가 무엇인지 몹시 궁금했다.

노인은 유천복의 검에 밀리지 않으려 힘을 쓰느라 얼굴이 시뻘게져 있었다. 그러다 도저히 아랑을 죽일 수 없다고 생각해서인지 체념한 듯 칼을 내던졌다. 그러나 눈동자 속에 깃든 원망만은 쉽게 사그라들지 않았다.

"히히히, 내가 이제 죽을 날이 가까웠으니 원한은 새겨 무엇 하겠느냐."

돌연 노인이 큰 소리로 웃더니 바닥에 던진 작은 칼을 다시 주워 손아귀에 잡고 힘을 주었다. 그러자 손바닥만한 작은 칼이 대번에 몇 조각으로 동강이 나고 말았다. 비록 내공의 힘은 없었으나 외공만은 무시무시했던 것이다. 아랑은 순간 저 손에 잡혔더라면 뼈도 추리지 못했을 것이라 생각하고 등골이 오싹해지는 것을 느꼈다.

"내 이름은 부란(腐爛)이다."

노인은 부서진 칼 조각들을 바닥에 팽개치고 순순히 말했다. 아랑은 노인의 썩어 문드러진 온몸을 보며 이름 한번 잘 지었다고 생각했다.

"이곳에서 뭘 하고 계세요?"

부란의 눈이 아랑과 마주쳤다.

"네 눈에는 무엇을 하고 있는 것처럼 보이느냐?"

아랑이 고개를 저었다.

"선문에서 나보고 이곳을 지키라고 하였거늘, 어째서 무슨 일을 하느냐고 묻는 게냐?"

"선문에서요? 선문의 누가요?"

"누군 누구야, 문주 년이지. 그 똥통에 빠져 죽어도 시원찮을 갈보

년이 아니면 대체 누가 날 여기 처박았겠느냐!"

부란은 한번 입을 열자 차마 듣기에도 민망한 욕설을 한참 동안이나 쏟아내었다. 그것은 주로 선문과 선문 문주에 대한 것이었는데 내용은 이러했다.

그는 원래 북해 근처에 사는 어부였는데, 어느 날 고기를 잡으러 나왔다가 폭풍에 휘말려 어디론가 흘러왔다. 그곳은 얼음으로 둘러싸였는데도 봄날처럼 따스한 별천지였다. 이곳저곳을 헤매다가 우연히 한 여인이 목욕하는 장면을 훔쳐보게 되었는데, 그녀가 바로 선문의 문주였던 것이다. 그는 바로 들키게 되었고 그 벌로 이곳의 문을 지키는 벌을 받게 되어 이러고 있다고 하였다.

"그게 언제였나요?"

"내가 열여섯 되던 해였지, 아마."

유천복은 부란의 나이가 궁금했다.

"그럼 어르신께서는 지금 연세가……."

"히히히, 내가 백 세까지는 기억을 하고 있었는데 지금은 모른다."

두 사람은 부란이 이곳에 있은 지 구십 년은 족히 되었다고 생각해 할 말을 잃었다. 그의 선문과 문주에 대한 증오심이 어떠한지 알고도 남음이 있었다. 아랑의 얼굴에 미안한 기색이 스쳐 갔다. 그녀는 선대 문주가 잘못했다고 생각하였다. 누구든 한 사람의 일생을 이토록 잔인하게 망가뜨릴 수는 없는 것이다.

그러나 부란은 아랑을 공격한 것을 금방 잊어버린 듯하였다.

"두 분은 어떻게 사막에서 이곳까지 오시게 되었어요?"

유천복은 그제야 무애 대사와 이자오에게 물었다.

"그게 그날 어떤 놈이 글쎄, 개코거지가 나보다 빠르다고 하잖아."

억울하다는 듯한 무애 대사의 말이었다.

"쿵쿵. 그거야 당연한 거지. 강호 사람들이 다 아는 일을 왜 땡중 너만 모른다고 잡아떼느냐. 쿵쿵."

이자오는 희희낙락하고 있었다.

"그래서 달리기 시합을 하다 이곳까지 왔지. 그런데 더 이상 길이 없는 거야. 앞이 물로 막혀서 갈 수가 없잖아. 그때 이 개코 놈이 그냥 물속으로 들어가지 않겠어."

"쿵쿵. 저 땡중 놈이 내가 이기는 꼴을 볼 수가 없으니 따라 들어왔지. 쿵쿵. 물속이 얼마나 춥던지 난 얼어 죽을 뻔 했다구. 쿵쿵."

"개코가 먼저 나가질 않으니 나도 안 나갔지. 그러다 둘 다 정신을 잃었는데 깨어보니 이곳이더구만. 저 노인이 우리를 구했어."

결국은 두 노인이 끝내 고집을 부리다 물에 빠져 죽게 된 것을 부란이 구했다는 얘기였다.

"그런데 지금은 뭐 하고 계신 거예요?"

"뭐 하긴, 내기 중이잖아."

두 노인은 더 이상 말을 시키지 말라는 듯이 손을 내저었다. 날고기를 거의 다 먹어가는 이자오가 무애 대사의 물고기에 눈독을 들여 이내 다툼이 벌어졌다.

그 다음 얘기는 부란이 했다.

얘기인즉, 부란은 빙궁의 문을 지키던 중 두 노인네가 떠내려온 것을 발견하고 구해주었다. 그런데 두 노인은 깨어나서도 서로의 무공이 더 낫다며 다툼을 벌였다. 그래서 부란이 빙궁의 문을 여는 걸로 내기를 하자고 제의하였다. 한 사람이 문을 여는 동안 다른 사람은 방해하지 않기 위해서 발목에 쇠고랑을 차기로 하고 부란이 증인이 되기로 하였다.

그렇게 오늘까지 온 것이다. 그동안 부란이 먹을 것을 해 나른 모양이었다.

"그런데 노인께서는 빙궁의 문을 지키라는 명을 어기실 셈인가요?"

"어기는 게 아니야. 문주가 한 약속이 있기 때문이지."

백여 년 만에 너무 많은 말을 한 탓에 목이 마른지 부란은 얼음 조각 하나를 입속으로 집어넣었다.

"문주는 내가 빙궁의 문을 열 수만 있으면 고향으로 돌아갈 수 있을 거라 했단 말이다."

"고향으로 돌아가고 싶으면 가면 되잖아요?"

유천복은 두 노인이 아귀처럼 먹어대는 것을 보자 슬슬 배가 고파왔다. 슬쩍 고깃점 하나를 집어 들려다 이자오의 손에 손등을 얻어맞고는 소리를 버럭 질렀다.

"왜 때려요?"

"킁킁, 이놈아! 어디 어르신의 식사에 손을 대느냐! 킁킁. 먹고 싶으면 너도 가서 잡아먹거라! 킁킁."

"잡아먹다니, 뭘 말이에요?"

이자오는 고기를 우물거리다 목이 메면 얼음을 한 덩어리씩 씹기를 반복하며 턱으로 앞을 가리켰다.

"킁킁, 보아라. 이곳에 널린 게 물개이고 물고기인데 설마 굶어 죽을까 봐 어르신의 식사를 넘보느냐. 킁킁. 거기다 맛은 얼마나 기가 막힌지 둘이 먹다가 하나가 죽어도 모를 지경이다. 킁킁."

유천복은 안력을 집중하여 이자오가 가리킨 곳을 보았다. 그러자 얼음덩어리라고 생각했던 것들이 전부 흰 물개라는 것을 알 수 있었다.

떼지어 움직이는 물개들이 얼음산을 가득 덮고 있었던 것이다.

부란은 그동안 이 물개들을 잡아먹으며 살아왔던 것이다.

"고향? 나도 그동안 수도 없이 헤매 다녔다. 그러나 밖으로 나가는 곳은 어디에도 없었다. 문주가 그랬지, 이곳에서 밖으로 나갈 수 있는 길은 오직 빙궁을 통하는 것뿐이라고."

"하지만 어르신들이 들어온 길이 있을 거 아니에요?"

유천복은 무애 대사의 물고기 쪽으로 다시 손을 뻗쳤다. 다행히도 무애 대사는 이자오와 달리 순순히 자기 몫을 나누어 주었다. 그 투명한 물고기는 과연 맛이 좋아 입에 넣자마자 목구멍으로 사르르 넘어갔다. 유천복은 삽시간에 두세 마리의 물고기를 입속에 넣고 우물거렸다.

"그걸 알 수 없으니 문제지. 이 두 늙은이가 도무지 어디를 통해서 들어왔는지 나조차도 알 수 없단 말이다. 처음에는 두 노인이 물속을 샅샅이 뒤졌지. 그런데도 찾지 못했으니 저기 저러고 있을 수밖에."

"그럼 여기서 나갈 수 없다는 말이에요?"

아랑의 외침에 유천복은 물고기가 목에 걸릴 뻔하였다.

"그게 무슨 소리요? 우리가 들어왔던 곳으로 나가면 되지 않소?"

유천복의 말에 세 노인은 동시에 고개를 번쩍 들었다.

"그렇지! 너희 두 사람은 어디로 들어왔느냐?"

아랑과 유천복, 그리고 세 노인은 동시에 뛰었다. 세 노인은 아랑과 유천복의 뒤를 따라갈 것뿐, 절대로 앞장서지는 않았다.

유천복은 왔던 길을 되돌아갔다. 그러나 동굴을 지났을 때 그곳은 단지 얼음과 눈으로 뒤덮인 한없이 넓은 평야였을 뿐 그 어느 곳에도 두 사람이 들어왔던 흔적은 없었다.

"이럴 수가! 우리는 분명 이곳으로 들어왔는데… 어둠을 뚫고 나왔을 때는 바로 이곳이었어요."

아랑이 한 자리를 가리켰다. 유천복도 동굴의 입구에 서 있는 나무 아래를 여러 번 맴돌았지만 어느 곳에도 선문으로 나갈 수 있는 길은 보이지 않았다.

"내 그럴 줄 알았다. 저 나무는 이곳에서 유일하게 자라는 것이다. 내가 백 년간 수천 번도 더 이곳을 들락거렸으니 여기에 선문으로 가는 입구가 있다면 발견하지 못했을 리가 없다."

부란은 한순간이나마 기대하였던 자신이 어리석다는 듯이 말했다.

"그렇다는 것은 우리도 이제 이곳에 영원히 갇혔다는 것인가요?"

"킁킁, 그렇지. 이제 이쯤이면 우리가 왜 그곳에서 그러고 있었는지 알 수 있겠지? 킁킁."

이자오는 이제야 씹고 있던 음식을 다 삼킨 모양이었다.

다섯 사람은 하는 수 없이 다시 얼음산 밑으로 돌아갈 수밖에 없었다.

"이대로 있을 수는 없어요."

"누가 이대로 있겠다고 했냐? 문을 열겠다고 했지."

무애 대사는 이자오의 등을 떠밀었다.

"네 차례다. 이번에는 네놈이 알고 있는 밑천을 다 드러내야 할 거다."

"킁킁, 내가 아는 무공은 아직도 구천삼백예순아홉 가지나 남았다. 킁킁, 그걸 다 펼쳐 보이기도 전에 땡중 네놈은 늙어 죽고 말걸. 킁킁, 이번에야말로 내가 옥현귀진현공(玉玄歸眞玄功)으로 저 문을 열고 말 테다! 킁킁."

비장하게 다가서는 이자오였지만 역시 결과는 마찬가지였다. 두 노인은 그 뒤에도 수십 가지의 절초를 번갈아가며 펼쳤으나 얼음산은 꿈쩍도 하지 않았다.

"쿵쿵, 어째서 강물에 배 지나간 것처럼 흔적조차 남지 않는지 땡중아, 너는 이유를 알겠냐? 쿵쿵."

"흠! 그건 달빛이 강물을 꿰뚫으나 흔적이 남지 않는 것과 같은 이치거늘 개코 놈이 그런 심오한 진리를 어찌 알겠느냐."

"쿵쿵, 무슨 귀신 씨나락 까먹는 소리야. 쿵, 결국 우리가 헛고생만 죽어라 하고 있다는 말 아니냐? 쿵쿵."

이자오는 얼음산을 뚫지 못하는 것이 마치 무애 대사의 책임인 양 펄펄 뛰었다.

유천복과 아랑은 끝내 추위를 이기지 못하고 부란과 함께 그의 거처로 갔다. 부란의 거처는 얼음덩어리로 만든 것으로 거대한 항아리를 뒤집어놓은 것 같은 형상이었다.

"이게 이래 뵈도 꽤 쓸모있어. 내가 수십 년 동안 공을 들인 것이거든."

부란의 자부심 섞인 말이 아니더라도 두 사람은 곧 그 말이 사실이라는 것을 알게 되었다.

모든 집기가 얼음과 동물의 뼈로 이루어져 있다는 것만 빼면 다른 집과 다를 바가 없었다.

"이곳에는 흰 물개밖에는 살지 않지. 어쩌다 한번 물개를 잡아먹기 위해 백곰이 나타나는 경우도 있는데 그런 적은 내 평생 딱 세 번이 있었을 뿐이야. 이 가죽이 바로 그 백곰을 잡았을 때 나온 것들이지."

부란이 자랑스럽게 내보이는 세 장의 커다란 백곰 가죽은 그의 침상에 깔려 있는 것이었다. 그 백곰 가죽은 습기에도 강하고 또 언제나 포근하다고 하였다. 노인의 말대로 침상에 앉자 그대로 푸욱 꺼지는 것이 아무리 침상이 얼음으로 되어 있다 하더라도 조금의 한기조차 느낄 수 없었다.

"신기하군요, 밖은 그토록 추운데 이 안은 이렇게 훈훈하다니."

유천복과 달리 아랑은 선문에서 이미 경험해 보아선지 그다지 놀라지 않았다. 그녀는 뼈와 가죽과 얼음으로 만들어진 각종 집기들을 더욱 신기해했다.

부란은 물개의 뼈로는 각종 그릇과 집기를 만들었고 또 힘줄로는 바구니를 엮어 사용하고 있었다.

유천복과 아랑이 동굴에서 보았던 작은 뼈들은 부란이 놓아둔 것이라 했다.

"혹시라도 누군가 온다면 그 뼈들을 따라올 거라 생각했지."

유천복은 속으로 동굴의 길이 단 하나뿐인데 무슨 소리인가 생각했다.

"그런데 손과 발은 어찌 된 것인가요?"

아랑이 부란의 문드러진 수족을 보며 말했다.

"이곳이 이렇게 따스한데 어째서 손발이 동상에 걸린 것이죠?"

부란 노인의 검은 이가 흉측하게 드러났다.

"내가 이곳에 처음 갇히게 된 몇 년 동안은 정말 미칠 지경이었다. 그래서 땅 위는 물론이고 물속에서까지 나가는 길을 찾아보지 않은 곳이 없었지. 이곳의 물속은 그야말로 뼛속까지 얼려 버리는 빙담(氷潭)이다. 가죽으로 온몸을 둘렀지만 손과 발, 코와 귀가 동상에 걸리는 것만은 막을 수가 없었다. 나는 살기 위해 내 스스로 썩어 들어가는 부위를 잘라냈지. 그 결과 이런 모습이 되고 말았다."

아무렇지도 않게 하는 말이지만 그 고통이 어떠했을지는 상상하지 않아도 알 수 있는 것이었다.

"죄송해요."

아랑은 저도 모르게 중얼거렸다.

"우리가 반드시 노인장을 고향으로 돌아가도록 해드리겠어요."

"히히히, 아무렴. 그렇게만 된다면 여한이 없지. 히히히. 하지만 나는 이제 별 상관 없단다. 늘그막에 친구가 넷이나 생겼는데 무슨 소원이 있겠느냐. 물개와 달리 너희들은 말도 할 수 있지 않느냐. 히히히."

"하하하, 맞아요. 물개는 말을 할 수 없지요."

부란은 정말 기분이 좋다는 듯이 웃음을 터뜨렸고 유천복도 맞장구를 쳤다. 그러나 아랑의 표정은 더욱 어두워졌다. 부란의 말은 그들이 이곳을 절대로 빠져나갈 수 없다는 것이었다. 하지만 유천복은 부란의 마음을 충분히 이해하고 있는 듯이 보였다. 물론 그가 부란이 말한 뜻을 이해하고 있는지는 아무도 알 수 없는 일이다.

무애 대사와 이자오가 돌아온 것은 그로부터 한참이 지난 후였다. 두 노인은 거의 파김치가 되어서 돌아와서는 며칠 동안 깨지도 않고 잠만 잤다.

부란의 말에 의하면 두 노인이 이곳에 와서 잠을 잔 것은 이번이 처음이라는 것이다.

"어둡지 않은데 어떻게 잠을 잘 수 있느냐고 버티더니만. 히히히."

유천복은 그 말에 고개를 끄덕였다. 밤과 낮의 구분이 없는 이곳은 하루 종일 흰 빛에 번쩍거릴 뿐이었다. 이래서야 편하게 잠을 잘 수 있을 리가 없었다. 그러나 유천복에게는 별 상관이 없는 듯했다. 그는 해가 지지 않아도 때가 되면 잠을 잤다. 그것도 항상 다른 사람의 곱절만큼 잤다.

아랑은 두 노인이 잠든 며칠 동안 근처를 조사하고 얼음산을 두루 살피는 것으로 소일했다.

그래서 사흘 뒤 두 노인이 깨어났을 때는 나름대로 조사한 바를 피력할 수 있게 되었다.

"두 분께서 무공으로 부수어놓은 곳은 그 다음날이면 또다시 얼어붙어 버리더군요."

"오히려 그전보다 더 두텁게 얼어 그곳으로는 도저히 빙궁에 들어갈 수 없어요."

아랑과 유천복이 번갈아 말을 했다.

"히히히, 그것 보라고. 내가 그랬잖아."

옆에서 부란이 물고기를 손질하며 웃었다. 두 노인은 며칠 동안 먹지도 않고 잠만 잔 뒤라 부란이 손질해 놓은 물고기를 게눈 감추듯 집어삼키고 있었다.

"쿵쿵, 네 말이 맞다. 쿵쿵."

"그래서 우리가 생각해 낸 것이 있지. 두 사람이 의논한 끝에 내린 결론이다."

두 노인은 일어나자마자 먹기만 하였을 뿐인데 언제 의논할 시간이 있었던가 유천복은 머리를 갸웃했다.

"무엇을요?"

무애 대사가 이자오를 보았다. 사실 의논이랄 것도 없었다. 무애 대사는 이자오는 어떤 생각이든 하였으리라 짐작하였을 뿐이었다. 다행히 이자오는 정말 생각해 둔 것이 있는 모양이었다.

"쿵쿵, 바로 네놈이 우리 대신 문을 찾는 것이다. 쿵쿵."

"옳거니!"

무애 대사가 손뼉을 딱 쳤다.

"그거 좋은 방법이로세!"

"말도 안 돼요! 두 분 어르신께서 하시지 못한 일을 제가 어찌 합니까?"

"쿵쿵, 그건 다 방법이 있다. 쿵쿵."

이자오가 눈을 지그시 감고 심각한 표정을 짓자 다들 그의 입에서 무슨 말이 나올까 기다렸다.

"쿵쿵, 늙은 우리 두 사람이 힘을 쓰는 것은 그야말로 계란으로 바위를 치는 격이다. 그렇다고 여기서 내기를 중단하면 지금까지 헛수고를 한 게 되지. 쿵, 그러니 네놈도 내기를 하자꾸나. 쿵쿵."

"뭐라구요?"

유천복이 펄쩍 뛰었다.

"너는 네가 아는 무공으로 빙궁의 문을 찾고, 쿵, 또 우리가 아는 무공을 네놈에게 알려줄 테니 우리 두 사람의 무공도 네놈이 펼치거라. 쿵쿵. 그럼 셋이 내기를 하는 것이 되지 않느냐. 쿵쿵."

"옳도다! 그런 방법이 있었구나. 개코 놈이 오랜만에 제대로 된 생각을 하였구나."

무애 대사는 희희낙락하였다.

"쿵쿵, 하지만 우리도 거저 네놈을 부려먹겠다는 것은 아니다. 쿵쿵."

"그럼요?"

"쿵쿵, 만일 네놈이 우리를 이곳에서 데리고 나가주기만 한다면 우리는 한 평생 네놈이 하라는 대로 하겠다. 쿵쿵."

이자오의 말에 무애 대사는 인상을 찡그렸다.

"개코야, 그건… 우리가 앞으로 십 년을 더 살지 오십 년을 더 살지 어찌 알고 그런 약속을 하느냐? 우리가 만일 앞으로 백 년을 더 산다고 하면 저 어린놈의 말을 백 년이나 들어야 한단 말이냐?"

이자오는 무애 대사의 귀에 대고 속삭였다.

"쿵쿵. 땡중아, 우리 둘이 해서 안 되는 걸 어찌 저놈이 할 수 있단 말이냐. 쿵. 그렇다고 우리가 매일같이 저 얼음산을 깨부술 수는 없는 노릇 아니냐. 쿵쿵. 만일 이곳에서 평생을 있게 될지도 모르는데 이 같은 재미도 없다면 어찌 남은 날을 즐겁게 보낼 수 있단 말이냐. 쿵쿵."

무애 대사는 그래도 고개를 흔들었다.

"나는 십 년 이상은 죽어도 못한다."

이자오는 유천복을 보며 할 수 없다는 듯이 말했다.

"쿵쿵, 들었느냐? 십 년이란다. 난 더 해주고 싶은데 땡중이 안 된다니 할 수 없지. 그럼 결정된 거다. 쿵쿵."

"그런 법이 어딨어요! 난 싫다구요!"

유천복이 망연자실하여 소리쳤으나 이미 두 노인의 결정은 확고한 듯하였다. 유천복이 도망가고자 한들 도망갈 수도 없는 노릇이니 이를 어쩌랴. 그는 울며 겨자 먹기로 두 노인이 일러주는 무공으로 얼음산의 얼음을 깎아내는 도리밖에 없었다.

그날부터 두 노인은 날마다 유천복을 얼음산으로 데리고 가서 무공 시합을 펼쳤다.

"홍무자염신공(洪武紫焰神功)!"

이자오의 고함 소리가 울려 퍼지자 유천복의 양손에서 붉은 구름이 피어오르는 듯하더니 자색의 광채가 쏜살같이 얼음산을 향해 발출되었다.

쿠르르릉!

얼음산이 몸부림을 치자 세 사람은 또다시 십여 장 밖으로 물러났다.

"쿵쿵. 어째서 씨알도 안 먹히는 것이냐. 네놈이 제대로 하고 있긴한 거냐? 쿵쿵."

이자오가 유천복의 머리통을 쿵 소리나게 쥐어박자 유천복이 가자미눈을 하며 대들었다.

"그게 어째서 제 탓입니까? 개방의 무공이 그저 그런 것이지요!"

"쿵쿵. 이놈이 어디서 눈을 새파랗게 뜨고 대드는 거냐, 대들기를! 쿵쿵. 잊었느냐, 이놈아! 넌 내 대환단을… 쿵쿵."

이자오는 뻑하면 대환단을 들먹여 유천복의 생명의 은인임을 강조했다. 그러나 유천복은 어느새 무애 대사 곁으로 날아가며 혀를 날름거리고 있었다. 두 노인은 유천복이 무공을 배우는 속도가 빠른 것을 보고 더욱 자신들의 결정이 옳았다고 생각했다. 여환무단신공은 모든 무공의 근원에 가까우니 유천복은 두 노인이 일러주기만 하면 그대로 무공을 펼칠 수 있었다.

무애 대사에게서 배운 혼원일기공(混元一氣功)을 필두로 역근경(易筋經)을 모두 익히고, 개방의 용음십이수(龍吟十二手) 쇄옥파운지(碎玉破雲指), 취팔선권(醉八仙拳)에 이어 삼십육로타구봉법(三十六路打狗棒法)을 배울 때까지도 세 사람은 얼음산을 조금도 뚫지 못하였다.

유천복은 시간이 지날수록 안달이 났다.

밤낮의 구분이 없으니 시간이 얼마가 흘러갔는지 아무도 알지 못하였다. 부란은 유천복이 두 노인에게 무공을 배우고 얼음산을 깨뜨리는 것을 보며 즐거워했다. 그로서는 백여 년 만에 있는 일이니 무슨 일이든 흥거운 것이 당연했다. 부란은 당 황실의 보물에 대해서는 아는 바가 없다고 했다. 역시 당 황실의 보물은 송옥과 함께 빙궁 안에 있을 것이다.

이상한 것은 아랑이었다. 처음에는 유천복을 따라나와 날마다 무공 배우는 것을 구경하고 같이 빙궁에 들어갈 방법을 모색하였으나 어느 날부턴가 그녀는 더 이상 얼음산에 나타나지 않았다.

그녀는 부란을 대신하여 노인들과 유천복이 먹을 음식을 장만하고 집 안 꾸미는 일에 온 신경을 쏟았다. 부란은 물 위로 올라온 물개들만 잡았는데, 그의 말에 의하면 물속에는 괴물이 살고 있어 절대로 들어가면 안 된다는 것이었다. 그는 그것이 물개들의 왕이라고 하였다.

부란의 집에는 모든 것이 갖추어져 있었다. 생선 가시로 만든 바늘과 물개 힘줄로 만든 실까지 있어 뜯어진 옷을 꿰맬 수도, 물개 가죽으로 새 옷을 지을 수도 있었다.

"그냥 이대로 영원히 살았으면……."

어느 틈엔가 아랑은 자신이 그걸 바라고 있다는 것을 깨닫고 있었다. 영원히 나갈 수 없으면 어떤가? 이대로 유천복과 이곳에서 살아가다 보면 그도 팽소연을 잊고 언젠가는 자신을 사랑해 줄 것이라 믿었다. 세 노인을 부모처럼 공경하고 아이가 태어나면 그 아이들을 키우면서 평생 동안 해로하다 같은 날 죽는다면…….

선문이나 천족 따위는 어떻게 되어도 좋을 것 같았다. 어쩌면 언니인 화령은 이 모든 것을 알고 있었던 것이 아닐까? 이곳에서 영원히 나갈 수 없다는 것을…….

"아얏!"

생각에 잠겨 있던 아랑은 생선 가시 바늘에 손가락을 찔렸다. 유천 복의 겉옷을 만들고 있던 중이었다. 손가락 끝에 물방울처럼 맺혀 있는 핏방울은 마치 울고 있는 것처럼 보였다.

아랑은 문득 화령이 독수에 당해 선혈을 울컥 내뱉던 것이 떠올랐다.

"언니는 언제나 날 위해 모든 걸 양보했지."

자신들이 나가지 않으면 화령은 죽는다. 애써 잊으려 했던 사실이었다.

"언니를 죽게 둘 수는 없어!"

그녀는 벌떡 일어섰다. 갑자기 눈물이 솟구쳐 올랐다. 뜨거운 눈물이 끊임없이 흘렀지만 닦을 생각조차 하지 않았다. 그녀는 날짜를 계산하였으나 손 대장로가 말한 한 달의 시간 중에서 얼마나 남았는지 알 수가 없었다.

아랑은 밖으로 뛰어나갔다. 한쪽에서 물개를 잡던 부란은 아랑이 얼음산의 반대 편으로 뛰어가는 것을 보고 있었다.

"그곳이야, 그곳이 틀림없을 거야!"

아랑은 부란이 무애 대사와 이자오를 발견했다는 곳으로 가고 있었다. 빙궁에 들어갈 수 없다 하더라도 선문으로는 되돌아가야 했다. 화령을 그들 손에 죽게 할 수는 없었다.

어려서부터 아랑을 키운 것은 화령이었다. 그녀는 아랑에게 있어 어머니와 같은 존재였다. 게다가 사선녀들은 또 어떠한가? 화령과 아랑을 손녀처럼 귀여워해 주던 그녀들이었다.

"돌아가야 해."

그녀는 정신없이 물속으로 뛰어들어 갔다. 멀리서 보고 있던 부란이 감짝 놀라 세 사람을 정신없이 불렀다.

"저년이 죽으려고 환장했구나! 유가야, 계집이 물속으로 뛰어들었다!"

부란은 자신의 말이 끝나기도 전에 한줄기 광채가 눈앞을 쏜살같이 지나가는 것을 느꼈다.

유천복은 부란의 외침을 듣기 전에 벌써 아랑이 물가를 향해 뛰고 있는 것을 보았다. 그래서 두 노인보다 먼저 물가에 도달할 수 있었다. 그러나 아랑이 물속으로 뛰어드는 것은 그의 생각보다도 빨라 막을 수가 없었다.

풍덩!

유천복도 생각할 겨를 없이 아랑을 따라 물속으로 들어갔다. 부란의 말대로 들어가는 순간 뼛골을 얼릴 듯한 한기가 치밀어 올랐다. 유천복은 온몸이 갈기갈기 찢어지는 듯한 엄청난 압력을 느껴야 했다.

아랑은 저만치 앞에서 헤엄치고 있었다. 그녀는 겉옷을 걸치지도 않은 채 정신없이 무엇인가를 찾고 있는 눈치였다. 그러나 어느 순간 부르르 떨더니 이내 힘없이 아래로 가라앉았다.

'아랑 소저!'

유천복은 그녀가 혼절했다는 것을 알고 서두르려 하였다. 그러나 아랑의 곁에 이르는 순간 한 가지 사실을 깨달았다.

그것은 거대한 눈이었다.

회색의 바위처럼 보이는 거대한 암석덩어리의 한가운데가 갈라졌던 것이다. 그것은 거의 유천복의 키만큼이나 되는 커다란 눈이었고 갈색의 눈동자는 두 사람의 모습을 보고 있었다.

유천복은 너무 두려운 나머지 자신도 모르게 무단검을 빼어 들어 눈동자를 푹 찔렀다. 그 순간, 유천복의 두 눈이 무엇인가에 찔린 듯이 아파오며 눈앞에 깜깜해지는 것이 아닌가?

"으아아악!"

그는 두 눈을 감싸 쥐며 정신없이 비명을 질렀다. 그러나 입속으로 얼음처럼 차가운 물이 마구 들어오며 숨이 막혔다.

'이대로 죽는구나!'

유천복은 이전에는 겪어보지 못한 엄청난 통증을 느껴야 했다. 거기다가 몸의 안과 밖이 뒤집어질 정도의 메스꺼움이 그를 못 견디게 하였다.

고통 속에서 그의 눈앞으로 이상한 광경이 펼쳐졌다. 그것은 북해에 도착하였을 때 팽소연과 함께 보았던 일몰이었다.

정말 사람을 넋 나가게 만드는 하늘의 신비한 빛과 손에 닿을 듯한, 그리고 세상에서 가장 푸른 하늘에 햇살을 약간 받아 보랏빛을 머금은 구름… 그 구름 틈으로 한줄기 강렬한 빛을 내뿜는 태양은 더 이상 눈부시지 않았다.

똑! 똑! 똑!

물방울이 떨어지는 듯한 소리가 들렸다. 유천복은 태양을 똑바로 쳐다보고 있었다. 그가 태양이라고 생각했던 것은 바로 위에서 떨어지는 물방울이었다.

유천복은 퍼뜩 정신이 들었다.

"아랑은?"

아랑은 옆에 있었으나 여전히 정신을 차리지 못하였다. 유천복은 그녀의 가슴이 오르락내리락하는 것을 보았다.

두 사람은 물속에 있는 것이 아니었다. 그곳은 이상한 곳이었다. 더 이상 얼음과 눈으로 뒤덮인 곳이 아니었다. 주위는 온통 붉은빛과 회색이 어우러진 공간이었다. 바닥은 끈적거리는 것들로 가득 차 있었고 어디를 보아도 물개들의 시체가 가득했다.

그리고 가벼운 진동이 발끝을 통해 느껴지고 있었다.

―어리석은 인간이여.

갑자기 머리 속에서 어떤 소리가 들려왔다.

"누구요?"

유천복은 두려움에 휩싸여 소리쳤다.

"여긴 어디고 당신은 대체 누구요?"

―너는 이미 죽었다.

"뭐라구요? 내가 이미 죽었다고?"

그 말은 강력한 힘을 내포하고 있었다. 유천복은 자신이 죽었다는 말에 잠시 넋이 나간 사람처럼 앉아 있었다.

"그렇구나, 내가 죽었구나. 그러면 더 이상 수옥이나 송옥을 찾지 않아도 되겠군."

한참을 아무 생각도 하지 않고 앉아 있었지만 의식은 더욱 또렷해졌다.

"이상하잖아. 나는 이렇게 생각하고 움직일 수 있는데 죽었다니 말야. 거기다 아랑 소저는 이렇게 살아 있는데."

유천복은 따스한 아랑의 뺨을 살짝 만져 보았다. 지금껏 외면하고 있었던 아랑의 아름다움이 새삼스럽게 마음을 움직였다. 하지만 그는 애써 그런 생각을 지워 버렸다. 그의 가슴속에는 아랑은 천비의 약혼자라는 생각이 뿌리 깊게 박혀 있었다. 유천복은 아랑을 좋아하는 것이야말로 남의 아녀자를 탐하는 것이라고 생각하고 있었던 것이다. 그는 탁록의 전투에서 본 것만은 생생히 기억해 냈다.

—너는 생각하는 것도 움직이는 것도 아니다. 네가 기억하는 것은 생전의 환상이고 너는 죽은 것이다.

목소리는 여전히 유천복을 죽었다고 하였으나 이제 유천복은 그 말을 믿지 않았다.

"좋다구. 내가 죽었다면 말야, 이런 생각조차 하지 않는 것이 당연한 거 아냐? 그런데 난 생각을 할 수 있고, 그 생각은 이렇게 말을 하지. 이런 상태로 영원히 있어야 하는 것은 정말 싫다고. 아버지께서 말씀하시길 죽은 자는 절대로 생각할 수 없다고 하셨거든."

—너는 죽었다.

목소리는 오직 그 말밖에 모르는 듯하였다.

"무지자, 이런 때 네가 있으면 좋은 방법을 알려주었을 텐데……. 난 말이지, 그동안 한 번도 수옥과 송옥을 찾아야겠다는 생각을 진심으로 하지 않았어. 하지만 이상하지? 죽었다고 하니까 아쉬운 생각이 들어. 그걸 찾아볼 걸 그랬어. 왜 내가 그 생각을 못했을까? 천비가 다시 살아나면 혹시 너도 다시 살아나는 것 아니야? 그렇구나! 무지자, 네가 천비의 환생자이니 말야!"

유천복이 크게 소리쳤다. 그는 그제야 천비를 깨우면 무지자도 다시 나타날지 모른다고 생각했다. 그는 다시 한 번 무지자를 만나고 싶었다. 다시 한 번 팽소연을 보고 싶었다. 다시 한 번 살아보고 싶었다.

그는 무단검을 쥐고 있는 것이 다행이라도 생각했다.

"검아! 난 아직까지 한 번도 널 제대로 써보려 하지 않았지. 이제 너한테 신세 좀 져야겠어. 내가 정말 죽었다면 할 수 없지만 내 생각엔 말야, 내가 아직 살아 있는 것 같거든."

"히압—"

유천복은 우렁찬 기합 소리와 함께 무단검을 바닥 깊숙이 찔러 넣었다. 그러자 갑자기 엄청난 괴성이 들리더니 바닥이 마구 요동 치기 시작했다. 유천복은 아랑곳하지 않고 무단검에 계속해서 내공을 주입하였다. 손끝으로 무단검이 계속해서 길어지고 있다는 느낌이 오고 있었다.

그리고 바닥이 서서히 벌어지며 새빨간 핏물이 분수처럼 솟아올랐다. 유천복은 아랑을 안고 망설임없이 그 속으로 뛰어들었다.

앞을 가로막는 것은 무조건 무단검으로 베어 나가며 계속해서 아래로 아래로 내려갔다.

탁, 하는 소리와 함께 마침내 무단검이 멈추었다. 그리고 유천복의 모습이 드러났다. 유천복은 다시 엄청난 압력을 느끼며 물속에 있었다.

'환상… 이었나?

그러나 곧 환상이 아니라는 것을 알았다. 유천복은 눈앞에 어마어마하게 커다란 물고기가 있는 것을 보았다. 그 물고기는 바로 부란이 말했던 물개의 왕이었다.

물개는 유천복이 자신의 눈을 찌르자 두 사람을 삼켜 버린 것이었다. 어쩌면 유천복이 들었다는 목소리는 유천복 자신의 마음속에서 울려 퍼진 소리였는지도 몰랐다.

물개왕의 배에는 무단검이 뚫고 나온 상처가 커다랗게 있었고, 피가 콸콸 새어 나오고 있었다. 거기다 괴로운 듯 이리저리 몸을 틀고 있었다. 원래 물개왕의 몸통은 빙산에 갇혀 그대로 얼어버리고 만 것이었다. 움직일 수는 없었지만 물개들은 많았으므로 때가 되면 입을 벌려 물개들을 빨아들여 먹고 있었다. 덕분에 움직이지 않고도 이렇게 몸집이 커져 버린 것이다.

물개왕이 상처로 고통스럽게 몸부림치자 물속은 거대한 소용돌이가 일었다.

유천복은 아랑을 안은 채 물 밖으로 빠져나오려 하였다. 하나 유천복이 아무리 애를 써도 앞으로 나갈 수 없었고 점점 뒤쪽으로 끌려 들어갔다.

"어엇! 저것은?"

빨려 들어가던 유천복은 물개왕의 꼬리가 좌우로 움직일 때마다 검은 동굴이 나타났다 사라졌다 하는 것을 보았다. 소용돌이는 그곳에서 생겨나고 있었다.

세찬 물살과 함께 두 사람의 몸도 한없이 빨려 들어갔다. 잠시 후 유천복은 물 위로 올라올 수가 있었다. 그곳은 넓은 동굴이었다.

"아아, 그랬구나! 이곳이었어. 그 꼬리가 입구를 막고 있어서 아무도 빙궁을 찾지 못했던 거야."

유천복은 이곳이 빙궁이라고 확신했다.

동굴의 한쪽 벽에 거대한 문과 같은 형상이 아로새겨져 있었다. 그것은 절대로 자연히 생겨난 것이 아니었고 누군가 만든 것이었다. 그러나 그의 힘으로는 빙궁의 문을 열 수 없었다. 유천복은 다른 방법을 찾아야 했다.

아랑을 눕혀둔 채 유천복은 다시 물속으로 들어갔다. 이곳으로 빨려 들어올 때 동굴 중간에 다른 길이 있는 것을 보았던 것이다. 유천복은 이곳으로 무애 대사와 이자오가 들어왔다는 것을 확신할 수 있었다.

남은 것은 물개왕의 눈을 피해 다른 사람들을 이곳으로 데려오는 것이었다.

유천복은 물개왕이 있는 곳으로 가보았다. 그곳에서 놀라운 일을 보게 되었다. 바로 하얀 물개들이 바로 물개왕의 상처 부위에 다닥다닥 달라붙어 물개왕을 공격하고 있었다.

하얀 물개들은 그동안 물개왕을 두려워하고 있었다. 물속으로 들어올 때마다 물개왕이 자신의 동족들을 빨아들여 먹는 것을 그저 지켜볼 수밖에 없었다. 그러나 이제는 상황이 달라졌다. 상처 입고 눈까지 먼 데다 피를 철철 흘리고 있는 물개왕은 더 이상 두려운 상대가 아니었던 것이다. 물개왕의 거대한 몸집은 어느새 새하얗게 달라붙은 물개들의 먹이가 되어가고 있었다.

"쯧쯧, 결국 아무리 큰 놈이라도 작은 놈들이 떼로 덤비면 어쩔 수 없구나."

유천복은 그 일이 자신 때문에 비롯되었다는 것을 잠시 잊고 세 노인이 있는 곳으로 갔다.

물가에서 들여다보고 있던 세 노인이 반나절이 되어서야 유천복이 나오자 다들 기겁한 표정이었다.

"쿵쿵, 네놈의 조상은 물고기였구나. 쿵쿵, 그렇지 않다면 어떻게 물속에서 이토록 오랫동안 있을 수가 있단 말이냐? 쿵쿵."

이자오는 그가 살아 돌아온 것이 신기한 듯 주위를 몇 바퀴나 돌았다. 유천복은 웃으며 물속에서 있었던 일을 이야기해 주었다.

부란이 뛸 듯이 기뻐하였다.

"그랬다, 그랬어! 바로 물개왕이 물속에 있었지. 나도 이 두 늙은이가 어떻게 흘러 들어왔는지 궁금했는데 바로 그렇게 되어서 내가 찾아내지 못했던 것이었구먼!"

돌아갈 방법을 알아내자 부란은 미련없이 그곳을 떠날 채비를 했다. 그는 침상 모서리를 만지며 중얼거렸다.

"이걸 가지고 가면 좋을 텐데……."

"킁킁. 이놈아, 내 한 몸 빠져나가기도 힘든데 저 무거운 걸 어떻게 들고 간단 말이냐? 킁킁."

"그게… 저것은… 저것은… 내가 이곳에 있었던 세월을 보상해 주는 것이다. 하지만 저걸 가지고 갈 수는 없겠지."

부란은 할 수 없다는 듯이 백곰 가죽만을 챙겨 등에 걸머지었다.

"그건 무거운데 뭐 하러 들고 가는 것이오?"

무애 대사가 의아해하자 부란은 깜짝 놀란 듯이 보였다. 그러나 곧 큰 소리로 웃으며 말했다.

"히히히. 이건 내가 이곳에 있었다는 걸 증명해 줄 거야."

부란의 마을 사람들은 곰을 잡은 사람을 영웅으로 대접한다고 하였다. 그러니 부란이 세 마리의 백곰을 잡았다고 한다면 그는 금방 마을의 영웅으로 대접받을 것이 분명했다.

"킁킁, 그놈의 곰새끼들, 엉덩이 한번 투실하군. 킁킁, 살아생전에 뭘 처먹었는지 꼭 돈 냄새 같단 말야. 킁킁."

세 노인은 유천복을 따라 물속으로 뛰어들었다. 물개왕은 어느 틈에 붉은 뼈를 드러내고 있었다.

"세상만사가 다 저와 같을지니 영원한 것은 아무것도 없도다."

오랜만에 무애 대사의 그럴듯한 말을 들은 유천복은 웃음이 터지려는 것을 간신히 참았다.

아랑이 있는 곳에 도달한 이자오는 빙궁의 문이 그곳에 있다는 걸 알고는 부란을 잡아먹을 듯이 노려보았다. 때마침 아랑도 정신이 들어 유천복으로부터 모든 얘기를 들었다. 그녀가 물속에 뛰어들지 않았다면 평생 이곳에 갇혀 지내야 했을 것이라는 유천복의 치하에 얼굴을 붉혔다.

"쿵쿵. 그래, 네놈은 무엇을 믿고 그 얼음산에 빙궁이 있다고 그토록 우긴 거냐? 쿵쿵."

부란은 찔끔하여 뒤로 물러섰다.

"그거야 그곳이 가장 높은 곳이니까 빙궁이라면 당연히 가장 높은 곳에 있을 줄 알았지 이런 곳에 있을 줄 내가 어찌 알았겠소."

부란의 말에 다른 사람들은 할 말을 잃고 말았다.

빙궁의 문 양쪽에는 구멍이 하나씩 있었는데 그것이 바로 문을 여는 장치 같았다. 유천복은 혹시 수옥이 열쇠가 아닐까 하였으나 구멍의 모양은 수옥과는 달랐다.

"아랑 소저, 문주께서 빙궁으로 들어가는 열쇠에 대해 언급하신 적은 없었소?"

"한 번도 들어본 적이 없어요. 하긴 빙궁이 실제로 존재하는지조차 알 수 없었으니까요. 아마 선대의 문주님들도 선문당 아래 얼음산만 보았지, 설마 빙궁이 얼음산 아래 물속에 있다는 것은 모르셨을 거예요."

아랑이 단정하듯이 말했다.

"그럼 예전에 당나라 사람들은 어떻게 황실의 보물과 송옥을 가지고 빙궁으로 들어갈 수 있었을까?"

유천복이 고개를 갸웃했다.

"아마 열쇠를 가지고 있었겠지요."

"그렇다면 할 수 없소. 이대로 나가 문주님과 다른 사람들을 먼저 구한 뒤에 이곳으로 돌아와 방법을 강구해 봅시다."

유천복의 말에 아랑도 고개를 끄덕였다.

다섯 사람은 다시 물로 뛰어들어 무애 대사와 이자오가 흘러 들어온 곳으로 해서 다시 밖으로 나왔다.

◆제55장 일촌정일촌회

一寸情一寸灰

한마디의 그리움은
한마디의 재가 되었네

다섯 사람이 나온 곳은 바로 천지의 가장자리였다. 그곳은 여인의 오른쪽 팔에 해당하는 부분이었으며, 주변에는 깎아지른 듯한 절벽이 있어 사람의 이목을 충분히 가려주었다. 부란은 자신의 마을이 있는 쪽으로 사라졌다.

"킁킁. 계집애야, 우리가 왜 이렇게 숨어 있어야 하지? 킁킁."

이자오는 자신이 납작 엎드린 채 선문으로 잠입해야 한다는 사실이 못마땅한 모양이었다.

"개코야, 내가 묻고 싶은 말이 바로 그것이다. 너는 정말이지 뱃속의 충처럼 내 마음을 잘 알고 있구나."

그것은 무애 대사도 마찬가지였다. 두 사람은 무림에

서도 가장 배분이 높은 사람들이었다. 두 사람이 어디를 가려고 한다면 그들을 막을 자는 세상에서 아무도 없는 것이 당연했다. 그런데 지금 이렇게 몰래 들어가야 한다니 두 노인의 자존심이 상한 것은 말할 것도 없었다.

"잔말 말고 아랑 소저가 시키는 대로 하세요!"

아랑의 뒤를 따르던 유천복이 작게 소리를 질렀다. 그는 저 얼음산에서 약속한 것을 상기시켰다. 이자오와 무애 대사는 찔끔하여 유천복의 뒤를 따라 기어가는 수밖에 없었다. 그러나 무애 대사가 손으로 이자오의 옆구리를 쥐어박는 것만은 유천복도 막을 수 없었다.

"아이구, 아야! 킁, 땡중이 사람 잡는구나. 킁킁."

"이게 다 개코 네놈 때문이다. 그러게 내가 애초부터 그런 약속을 하지 말자고 하지 않았느냐!"

"킁킁. 누가 저놈이 정말 나가는 방도를 알아올 줄 생각이나 했겠냐구. 킁킁. 누가 물속에 그런 괴물이 있는 줄 알았겠느냐? 킁킁. 알았다면 나는 절대로 그런 약속을 하지 않았을 것이다. 저놈이 괴물 전문이라는 것을 내 진작 알고 있었는데 왜 그런 약속을 했겠냐구. 킁킁."

"두 분 어르신, 죄송해요. 그러나 선문은 잡인이 함부로 출입할 수 없는 곳이에요. 일전에 유 공자님이 들어오실 때는 선문의 사람이 동행하여 안전하였지만 이제 저희가 몰래 들어가려면 죽음을 각오해야 할 것이에요. 손 대장로는 선문의 기관 장치를 모두 알고 있는 자이니 반드시 외부의 침입을 방비하기 위해 준비하였을 거예요."

"배를 타고 가는 것이 아니오?"

팽소연과 함께 배를 타고 갔던 것이 떠올라 유천복이 물었다. 아랑은 깊은 산속으로 들어가고 있었던 것이다.

"보통은 배를 타고 가지요. 하지만 그러면 선문에서 볼 수 있답니다. 선문에서는 천지의 모든 곳을 볼 수 있는 장치가 되어 있어요. 하지만 뒤쪽은 얼음으로 이루어진 절벽이고 천해의 고도이니 우리가 그곳으로 간다는 것은 아마 짐작도 못할 거예요."

아랑의 말대로였다. 그들이 지루한 숲을 마침내 벗어났을 때 본 것은 깎아지를 듯한 엄청난 높이의 절벽이었다. 더구나 앞쪽은 만 길 낭떠러지였고 숲과 절벽 사이는 만 장이나 떨어져 있는 듯하여 나는 새가 아니라면 도저히 저곳으로 올라갈 수가 없을 것 같았다.

이자오가 뒷걸음질쳤다.

"킁킁, 설마 이 늙은이보고 저곳을 올라가라고 하는 것은 아니겠지. 킁킁."

"왜 아니겠어요. 하지만 미리부터 겁먹을 필요는 없어요. 제게 아주 좋은 것이 있으니까요."

아랑이 삼첨양인도의 칼날과 봉 부분을 떼어내자 그곳에서 몇 장의 노란 종이가 나왔다.

"이건 언니가 아무도 모르게 저에게 준 부적이에요. 언제고 이런 날이 올 줄 알았나 봐요."

아랑은 그 부적을 양 발바닥에 붙이고 주문을 외웠다.

"천존신장(天尊神將)이시여, 제게 큰 힘을 내려주소서. 우주의 큰 정기가 내게 합해지기를 원하나이다."

세 사람은 아랑이 내주는 부적을 받아 들고 얼른 따라서 주문을 외웠다.

"생(生)! 양(養)! 호(護)! 형(倂)! 신형비(身形飛)!"

아랑이 큰 소리로 외치며 그대로 허공으로 훌쩍 뛰어내리자 세 사람은 눈을 부릅뜨고 그 모양을 바라보았다. 그러나 아래로 곤두박질칠 것이라 예상했던 아랑은 새처럼 날아 맞은편 절벽에 도달하는 것이 아닌가!

"생양호형신형비!"

유천복도 이내 아랑을 따라 주문을 외우더니 몸을 날려 절벽으로 다가갔다. 두 노인은 서로를 마주 보았다. 이대로 돌아간들 유천복이 무슨 수로 쫓아오랴 하는 눈치였다.

그러나 남아일언중천금이요, 자신들은 의리를 목숨보다 중요하게 생각하는 무림인이 아니던가!

눈치만 보던 무애 대사가 주문을 읊조리더니 유천복을 따랐고, 이자오도 마지못해 발을 힘껏 굴러 허공으로 몸을 날렸다.

"쿵쿵, 젠장할! 내 늘그막에 새새끼까지 되어볼 줄 누가 알았누. 쿵쿵."

이자오는 절벽에 바짝 붙은 채 아래를 내려다보지 않으려고 안간힘을 썼다. 그렇다고 위를 볼 수도 없는 노릇이었다. 위쪽은 까마득히 구름 속에 가려 보이지 않았다.

세 사람은 아랑을 따라 천천히 기어올라 갔다. 절벽은 오히려 위로 올라갈수록 점점 기울어지더니 마침내는 거의 누워서 올라가는 형국이 되었다. 이자오는 절벽을 오르는 내내 헉헉거리더니 끝내 위에 올라가서는 큰대 자로 뻗고 말았다.

"내 평생에 이같이 힘든 일은 처음 해보았다."

얼마나 힘이 들었던지 콧소리를 내는 것조차 잊었을 정도였다. 그러나 아랑은 누워 있을 틈을 주지 않았다. 지금 그녀는 자신이 얼음산에 있는 동안 한 달의 기한이 거의 다 되었다는 것을 알고 초조해하고 있었다.

"언니는 무사할까?"

멀리 선문의 뾰족한 얼음 지붕이 눈에 들어오자 그녀는 마음이 급해졌다. 배를 타고 아래로부터 들어오면 손 대장로에게 들킬 것이 뻔하니 위쪽에서 아래로 내려갈 작정이었던 것이다.

절벽까지 올라오는 것도 큰일이었지만 매끄러운 얼음을 타고 뾰족한 지붕으로 내려가는 것은 더욱 큰일처럼 보였다. 절벽에는 중간중간 바위라도 있어 발 디딜 공간이 있었지만 얼음은 그야말로 매끄럽기 이를 데 없어 발가락만 닿아도 그대로 미끄러질 듯하였다.

이번에도 내려가는 방법을 보여준 것은 바로 아랑이었다. 그녀는 삼첨양인도를 중간중간 찍으며 펄쩍펄쩍 뛰어 아래로 내려갔고 유천복 역시 무단검을 길게 늘어뜨려 얼음을 찍으며 그 반동으로 내려갔다.

뒤에 남은 것은 두 노인네뿐인데 있는 것이라곤 무애 대사의 철 지팡이와 이자오의 등에 멘 타구봉이 고작이었다. 그나마 철 지팡이나 타구봉은 창이나 검이 아니라 끝이 뭉툭하여 얼음에 잘 박히지도 않았다.

"큥큥, 젠장할! 큥큥."

이자오는 젠장할을 연발하더니 연쌍비(燕雙飛)를 펼쳐 얼음 위를 스치듯 내려갔다.

"오호, 냄새나는 늙은 거지가 한 마리의 제비가 되었으니 땡중이라고 허공을 날지 못하라는 법도 없지."

무애 대사는 능공천상제(凌空天上梯)를 펼쳐 얼음 위를 평지처럼 걸어 내려갔다. 먼저 내려간 아랑이 보니 뒤에 오는 세 사람 모두 하나같이 무공이 입신의 경지에 이른 것을 알겠는지라 저도 모르게 안도의 한숨이 새어 나왔다.

"이곳이 선문에서 가장 높은 곳이에요."

아랑은 뾰족한 탑의 중간에 난 작은 창문으로 훌쩍 몸을 날려 들어 갔다.

유천복은 아래로 내려갈수록 손바닥이 축축해지는 것을 느꼈다. 그 때, 앞에서 걷고 있던 아랑이 손을 잡아끌며 말했다.

"쉿! 누군가 와요."

아랑의 말이 끝나기도 전에 세 사람은 모습을 감추었다. 아랑은 유천복의 온기가 남아 있는 손을 물끄러미 바라보았다. 천장의 대들보 위에 숨어 있던 유천복은 아랑이 그대로 있자 조급해졌다.

"소저, 어서 몸을 감추시오."

인기척이 점점 가까워지는 듯하자 아랑이 재빠르게 외쳤다. 유천복은 그녀의 손에서 화르르 타오르는 노란 불꽃을 볼 수 있었다.

"투영(透映)!"

그러자 아랑의 몸이 마치 얼음처럼 투명해지더니 그대로 사라져 버 렸다.

오고 있는 자는 바로 손 대장로와 귀머거리들이었다. 그의 뒤로 걸어오는 사람들은 바로 두공과 서추량, 능초영이었다. 유천복은 세 사람의 모습을 이곳에서 보게 되자 놀라고 말았다. 그렇다는 것은 두공이 이 일과 연관이 있다는 말이었다.

"이제 오늘만 지나면 약속한 한 달의 기한입니다. 송옥은 확실히 볼 수 있는 거지요?"

"당신이 수옥을 내놓을 수 있다면 나 또한 송옥을 보여줄 수 있을 것 이오."

손 대장로는 웃으며 말했지만 그의 속마음은 그렇지 않았다. 유천복과 아랑이 돌아올 마음만 있었다면 벌써 열 번도 더 돌아왔을 것이다. 그러나 오지 않았고 그들을 찾기 위해 보낸 자들 또한 돌아오지 않았다. 그렇다면 두 사람은 죽은 것인가? 빙궁은 정말 소문대로 한번 들어가면 돌아오지 못하는 명부라도 되는 것이란 말인가?

하지만 어쨌거나 그것은 그의 마음속에만 있는 말이었다. 만일 송옥을 차지할 수 없다면 수옥이라도 차지해야 한다. 지금 손 대장로는 그렇게 생각하고 있었다.

"갇힌 자들은 어떻게 할 거죠?"

능초영이 물었다. 그녀는 유천복과 동행하기 전부터 이미 두공과 모종의 계약을 맺은 터였다. 그날, 사막에서 유천복의 수옥을 훔쳐 두공과 약속한 장소로 향했다. 그녀는 유천복을 볼 때마다 자신의 아픈 상처가 생각났고, 그래서 그의 곁에 머물러 있을 수가 없었다.

또한 팽소연과 사막에서 지낸 날들이 나쁘지 않았기 때문에 그녀가 죽는 것도 원치 않았다.

수옥이 없다면 두 사람 모두 돌아가리라 생각했던 것이다. 그런데 그녀의 생각과 달리 두 사람 모두 이곳으로 오고야 말았다.

"두 사람이 돌아오지 않는다면 저들을 살려둔다 한들 무슨 의미가 있겠소."

"그럼 모두 죽이겠다는 것인가요?"

손 대장로는 대답하지 않고 교활하게 웃었다. 그의 뜻은 이것으로 확실해졌다. 능초영은 팽소연의 목숨만은 어떻게든 구해야겠다고 생각했다.

유천복과 아랑은 교묘히 몸을 숨기고 그들을 따라갔다.

손 대장로는 선문의 밖으로 나갔다. 얼음으로 이루어진 구름다리를 한참이나 건너가자 또다시 작은 얼음산이 나타났고 그곳에 마치 상자처럼 생긴 작은 모옥이 있었다.

세 사람은 모옥으로 들어갔다. 유천복과 아랑은 모옥 주변에 삼엄한 경비가 펼쳐져 있는 것을 보았다.

팽소연은 모옥의 문이 열리며 여러 사람이 들어오는 것을 보고 있었다. 그녀는 이미 두공과 능초영을 여러 번 보았는지라 놀라지 않았다.

"문주여, 약속한 날이 이제 이틀밖에 남지 않았소."

화령은 이전보다 더욱 작고 초췌해진 얼굴을 들었다.

"손 대장로, 그대는 나만 잡아두면 될 텐데 어째서 사선녀들까지 함께 가두어두는 것인가요? 그녀들은 나이도 많고 기력도 약하니 어떻게 이곳에서 오랫동안 견딜 수 있겠어요. 사선녀들을 풀어주어도 아무런 해가 되지 않을 거예요."

화령은 한쪽 구석에서 거의 반송장이 되다시피 앉아 있던 네 명의 노파를 측은한 듯이 보았다. 그녀들은 화령의 말대로 이런 일을 겪기에는 나이가 너무 많았다. 또한 이미 골수에까지 독이 퍼져 있어 더 이상 살 가망이 없어 보였다.

"저 노파들이 조금 일찍 조상들게 돌아가는 게 무엇이 대수겠소. 또한 문주께서도 조만간 그들과 함께 있게 될 테니 자신의 걱정이나 하시구려."

손 대장로는 뱀 같은 눈을 빛내며 말했다.

"흥! 문주님께서 틀림없이 돌아오실 테니 그 말은 틀렸어요!"

팽소연이 발끈하여 소리쳤다.

"그 문주라는 것이 허여멀건한 유 공자라면 이미 그른 것 같소. 그는 어쩌면 팽 소저를 아주 잊고 새 여자를 찾았는지도 모르오."

이렇게 말한 것은 두공이었다.

"두공의 말은 믿지 않겠어요! 당신은 언제나 문주님을 못된 사내로 만들어 나와 그의 사이를 멀어지게 하려고 하니까요."

"하지만 내 말은 사실이오. 선문의 아랑 군주가 유 공자를 좋아한다는 것은 이미 모두가 알고 있는 일이오. 그리고 두 사람이 함께 떠났으니 어찌 아무 일도 없을 수 있겠소. 자고로 건강한 남녀가 함께 있게 된다면 필경 꽃이 피고 열매를 얻게 되는 법이라오."

두공의 웃음소리에 팽소연은 귀를 틀어막았다.

"당신의 말은 틀렸어요! 문주님은 그런 분이 아니에요! 아니에요!"

"유 공자 또한 심지가 굳은 사람이 아니오. 나는 그를 아주 오래전부터 알고 있지만 한 번도 그를 강한 사람이라도 생각해 본 적이 없소. 그는 기회만 있으면 도망치려 하는 비겁한 자이니 어떻게 내가 그리 생각지 않을 수 있겠소. 그는 필경 만 리 밖으로 도망가 있을 것이오."

팽소연은 듣지 않으려 했으나 두공의 말은 그녀의 머리 속에서 들려오는 듯 선명했다. 그녀의 두 눈에는 눈물이 그렁그렁하였다.

"그럴 리가 없어요."

"동생 말이 맞아. 유 공자는 절대로 그렇게 무정한 사람이 아니야. 그건 내가 잘 알아."

팽소연은 능초영을 노려보았다.

"당신이 사막에서 수옥을 훔쳐 달아난 것은 그것을 두공에게 갖다 주기 위한 것이었군요. 도 대협을 잊고 이젠 그와 백년해로할 생각인가 보죠?"

그녀의 말은 비수처럼 능초영의 가슴을 찔렀다. 능초영의 안색이 창백해져서 비틀거리자 옆에 있던 서추량이 얼른 그녀를 부축했다.

"내가 말을 잘못했군요. 두공이 아니라 서 공자였군요. 당신은 화산파의 새로운 안주인이 되고 싶었던 거로군요."

능초영은 아무런 대꾸도 하지 못했다. 도비류의 죽음을 목격한 뒤 그녀는 자신이 무엇을 원하는지도 모르게 되어버렸다. 단지 수옥을 찾아 천왕문을 다시 세우겠다는 일념만이 그녀를 움직이게 할 뿐이었다. 그리고 두공은 그것을 약속하였다.

"팽 소저, 능 소저에게 그렇게 날을 세울 것은 없다오. 그녀는 다만 천왕문을 다시 세우고 싶은 것뿐이라오."

두공이 은근슬쩍 능초영의 앞으로 나섰다. 그가 오늘 이곳에 온 것은 바로 화령에게 묻고 싶은 것이 있어서였다. 벌써 열 번이나 이곳에 왔지만 화령은 그에게 아무런 말도 하지 않았다.

"문주는 틀림없이 빙궁으로 가는 다른 길을 알고 있을 것이오. 그걸 알려주시오."

그가 원하는 것은 바로 그것이었다. 두공은 손 대장로와 손을 잡고 당의 황실보고를 열 생각이었다. 그렇게만 된다면 수옥과 송옥의 힘이 아니더라도 천하를 얻을 수 있게 되는 것이다.

그러나 화령의 굳게 닫힌 입은 열릴 생각을 하지 않았다.

그때였다. 모옥의 문이 쾅 소리를 내며 닫히고 갑자기 서추량이 들고 있던 등불이 어디선가 불어온 바람에 휙 소리를 내며 꺼졌다.

"누구냐?"

그러나 주위는 조용했다.

"밖에 아무도 없느냐? 어서 이 문을 열거라!"

손 대장로가 굳게 닫힌 문을 밀며 소리쳤으나 아무도 대답하지 않았다. 그도 그럴 것이 밖에서 망을 보고 있던 자들은 어느새 모두 잠들어 있었기 때문이다.

모두 당황하고 있는 사이 어디선가 두공의 목소리가 들려왔다.

"유 공자, 모습을 드러내지 않는다면 팽 소저의 안전을 보장할 수 없소."

그 말을 듣자 팽소연의 가슴은 세차게 뛰었다. 그 순간 목에 섬뜩한 느낌이 들었다.

손 대장로의 명으로 다시 불이 밝혀지자 두공이 오채보룡검을 팽소연의 목줄기에 대고 있는 것이 보였다. 오채보룡검이 비록 명검은 아닐지 모르나 연약한 아녀자의 살을 벨 수 없을 정도는 아니었다. 게다가 두공의 무공이라면 나무 칼로도 팽소연의 목을 벨 수 있었다.

"두공에게 그런 수고를 끼칠 생각은 없소."

유천복이 모습을 드러냈다.

"문주님!"

팽소연은 기쁨을 감추지 못하였다.

"팽 소저, 그간 고생이 많았소."

아랑은 유천복과 팽소연이 서로 주고받는 시선을 보며 가슴이 아릿해졌다. 저 두 사람의 정은 이미 생명을 초월하고 있다고 생각되었다. 그녀의 가슴속에 타오르던 불꽃이 연기를 내며 사그라들고 있었다. 아랑은 화령이 희미하게 웃고 있는 것을 보았다.

그러나 이들을 더욱 반가워한 사람은 바로 손 대장로였다.

"흐흐. 돌아올 줄 알았소, 아랑 군주."

"당신이 보고 싶어 돌아온 건 아니에요."

"물론 그럴 테지. 하지만 이곳에는 나 말고도 군주를 보고 싶어하는 사람이 여럿 있지 않소? 사실 내가 보고 싶은 것도 군주가 아니라오."

손 대장로는 음흉한 얼굴로 아랑에게 손을 내밀었다.

"정말 빙궁에서 살아 돌아올 줄은 몰랐는데 송옥은 물론 가져오셨겠지?"

"송옥은 없어요."

아랑이 단호하게 말하자 손 대장로의 얼굴이 일그러졌다.

"거짓말은 아주 나쁘오. 송옥을 어서 내놓으시오!"

손 대장로가 달려들려 하자 아랑이 슬쩍 옆으로 비키며 그의 발을 걸어 넘어뜨렸다.

"송옥은 찾지 못했어요. 왜냐하면 빙궁에 들어가지 못했기 때문이지요. 대신에 우리는 아주 반가운 사람을 만났어요."

손 대장로와 두공, 능초영 등은 아랑이 말하는 반가운 사람이 누군지 똑똑히 볼 수 있었다. 그 두 노인은 그들이 아는 한 가장 무서운 사람들이었다. 특히 두공의 얼굴이 볼 만하였다.

"무애 대사……."

무애 대사의 옆에 나타난 것은 보나마나 개방 방주인 견비왜개일 것이다.

"쿵쿵, 저놈이 왜 너는 알고 나는 모르는 거지? 쿵쿵."

이자오는 기분이 나쁘다는 듯이 투덜거렸다.

능초영은 기분이 착잡했다. 사라졌던 두 노인이 돌아온 것이 반갑기도 하고 또한 야속하기도 하였다. 반가운 것은 유천복이 죽지 않았고 팽소연도 죽지 않을 것이라는 걸 알게 되어서이고, 야속한 것은 자신이 천왕문을 재건하지 못할지도 모른다는 것 때문이었다.

손 대장로는 한동안 멍청하게 서 있었다. 그는 두 노인에 대해 아는 바가 없었다. 그도 그럴 것이 그는 어려서 선문에 들어와 세상에 나갔던 적은 오직 단 한 번뿐이었고, 그때 당나라의 황실보고에 대한 이야기를 들었던 것이다. 무림의 고수들에 대해 그가 알고 있는 것은 강호의 세 살배기 어린아이 수준보다 결코 많지 않았다.

그러나 그는 믿는 것이 있었다. 손 대장로가 눈짓을 하자 그 곁에 서 있던 귀머거리복면인 중 네 사람이 앞으로 나섰다. 그 귀머거리들은 모옥 안을 지키던 자들이었다.

무애 대사와 이자오는 멍청해졌다. 세상에 무공을 아는 자치고 자신들을 모르는 사람들이 있을 거라는 생각을 하지 못했기 때문이다.

놀란 것은 두공도 마찬가지였다. 그는 그동안 손 대장로만 만나왔으므로 이들 귀머거리들이 누구인지 전혀 알 도리가 없었다. 그러나 이들의 무공이 결코 자신보다 낮지 않다는 것은 그들의 행동이 조심스럽다는 것만 보아도 알 수 있었다.

"쿵쿵. 땡중아, 내 코가 아직까지 썩지 않았는지 좀 보라구. 쿵쿵."

갑자기 이자오가 무애 대사에게 바짝 갖다 대었다. 무애 대사는 이자오의 코를 이리저리 살펴본 후 결론을 내렸다.

"개코의 코는 썩지도 않았을 뿐더러 그 어느 때보다 촉촉하니 냄새도 훨씬 잘 맡을 수 있을 거다."

"쿵쿵. 그런데 이상하다, 정말 이상해. 쿵쿵."

팽소연은 두 노인를 만나게 되어 눈물이 날 만큼 반가웠지만 그들이 또 이상한 행동을 하자 눈에 불똥이 튈 만큼 화가 났다.

"또 무슨 이상한 내기를 하려는 거예요? 또 한 번 내기를 했다가는 정말이지 참지 않을 거예요! 내가 죽어 원귀가 되면 반드시 두 분을 쫓아가 코를 물어뜯은 뒤 자지도, 먹지도, 냄새 맡지도 못하게 할 테니까 요!"

그녀는 두 노인이 이처럼 중요한 때에 내기를 하여 또다시 사라지게 된다면 그때야말로 모두들 죽은 목숨이라고 생각하였다. 그래도 행여나 두 노인이 그런 짓을 저지를까 봐 미리 못을 박아두려는 것이었다.

"킁킁. 이 못된 년아! 내 코는 태어나서 지금까지 한 번도 틀린 냄새를 맡은 적이 없거늘, 킁킁, 네년이 무얼 안다고 나서는 것이냐, 나서기를! 킁킁."

"그건 내가 장담하지. 개코거지가 허리 아래로는 부실할지 몰라도 허리 위쪽에 달린 것들은 젊은 사내보다 훨씬 쓸 만하다는 걸 내가 알고 있거든. 그러니 너도 한번 믿어보거라."

무애 대사는 팽소연에게 인자한 할아버지처럼 말했지만 팽소연의 화를 누그러뜨릴 수는 없었다.

"쓸데없는 소리는 그만 하고 어서 저 악귀 같은 자를 쓰러뜨리고 우리를 이 냄새나는 똥통에서 꺼내달라구요!"

앙칼진 목소리를 듣자 유천복은 그녀가 새삼스레 무서워졌다. 팽소연은 가끔 정말이지 그 어떤 마귀보다 무섭게 느껴질 때가 있어 유천복은 그녀의 말이라면 꼼짝없이 듣는 수밖에 없었다. 그래서 지금도 주춤주춤 두 노인 곁에 가서 섰다.

"킁킁, 너도 이상한 냄새를 맡은 거냐? 킁킁."

"무슨 냄새가 난단 말이에요?"

"킁킁. 절대로 이곳에서 나서는 안 되는 냄새지. 암! 절대로 이곳에서는 맡을 수 없는 냄새란 말이다. 킁킁, 세상에서 이런 냄새를 풍기는 자는 거지뿐인데, 킁킁, 천하에 내가 모르는 거지가 있을 리도 없고.

쿵쿵."

이자오는 다시 코를 쿵쿵거렸다.

"더구나 이건 내가 아주 잘 아는 냄새란 말이다. 쿵쿵."

이자오는 계속해서 네 명의 사내를 보며 고개를 갸웃거렸다. 그러자 손 대장로가 웃으며 말하였다.

"저들은 귀머거리요. 내가 처음 보았을 때부터 귀머거리였지. 하지만 그중에 거지가 있는지는 나도 모르겠소. 왜냐하면 나도 얼굴을 본 적은 한 번도 없기 때문이지."

손 대장로의 말이 끝나기가 무섭게 귀머거리 중 한 명이 양손의 손가락 마디를 우두둑 꺾으며 말했다. 유천복은 그자가 손가락 마디를 꺾을 때 콩 볶는 듯한 소리가 나며 온몸에서 우드득거리는 소리가 들리는 것을 보고 이자가 틀림없이 축골공을 써서 체격을 변화시켰다는 것을 알았다.

아니나 다를까, 네 명의 몸에서 일제히 뼈가 움직이는 소리가 들려오더니 체격이 변하는 것이 아닌가! 큰 사람은 작아지고 작은 사람은 커진 것이다.

"흥! 네가 알고 있다고 생각하는 것 중에 정말 알고 있는 것은 아무 것도 없다."

유천복과 손 대장로의 얼굴이 동시에 확 변했다.

이 목소리는 두 사람에게 각각 다른 의미가 있었다. 손 대장로는 당연히 자신이 귀머거리로 알던 자들이 귀머거리가 아닐 뿐 아니라 무공의 고수라는 것을 알게 되었다. 그리고 유천복이 놀란 이유는 이 목소리가 그가 아는 사람의 것이었기 때문이다.

"커컥!"

이 목소리는 당연히 손 대장로가 내는 것이었고, 그는 자신의 인후에 박혀 있는 검을 내려다보며 숨이 끊어졌다. 그 검에 어떻게 손 대장로의 목에 박혀 있는지 볼 수 있었는 사람은 아무도 없었다. 그러나 세상에는 굳이 보지 않아도 알 수 있는 것들도 있기 마련이었다.

유천복은 손 대장로의 목에 박혀 있는 청색과 적색의 얇은 검을 보고 있었다. 파란 구름과 석양빛을 닮은 두 자루의 검은 원래 한 자루에서 나뉜 것이었다.

그리고 그곳에 있는 사람들 중 반은 유천복과 같은 생각을 하였다.

"패악?"

그렇게 말한 사람은 두 사람이었다. 바로 아랑과 팽소연이었다. 가장 놀란 사람은 역시 아랑이었다. 그녀와 패악은 바로 최호가 이끄는 궁전사의 일원이었고 오랜 기간 함께 싸워온 전우였다.

그녀는 삿갓이 벗겨지고 복면 아래에서 패악의 얼굴이 드러날 때까지도 절대로 믿을 수가 없었다. 그러나 세상일이란 때때로 믿을 수 없는 일들이 사실로 벌어지기도 하는 법이다.

패악의 딱딱한 얼굴이 마침내 드러났다.

"패악이 이곳에 어떻게?!"

유천복이 말했다. 두 여자는 아직까지 충격에서 벗어나지 못한 듯 망연자실하고 있었다.

"유 공자도 있고 팽 소저와 아랑도 이곳에 있거늘 내가 이곳에 있지 말라는 법이라도 있나?"

패악은 예의 사람 좋은 웃는 얼굴을 감추려 하지 않았다.

"킁킁, 옛 벗이 다 모였군. 킁킁. 근데 그래도 냄새가 난단 말이야. 킁킁."

"사두는 어떻게 되었나요?"

아랑이 물었다. 그녀가 아는 한 패악과 최호는 따로 떨어져 행동한 적이 없었다. 그러니 패악이 이곳에 있다는 것은 최호도 이곳에 있다는 말이었다.

팽소연이 믿을 수 없다는 듯한 표정으로 다른 복면인들을 보았다. 그녀는 이자들과 한 달 가까이나 함께 생활해 왔었다. 그러나 단 한 번도 자신이 알고 있는 사람들일 거라는 생각은 못했기 때문에 놀라움이 더욱 컸다. 그녀는 떨리는 목소리로 말했다.

"정말 당신이 최 공자인가요?"

그녀는 귀머거리들 중 어떤 한 사람을 향해 묻고 있었다.

"그렇소. 바로 내가 최호요."

패악의 곁에 있던 사람이 복면을 벗자 최호의 얼굴이 드러났다.

팽소연과 아랑의 얼굴은 더욱 창백해졌다.

"당신들은 어째서 이곳에 있는 건가요?"

두 여자는 유천복과 똑같은 질문을 할 수밖에 없었다. 그들이 손 대장로와 무슨 관계가 있다는 말인가.

"그것은 저들이 원하는 것이 손 대장로가 원하는 것과 같기 때문이지."

이렇게 말한 것은 바로 화령이었다.

"언니!"

"문주는 이미 우리가 누구인지 알고 있었구려."

최호가 싸늘하게 말했다. 팽소연은 자신을 보는 최호의 눈길이 얼음처럼 차가운 것을 보고 저도 모르게 가슴이 서늘했다. 한 번도 저런 눈으로 자신을 본 적이 없었기 때문이다.

유천복은 팽소연의 표정을 보며 울화가 치밀었다. 어째서 그녀는 배신당한 여자처럼 행동하는 것인가? 능초영이 도비류를 보는 눈과 같지 않은가.

하지만 사람이란 신뢰를 잃었을 때도 같은 배신감을 느낄 수 있었다. 다만 유천복이 그걸 모르고 있을 뿐이다.

"최 공자, 어째서 선문을 공격하는 것이오?"

유천복은 간신히 화를 참고 있었다. 팽소연이 납치당한 뒤로는 이처럼 화가 났던 적이 없었다.

"유 공자는 역시 여전히 머리가 나쁘구려. 좀 전에 문주께서 하신 말씀을 다 들었을 텐데 똑같은 질문을 하다니 말이오."

"그대들은 혹시 마모충에 중독되었나요?"

화령이 매서운 눈초리로 두 사람의 양미간을 노려보았다. 그들의 양미간에 마모충의 흔적은 찾아볼 수 없었다. 하나 보이지 않는다고 해서 없다는 것은 아니었다. 내력이 깊은 자가 마모충에게 감염되면 보영 신니처럼 스스로 마모충을 없애거나 오히려 스스로 마모충을 몸속 깊숙이 숨겨둘 수 있었다. 마모충은 원래 숨겨진 욕망을 자극하기 때문이다.

두 사람은 마림과의 일전을 벌이는 중에 화령의 말대로 마모충에 중독되었고 강한 정신력으로 완전히 마모충의 지배를 받지는 않았다. 그러나 그들 내면에 있었던 작은 불씨까지 꺼뜨릴 수는 없었던 것이다. 그것은 세상에 대한 불만일 수도 있었고, 혹은 사랑하는 이를 얻지 못해서 미칠 듯한 질투심을 숨기고 있을 때 나타날 수 있는 분노일 수도 있었다.

마모충이란 때로는 아주 작은 틈만 있어도 사람을 변화시킬 수 있었다. 최호의 눈빛은 유천복을 잡아먹을 듯했다.

최호와 패악은 화령의 말에 대답하지 않았다. 두 사람은 자신들이 마모충에 중독되었다는 것을 알고 있었지만 그게 나쁘다고 생각되지 않았던 것이다. 그만큼 자신들이 내세우는 것이 대의라고 여기고 있었다.

"역시 그랬군요. 그대는 천사도의 암영천사겠지요?"

화령이 패악을 보며 물었다. 패악이 천사도 사람이라는 것은 모두들 처음 듣는 이야기였다.

용호산의 천사도에는 두 종류의 천사가 있었다. 밝음과 어둠은 동전의 앞뒤와도 같은 것이었다. 패악은 어려서부터 암영천사로 길러져 왔고 세상의 어두운 면만을 보고 자라왔다. 그의 마음속에는 인정받지 못하고 세상에 나서지 못한 것에 대한 불만이 언제나 완전히 사라지지 않고 있었다. 그 때문에 처음에는 마모충의 마력에 사로잡힌 사람들을 상대했으나 어느 순간 그 자신도 마모충의 마력에 굴복하고 말았던 것이다.

패악은 그동안 광천사의 그늘에 가려 존재를 숨겨야 했던 것에 대한 분노가 정당하다고 생각했다. 지금 천사도는 완전히 그의 수중에 있었다. 광천사가 죽고 없으니 그것은 당연한 결과였다.

"그렇소. 내가 바로 암영천사요. 하지만 이젠 아니지. 후후."

최호는 언제나 팽소연을 향한 마음을 감추기 위해 노력해 왔다. 그러나 마모충은 어느새 그의 은밀한 내면에 자리 잡고 끊임없이 속삭였다. 그는 결국 유천복만 없어지면 팽소연이 자신에게 올 것이라 믿게 되었다.

그래서 패악과 함께 선문에 몰래 잠입하여 손 대장로와 동맹을 맺었다. 그리고 한 달 동안 그녀 곁에 있었으면서 한 번도 내색하지 않고 참았다. 조금만 더 참으면 그녀를 영원히 얻을 수 있는데 한 달을 참지 못할 이유가 없었다. 유천복이 돌아오지 못하여 그녀가 절망할 때에 손 대장로를 없애고 선문을 위기에서 구해낸다면 그녀가 자신에게 올 것이라 생각하였다.

그러나 유천복은 돌아왔고 모든 것이 밝혀진 것이다. 그의 분노는 패악에 비해 더욱 강렬하였다.

"유천복… 더 이상 어리석게 굴지 않겠다!"

최호의 마음속에서는 항상 같은 목소리가 들려왔다.

진정으로 원하는 걸 포기하는 것은 바보들이나 하는 짓이라고, 가지고 싶은 것은 빼앗고, 가질 수 없다면 없애 버리라고 충동질했고 끝내 그 말에 무릎 꿇고 말았다. 그리고 이들의 결정에 도움을 준 것은 바로 황실이었다.

한왕은 최호에게 수옥과 송옥은 물론이고 당의 황실보고까지 송 황실에 귀속시킬 것을 명하였다. 그리고 무림을 반란 세력으로 규정짓고 토벌하도록 하였다. 결국 황실은 무림의 존재를 인정하지 않기로 한 것이었다. 그래서 두 사람이 이곳에 있는 것이었다.

이미 중원의 각 문파는 관군에 의해 초토화되었고, 남아 있던 무림인들은 감히 황실과 맞서지 못하고 산으로 숨어들었다. 남은 것은 북해로 떠난 자들뿐이었다.

최호와 패악은 곧 암영천사군과 천황수호단을 끌고 북해로 떠났다. 또한 한왕의 명에 따라 마림과도 동맹을 맺었다. 수옥과 송옥을 찾게 되면 마림은 무림을 장악한 뒤에 송나라의 대륙 통일을 돕겠다는 내용이었다.

한왕은 대륙 전체를 지배할 원대한 꿈에 부풀어 있었다. 그가 원하기만 한다면 지금이라도 당장 유약한 황제를 죽여 버리고 자신이 황제가 될 수도 있었다. 그러나 그는 아직도 기다리고 있었다. 천하를 쥘 수 있는 힘을, 진정한 힘을 기다리고 있었던 것이다.

모두가 변하게 된 것은 마모충 때문이었지만 최호와 패악은 자신들이 마모충 때문에 변했다는 사실을 인정하지 않았다. 그들은 단지 송 황실을 위하는 것이라 생각하고 있었다. 그리고 그것은 애국충정이라는 말로 미화되었다.

"그렇다면 다른 자들도 모두?"

유천복은 다른 귀머거리들이 모두 최호와 패악의 부하라는 것을 알게 되었다.

"킁킁, 그럼 저놈은 바로 내가 아는 그놈이겠구나. 킁킁."

한순간 이자오의 손이 번개같이 움직이더니 다른 귀머거리의 삿갓을 홱 젖혀 버렸다. 그러자 얼굴이 병자처럼 누렇게 뜨고 이빨이 한 개밖에 없는 사내의 얼굴이 드러났다.

"내가 모래쏘. 아라보 꺼라고 해찌(내가 뭐랬소? 알아볼 거라고 했지)!"

"킁킁. 너, 너… 이노옴! 네놈이 정말 내 제자 놈이란 말이냐? 킁킁."

이자오의 대갈일성이 터져 나오자 황면개는 움찔하는 듯하더니 이내 히죽 웃었다.

"샤부의 코은 셜렁 대아시션이라도 쇼기지 모탈 거요. 마쏘. 나요(사부의 코는 설령 대라신선이라도 속이지 못할 거요. 맞소. 나요)."

황면개는 뻔뻔하게 잘도 주워삼켰다. 그들 이 한 쌍의 제자는 십여 년 만에 만나는 것이었다. 이자오는 안색이 시퍼레져서 부들부들 떨고 있었다.

"쿵, 네놈이 어째서 이런 돼먹지 못한 행동을 하는 것이냐!"

"샤부가 어른 주거주지 안키 때무니오(사부가 얼른 죽어주지 않기 때문이오)."

황면개는 이자오가 죽지도 않고, 그렇다고 방주 자리를 내놓는 것도 아닌 것이 마음에 들지 않았다. 그는 처음에는 방주 자리에 욕심이 없었다. 그러나 마모충이 그의 마음속으로 들어가자 점점 욕심이 자라나게 되었다. 황면개는 최호와 패악을 도와 다른 무림인들을 도륙하는 데 앞장서 왔다. 그리고 북해까지 같이 오게 되었다.

"쿵쿵, 이런 때려죽여도 시원찮을 놈 같으니! 쿵쿵. 네놈의 냄새를 내 진작 알아봤어야 하는 것을. 쿵쿵. 내 코가 썩은 것이 분명하구나, 네놈을 몰라보다니! 쿵쿵."

그러나 그것은 귀머거리들이 처음부터 아주 강력한 향을 몸에 뿌려 다른 사람이 알아채는 것을 방비하였기 때문에 가능하였다.

최호와 패악 등은 이자오와 무애 대사가 선문으로 갔다는 것을 알고 있었다. 그들로서는 이자오의 코를 피하는 것이 가장 급선무였다. 그렇지 않았다가는 선문에 이르기도 전에 두 노인에게 들켜 버렸을 것이다.

사람들은 네 명의 귀머거리 중에서 이제 한 명만이 남았다는 것을 알게 되었다. 남은 한 명이 누구인지 제각각 머리 속으로 생각해 보아도 도통 알 수 없는 노릇이었다.

유천복은 무애 대사를 바라보았다. 이곳에 나타난 자들이 각각 다른 사람들과 인연이 있는 자들인 것으로 미루어 짐작하건대 남은 한 사람의 소림의 인물일 가능성이 컸다.

더구나 유천복은 이 마지막 사람이야말로 가장 무공이 강한 사람이라고 본능적으로 느끼고 있었다.

풍기는 기도가 범상치 않은 것으로 보아 분명히 그럴 것이다. 다른 사람들의 시선이 모두 자신에게 모아지는 것을 알자 그자는 천천히 삿갓을 벗었다.

마침내 그자의 진면목이 완전히 드러났을 때 가장 놀란 것은 다름 아닌 능초영이었다.

"헉!"

능초영은 그자를 보자마자 그 자리에서 기절하고 말았으며 기절하고 싶은 것은 유천복과 팽소연도 마찬가지였다.

"도 형님!"

유천복의 커다란 목소리가 작은 모옥 안에 쩌렁쩌렁 울려 퍼졌다.

그자는 분명 도비류였다. 이전보다 여위고 눈빛이 날카로워지긴 했지만 틀림없이 도비류였다.

하지만 도비류는 분명 물속에 빠지지 않았던가? 더구나 그 같은 상처를 입고도 살아난다는 것은 거의 불가능한 일이었다.

"후후, 네가 나를 도비류로 부르든 말든 나는 상관없다."

도비류가 구미라는 것을 알 턱이 없는 유천복이었다. 그는 도비류의 말투와 눈빛이 그전과는 달라졌다는 것을 알았지만 상관하지 않았다.

"형님, 살아 있었군요!"

유천복은 목이 메어 차마 다른 말을 할 수가 없었다. 그와 도비류는 세상에 단둘뿐인 의형제였다. 유장추도 무지자도 사라진 지금 그가 의지할 수 있는 단 한 사람이 있다면 그것은 바로 도비류일 것이다.

"문주님, 그는 도비류가 아니에요!"

누구보다 눈치 빠른 팽소연은 유천복이 구미에게 가까이 다가가는 것을 보고 질겁하였다.

"왜 그러오, 팽 소저. 이 사람은 틀림없이 도 형님이오."

"겉은 그럴지 모르나 속은 아니에요!"

"팽 소저의 말이 맞답니다."

화령이 말했다.

"그는 분명 마림의 인물일 것이에요."

"마림?"

유천복은 도비류를 쳐다보았다. 은은한 녹광이 감고는 눈동자는 분명히 소취란이 구미와 합신하였을 때 보았던 것과 같았다.

"설마… 그럴 리가… 그럴 리가 없어요!"

"후후, 그럴 리가 없는지 있는지는 네가 직접 시험해 보면 알 것이다."

그자의 모습이 흔들 하는 것처럼 보였다. 아무도 그가 움직였다고는 생각지 못하였다. 그러나 구미의 삼초검은 도비류보다 훨씬 빠르고 잔인하였다. 유천복은 그가 움직이는 것을 보지도 못했는데 어느 틈엔지 팔뚝에 긴 상처가 나고 말았다.

삼초검의 끝에는 빨간 핏방울이 맺혀 있었다. 핏방울은 구미의 새빨간 혀끝으로 스며들었다.

"후후, 그 어떤 것보다 맛있는 피야. 정말 맛있어."

"조심해요! 그자는 흡혈귀예요!"

아랑이 소리치지 않았어도 유천복은 벌써 움직이고 있었다. 최호와 패악, 황면개 세 사람은 어느 틈에 이자오와 무애 대사를 포위하였다.

이 세 사람은 무애 대사와 이자오에 비하면 무공이 한 수쯤 모자란다고 할 수 있었으나 지금은 마음속의 두려움보다 마성이 큰지라 여느 때의 몇 배나 되는 힘을 발휘할 수 있었다.

최호는 패악과 더불어 무애 대사를 공격하였는데 그들이 사용하는 것은 모두 소림의 무술이었다. 황궁에는 비단 소림사의 장경각보다 많은 무공비급이 있을 뿐 아니라 무애 대사가 팔아먹은 장경각의 비급들 또한 상당 부분이 황궁무고로 흘러 들어가 있었다. 그래서 비록 개개인의 실력은 무애 대사에게 뒤처질지 모르나 둘의 연합 공격은 아무리 무애 대사라 한들 아래로 볼 수 없는 것이었다.

또한 황면개의 무공도 마찬가지였다. 그의 무공은 모두 이자오가 가르친 것이고 또한 사부와 제자는 서로의 무공을 너무도 잘 알고 있었다. 더구나 이자오는 기력은 쇠하였으나 내공이 출중하였고 황면개의 공력의 부족함을 젊은 혈기로 맞서고 있으니 가히 용호상박이라 할 수 있었다.

두공은 이 틈을 노려 화령을 잡으려 하였다. 그러나 그곳에는 이미 아랑이 삼첨양인도를 빼 들고 노려보고 있었다.

"두공, 언제나 네놈이 원흉이구나! 내 오늘 네놈을 반드시 죽여 없애고야 말겠다!"

"아랑 소저의 생각은 알겠으나 그리 쉽지는 않을 것이오."

두공이 작게 웃으며 오채보룡검을 들어 삼첨양인도를 찍어 내려갔다.

"두공, 끝내 우리를 막을 셈이에요?"

"팽 소저, 이해하시구려. 나도 이곳까지 온 보람은 찾아야 할 것 아니오."

작은 모옥 안은 삽시간에 천지가 진동하고 벼락이 내리치는 듯하였다. 검광이 난무하고 뼈와 살이 부딪치는 소리가 들리니 팽소연은 간이 콩알만해졌다.

"다들 이 틈에 밖으로 빠져나갑시다!"

사선녀들은 화령을 들쳐 업으며 소리쳤다. 그러나 두공은 좀처럼 길을 터줄 기미를 보이지 않고 있었다. 그가 전처럼 음양현독을 이용하여 환상을 펼칠 수는 없었으나 일신의 무공은 결코 양황보다 처지는 것이 아니었다. 아랑은 힘겹게 두공을 막아내고 있었다.

"아랑 소저, 잘 가시오!"

두공이 작게 웃으며 아랑의 가슴을 향해 오채보룡검을 쭉 뻗었다.

"헉!"

갑자기 두공의 입에서 헛바람이 새어 나오더니 그의 얼굴이 이상하게 변하였다.

"제길… 뒤를 조심해야 했었는데……."

챙 하는 소리가 나더니 오채보룡검이 땅으로 툭 떨어지고 그 위로 두공이 고꾸라졌다. 그의 등에는 장검이 한 자루 꽂힌 채 선혈이 샘물처럼 솟아오르고 있었다.

장검의 주인은 바로 서추량이었다.

팽소연의 안색이 갑자기 변했다. 그녀는 두공을 죽인 것이 서추량이 아니라 능초영인 것을 알았다. 서추량의 표정이 시종일관 홍묘아와 같았기 때문이다. 서추량은 어느새 정신을 차린 능초영의 연혼장에 중독이 되어 있었던 것이다.

그래서 지금 이 순간 두공을 죽이라는 능초영의 말을 거역할 수 없었다. 두공은 설마 서추량이 자신의 등 뒤에서 칼을 꽂으리라고는 절대로 생각 못했던 것이다. 그는 마침내 한 많은 생을 이곳에서 마감해야 했다.

"당신은 어째서 그를 죽였나요?"

화령이 힘없이 물었다.

"나는… 나는……."

능초영은 말을 할 수가 없었다. 그녀 자신도 왜 그런 명령을 내렸는지 말하기 어려웠다. 그러나 능초영의 마음은 도비류를 보는 순간 자신도 형용할 수 없을 정도로 복잡해졌다.

두공이 자신을 황궁으로 잡아가지 않았다면 도비류와 이토록 어긋나지는 않았을 것이란 생각이 머리에 스치게 되자 도저히 그를 용서할수 없었다.

"그는 나의 원수예요!"

그녀가 싸늘히 말하자 화령이 슬픈 미소를 지었다.

"당신의 마음속에는 원한과 슬픔이 가득하군요. 그것이 당신을 병들게 하고 있어요."

능초영의 감정은 기복이 심하여 아무도 그녀의 속내를 짐작할 수 없었다. 그러나 지금은 그녀의 이런 충동적인 행동이 다른 모두를 구했으니 더 할 말이 없었다.

"어서 가세요."

능초영이 앞장서자 서추량이 그 뒤를 따랐고 화령을 업은 아랑과 팽소연, 그리고 사선녀들이 비틀거리며 밖으로 나갔다.

"아랑 소저, 그곳으로 가시오! 곧 따라가겠소!"

유천복이 소리쳤다. 그가 얘기하는 곳은 바로 빙궁이었다. 그러나 그 말을 듣는 순간 팽소연은 가슴이 덜컥 내려앉았다. 그녀는 한 달 만에 유천복을 만나게 되자 묻고 싶은 말이 산더미처럼 많았지만 시간이 없었다. 그러나 지금 아랑과 함께 있던 한 달 동안 무슨 일이 있었는지 묻지 않고는 참을 수가 없을 것 같았다.

팽소연은 아랑을 따라가지 않고 모옥에 남아 있기로 했다. 유천복으로부터 그간의 사정을 듣기 전까지는 한 발자국도 움직이지 않을 작정이었다.

아랑은 팽소연이 멈춘 것을 보았으나 어쩔 수 없었다. 등에 업힌 화령의 기력이 너무도 약해져 있어 점점 그녀의 등을 무겁게 눌러왔던 것이다. 화령은 아랑이 올 때까지 버티고 있던 힘이 모두 빠져 버리고 말았다. 그녀는 아랑에게 선문당으로 갈 것을 지시했다.

그러나 모옥의 밖에는 어느새 수많은 사람들이 몰려들어 창검을 겨누고 있었다.

"어쩌죠?"

능초영이 아랑을 돌아보았다. 그때 앞쪽에서 맑은 휘파람 소리가 들리는 듯하더니 한 떼의 사람들이 구름처럼 도달하는 것이 보였다. 그들은 바로 곤륜의 도사들이었다.

"아랑 소저, 우리가 왔소!"

맨 앞에서 복면인들을 가랑잎처럼 쓰러뜨리며 오는 사람은 바로 현현 진인이었다. 현현 진인은 아랑의 눈인사를 미소로 받고는 이내 팔뚝을 말아 올리고 웅혼한 장력을 뿌리며 길을 터주었다.

"어떻게 아시고……?"

"장문인께서 이곳에 검은 구름이 몰려드는 것을 보시고 우리들을 보내시어 지난번의 빚을 갚으라 하셨소."

아랑은 진심으로 감사했다. 곤륜의 도사들이 복면인들을 막을 동안 아랑과 화령은 선문당으로 몸을 피했다.

능초영은 뒤를 돌아보았다. 그녀는 팽소연이 유천복 때문에 모옥 안에 남은 것을 보았다. 자신은 어째서 도비류를 보기 위해 남지 못하는 것일까? 그녀의 발걸음은 저도 모르게 멈추어졌다. 서추량도 따라서 멈추었다.

갑자기 쾅 하는 소리가 들리며 모옥의 벽이 사방으로 날아가더니 그 안에서 여러 명의 사람이 튀어나왔다.

현현 진인은 모옥 안에서 나온 사람 중에 유천복의 모습을 발견하고 반가워하였다. 그러나 다른 쪽에서 늙은이 둘과 싸우고 있는 최호와 패악을 발견하자 일이 어떻게 된 것인지 금세 알 수 있었다. 그는 패악을 도우러 그쪽으로 달려갔다.

"현현 진인, 잘 오시었소! 이들이 바로 마림의 흉수들이라오."

패악이 현현 진인을 보자마자 아는 체를 했다. 현현 진인은 패악과 최호를 상대하는 뚱보노인을 보았다. 양손에서 우레와 같은 웅혼한 장력을 뿌리며 시종일관 두 사람과 대등한 무위를 보이는 것으로 보아 마림의 인물이 틀림없다고 생각했다. 그렇지 않다면 무림의 누가 저 두 사람을 저토록 위협할 수 있단 말인가.

게다가 아미산에 올랐을 때 황면개는 보았으나 이자오는 보지 못했으니 현현 진인으로서는 당연히 유천복이 이들과 한편이고, 이자오나 무애 대사가 마림이라고 생각한 것이다.

"이 마귀들아! 이곳이 어디라고 와서 행패를 부리는 것이냐!"

현현 진인이 태청장력을 뿌리며 패악과 최호를 도와 무애 대사를 공격해 가자 유천복은 큰일이라고 생각했다.

"도사 어른! 그쪽이 아닙니다! 바로 그 두 사람이 선문을 침입한 자들입니다!"

유천복은 급한 마음에 소리쳤으나 '그 두 사람'이 누구라는 것을 말하지 않았기 때문에 현현 진인은 절대로 알 수 없었다.

팽소연이 현현 진인을 보고 인사를 하였다.

"또 뵙는군요."

현현 진인도 팽소연의 모습을 보자 눈으로 아는 척을 하였다.

"팽 소저는 여전하시구려."

"그런데 도사님께서는 언제 저희 문주님과 척을 지게 되셨나요?"

무애 대사의 강맹한 장력을 막느라 얼굴이 시뻘게진 현현 진인은 입을 열어 말하지 못하고 그저 눈으로 무슨 소리냐고 물었다.

"패악과 최 공자가 선문의 문주님을 가두고 송옥을 내놓으라 협박하는 것을 제 두 눈으로 똑똑히 보았는데 도사님께서 그들을 도우시는 것을 보니 곤륜도 이미 마림의 손에 넘어간 것이 틀림없군요."

팽소연의 말에 현현 진인은 깜짝 놀라며 무애 대사를 공격하던 손을 멈추었다. 그러나 그 순간 패악의 청운검이 현현 진인의 가슴을 꿰뚫었다.

"크윽… 이럴 수가!"

현현 진인은 자신의 가슴 앞쪽으로 삐죽 솟아 나온 검을 쥐며 이를 악물었다. 그의 눈에 패악의 얼굴이 들어왔다.

"잘 가시오, 진인."

패악은 청운검과 적하검을 양손으로 나누어 한 손으로는 여전히 최호와 함께 무애 대사를 공격하였고 다른 손으로는 기회를 보고 있다가 현현 진인이 놀라 멈칫하는 틈을 이용한 것이다.

팽소연은 발을 동동 굴렀다. 자신이 경솔하게 말을 하여 현현 진인이 허무하게 목숨을 잃은 것이다.

"영악한 척하는 팽 소저도 이것은 몰랐을 것이오."

"난 당신이 그토록 인면수심일 줄은 정말 몰랐으니까요."

팽소연이 싸늘하게 말했다. 패악은 히죽 웃으며 다시 맹렬히 무애 대사를 공격해 들어갔다.

한편 유천복은 구미와 일생일대의 대결을 펼치고 있었다. 두 사람의 검은 한 번도 부딪친 적이 없었으나 검기는 하늘을 찌를 듯했다.

쾅! 콰르릉― 쾅쾅!

두 사람이 한 번씩 검을 휘두를 때마다 선문을 지탱하고 있는 얼음 산은 조금씩 허물어졌다.

"일검단악!"

구미는 선문이 무너지는 것을 조금도 개의치 않았다. 그가 일검단악을 펼치자 선문의 한쪽 벽이 쩌억 갈라지면서 거대한 얼음바위가 사람들 머리 위로 쏟아져 내렸다.

"킁킁, 난 얼음덩이가 정말 싫어. 킁. 하지만 지금은 도움이 좀 되겠군. 킁킁."

이자오는 황면개의 일장을 피해 얼음바위 뒤로 모습을 감추었다. 그는 체구가 작아 얼음바위를 이용해 얼마든지 숨을 수가 있었다.

"킁킁, 내가 네놈에게 타구봉법을 가르치지 않은 것은 정말 내 평생에 가장 잘한 일이었다. 킁킁."

이자오는 황면개가 그의 목소리를 듣고 달려드는 것을 보고 타구봉법의 첫 초식인 봉타쌍견(棒打雙犬)서부터 마지막 초식인 천하무구(天下無狗)까지 단숨에 펼쳐 내었다.

이자오는 한 번에 여덟 가지의 초식을 잇달아 펼쳐 내며 황면개의 머리와 양 어깨, 양팔, 몸통과 두 다리를 공격하니 황면개는 그야말로 복날 흠씬 두들겨 맞은 개꼴이 되고 말았다.

"쿵쿵, 자고로 부모를 몰라보는 자식놈은 개처럼 두들겨 패라고 했지! 쿵쿵."

황면개는 타구봉에 연거푸 얻어맞고 끝내 소리를 내며 바닥으로 쓰러졌다. 그는 정말 사부가 자신을 죽일 거라고 생각하지는 않았다. 이자오가 정말 그럴 마음이 있었다면 어떻게 자신이 지금 숨을 쉬고 있으랴! 그러나 그는 한 가지를 잊고 있었다. 황면개의 눈에 집채만한 흰 덩어리가 점점 확대되어 들어왔다.

"으아아악!"

황면개의 몸은 거대한 얼음덩어리와 함께 사라지고 말았다.

"쿵쿵. 망할 놈, 그러게 열심히 수련하라고 했더니. 쿵쿵."

말은 그렇게 했으나 제자에 대한 사랑이 없는 스승이 어디 있으랴. 이자오는 황면개가 사라진 자리를 한동안 보고 있었다. 그러나 곧 콧물을 훔치며 무애 대사에게 달려갔다.

"쿵쿵. 땡중아, 내가 도와주마. 쿵쿵."

"아이고, 이놈들이 늙은 땡중 다 죽인다! 개코 놈아, 뭐 하다 이제 오는 거냐! 설마 제자 놈과 회포라도 풀다 오는 건 아니겠지!"

무애 대사는 이자오를 잡아먹을 듯이 노려보다가 이내 최호와 패악의 검에 밀려 뒤로 물러섰다.

최호와 패악은 서로 눈짓을 하였다. 무애 대사 한 사람을 상대하는 것도 벅찬 일이거늘 이자오까지 합세하였으니 오늘 쉽지 않은 싸움이 될 것이었다.

최호가 품에서 무엇인가를 꺼내었다. 눈치 빠른 이자오는 그것이 심지가 달린 검은 공이라는 것을 보았다. 최호의 손이 하늘로 뿌려지자 이자오가 소리쳤다.

"쿵쿵, 벽력탄이다! 모두 피해랏!"

최호가 갖고 나온 황궁의 벽력탄은 삼천교에서 약선이 만든 것보다 훨씬 위력이 센 것이었다.

삽시간에 얼음이 조각조각 부서지며 바닥이 흔들거리기 시작했다. 이미 얼음덩어리들은 여러 번의 충격으로 인해 금이 가 있는 상태였다. 이제 벽력탄이 터지게 되자 선문이 있던 섬 전체가 갈라지기 시작했던 것이다.

선궁이 무너지고 집채만한 얼음덩어리들이 비 오듯 쏟아져 내렸다. 단단하던 얼음 빙판은 대번에 살얼음처럼 변하여 갈라졌고, 사람들은 적과 아군을 구분할 것 없이 얼음이 갈라진 틈으로 빨려 들어갔다.

최호와 패악은 어느 틈엔지 몸을 피하여 벌써 저만큼 내달리고 있었다. 무애 대사와 이자오도 얼음 위를 밟으며 위로 뛰어오르고 있었으나 워낙 산더미 같은 얼음바위들이 굴러 떨어지는지라 생사를 장담할 수 없는 지경이었다.

유천복과 구미 역시 흔들리는 지면에서 균형을 잡지 못하고 있었다. 그때 유천복은 얼굴이 새파래져 이리저리 뒹굴고 있는 팽소연을 보았다. 그는 다급한 마음에 그쪽으로 달려갔다.

"팽 소저, 꽉 잡으시오!"

팽소연은 얼음이 갈라지는 틈으로 두공의 시체와 오채보룡검이 빠지려는 것을 보고 손을 뻗치고 있었다. 그것을 잡으려는 것이었다.

"두공, 검은 주고 가야죠. 이건 원래 봉호문에 있던 거였으니까요!"

그녀의 손이 막 오채보룡검에 닿았을 때였다. 얼음이 완전히 갈라지며 팽소연의 모습은 순식간에 그 속으로 사라져 버렸다.

"팽 소저!"

유천복이 놀라서 단숨에 달려왔다. 다행히 팽소연은 완전히 얼음 사이로 빠진 것은 아니었다. 한 손에는 오채보룡검과 수옥봉을 들고 한 손으로 간신히 얼음의 한 귀퉁이를 잡고 있었다.

"문주님, 저 여기에 있어요."

유천복은 가슴을 쓸어 내리며 그녀를 끌어 올리려 하였다.

"다행이오, 다행이오."

그 순간 팽소연의 얼굴이 확 변했다.

"문주님! 뒤쪽에……!"

구미의 검이 새파랗게 빛나며 유천복의 등을 향하여 내려오고 있었다.

"잘 가라!"

유천복은 등이 화끈하다고 느끼며 팽소연과 함께 깨진 빙판 속으로 떨어지고 말았다.

◆제56장 고결상자오출

古潔常自汚出

깨끗함은
더러움에서 나온다

아랑은 화령을 선문당으로 옮겼다.

"어디로 가야 해?"

"저쪽으로."

화령은 '견'이라 쓰여진 동굴을 가리켰다. 동굴의 안쪽은 막혀 있었다. 그러나 사선녀들이 각각 동굴 벽의 동, 서, 남, 북에 서서 주문을 외우자 벽이 아래에서 위로 움직이며 또 다른 길이 나타났다. 아랑은 유천복의 생사를 알 수 없어 머뭇거렸다.

"그는 죽지 않아."

화령이 속삭였다. 아랑 일행이 들어가자 벽은 바로 원상태가 되었다. 길이 끝나는 곳에는 작은 문이 있었고 문을 지키는 것은 머리가 둘 달린 개처럼 생긴 짐승

이었다. 그 짐승은 사선녀와 화령이 다가서자 꼬리를 흔들며 반가워하였다.

사선녀는 황급히 그 짐승을 밀치고 안으로 들어섰다. 동굴 안에는 기괴하게 생긴 바위들이 가득했고 바닥에는 희미한 안개가 깔려 있었다.

"저희가 왔어요."

사선녀가 말하자 바위 뒤에서 희미한 형체가 나타났다. 그림자는 모두 넷이었다.

모두 여자였고 사선녀처럼 추한 몰골이었으며 허리가 꼬부라져 머리가 거의 땅에 닿아 있었다.

"드디어 왔군. 때가 된 것이냐?"

네 명의 노파들이 한꺼번에 말했다.

"그래요. 오늘이 오고야 말았어요."

사선녀들도 똑같이 말했다.

"빙궁에서 살아온 자가 있었나?"

네 명의 노파가 물었다.

"네, 천비의 환생자가 틀림없어요."

사선녀가 말했다.

"그럼 오늘이 마지막이군."

"네, 오늘이 마지막이에요."

아랑은 정신이 멍했다. 그녀는 네 명의 노파와 사선녀가 모두 쌍둥이처럼 동시에 묻고 대답하는 것을 보다가 자신이 아직도 화령을 업고 있다는 것을 알았다.

그녀는 화령을 내려 무릎에 뉘었다. 화령의 안색은 얼음보다도 창백하였고 두 눈은 꼭 감겨 있었다. 그녀는 숨을 쉬지 않는 것처럼 보였다.

"언니, 언니가 말한 곳에 왔어."

아랑이 속삭이자 화령이 눈을 떴다.

"결국 이곳에 왔구나."

네 명의 노파는 아무 말도 하지 않고 바위 뒤로 가서 커다란 화로를 들고 왔다. 그러자 사선녀들이 각기 품에서 풀처럼 생긴 것들은 한 줌씩 꺼내어 화로에 던졌다. 네 명의 노파들도 똑같이 하였다. 화로 안에서는 금방 연기가 피어올랐고 주위는 알 수 없는 냄새로 가득 찼다. 사선녀들 중 한 명이 품에서 작은 주전자를 꺼내어 화로 위에 올려놓았다.

"언니, 저 노파들은 누구고 뭘 하는 거지?"

아랑은 불안한 표정으로 화로를 보았다. 화령은 힘들게 몸을 일으켰다.

"아랑, 잘 들어라. 이제 선문의 문주는 네가 되는 거야."

아랑은 무슨 뜻인지 알 수 없었다.

"언니가 있는데 내가 왜?"

"나는 이제 가야 해."

"가다니, 어딜?"

화령이 웃었다.

"바로 저 노파들이 있는 곳으로."

아랑은 두려운 듯이 네 명의 노파들을 쳐다보았다. 노파들은 하나같이 바짝 마른 고목처럼 한 점의 생기조차 없었다.

사선녀들은 주전자에서 물을 따라 아랑에게 내밀었다.

"마시거라."

화령의 말에 아랑은 그 물을 들이켰고 곧바로 잠에 빠져들고 말았다. 화령은 아랑의 잠든 모습을 물끄러미 보았다.

"아랑, 잘 듣고 있어야 한다. 이것이 너의 운명……. 너는 그를 위해 죽어도 좋다고 했어."

화령이 아랑의 귀에 속삭였다. 아랑의 눈까풀이 파르르 떨렸다.

"부탁이 있어요."

화령은 네 명의 노파들에게 말했다. 그녀는 한순간 기운을 차리는 것처럼 보였다. 천천히 일어나 화로 가까이 다가갔다.

"뭐지?"

네 명의 노파는 동시에 화로에서 얼굴을 들었다. 화령의 볼 위로 눈물 방울이 떨어졌다.

"아랑을… 그 애를 살려줄 수는 없나요?"

사선녀의 얼굴이 침통해졌고 네 명의 노파들은 비웃는 듯했다.

"육체가 없어진다고 해서 죽는 게 아니라는 것쯤은 문주가 더 잘 알고 있을 텐데."

"당신들은 아랑을 귀여워했잖아요."

한 노파가 불쏘시개로 화로를 뒤적이자 불꽃이 화르르 타올랐다가 다시 사그라들었다.

"문주, 허심을 버려야 무아에 이를 수 있는 거라오."

"너무하세요. 아랑은 제 자식이나 마찬가지예요. 저 애만은……."

화령은 애걸하였다.

"문주도 알다시피 아랑은 천비님의 속(俗)된 부분이오. 속을 버려야만 진정한 승천을 이룰 수 있게 된다는 걸 모르진 않겠지. 그래서 우리가 남아 있는 것 아니겠소. 단속(斷俗)이 곧 승천이오. 그것이 우리가 이곳에 있는 이유요. 우리 넷이 이곳에서 문주의 죽음을 대신 받지 않았다면 문주는 여태 살아 있을 수도 없었소. 그리고 지금 저들도 아랑의 남은 목숨을 지켜내기 위해 우리처럼 살 것이오."

네 명의 노파가 사선녀를 가리켰다. 화령은 눈물을 떨구었다.

"어째서 우린 당신들의 희생으로 살아가야 하는 거죠?"

"그건 당신을 포함한 우리 아홉 명의 무녀들이 바로 무족이기 때문이지."

아랑은 잠들어 있었으나 모든 것을 듣고 있었다.

"그것이 무족을 배신한 무녀들의 형벌이오. 하지만 이제 이번이 마지막이라오."

사선녀가 아랑의 주위에 둘러섰다.

"우린 천족의 무녀였지만 천족이 아니었소. 바로 무족이었지. 그렇지만 우린 천족이 되길 바랐지. 그래서 선문에 남아 천비님을 승천시키는 대가로 우리도 승천하게 되었소. 이는 우리는 물론이고 선문에서도 무려 삼천 년이나 기다려 온 일이 아니오. 설마 문주께서 약속을 잊은 것이 아니겠지요?"

네 명의 노파가 준엄하게 말했다.

"원래 천족의 무녀는 항상 아홉 명이었소. 그러나 아랑은 아홉의 힘을 모두 갖고 태어났지. 그것은 그녀가 천비님의 약혼자인 아랑 공주의 환생이었기 때문이오. 그리고 우리는 더 이상 새로운 몸을 가질 수가 없었지. 그건 당신도 마찬가지였어. 그래서 우리 네 명의 무녀들은 당신에게 양기를 빨리고 이곳으로 숨어들었지. 하지만 당신이 이처럼 작은 여자 아이의 몸이 된 것은 결국은 여덟 명의 힘을 모두 흡수하지 못했기 때문이오."

네 명의 노파가 음산하게 웃었다.

"난 어쩔 수 없었어요."

"우리도 어쩔 수 없다는 것을 잘 알고 있소. 그리고 아랑의 죽음도 어쩔 수 없는 일이오."

결국 대답은 그것이었다. 화령은 어쩔 수 없다는 것이 얼마나 절망적인 말인지 잘 알고 있었다.

"세상은 언제나 균형을 이루어야 하오. 밝음이 있으면 어둠이 있는 법이오. 이제 당신과 함께 우리는 사라지고, 사선녀는 아랑 군주에게 힘을 모아줄 것이오."

네 명의 노파는 점점 한 덩어리의 진흙 반죽처럼 뭉쳐졌다. 그리고 그 속에서 말소리가 들려왔다.

"속을 끊어내지 못하면 천비님은 승천하지 못하고 이 세계를 떠돌게 될 것이오. 이 모든 것은 잘 짜여진 날실과 씨실처럼 엉켜 있어 어느 것 하나만 빠뜨려도 올이 풀려 버리고 천을 만들 수 없지. 문주가 죽고 아랑 군주가 선문의 마지막 문주가 되는 것도 미리 정해진 일이오. 또한 선문의 마지막 문주는 자신의 피로써 천비님의 죄를 씻어야 하는 것이오. 그것이 선문의 마지막 문주가 할 일… 문주가 할 일……."

이 말을 끝으로 네 명의 노파는 한 덩어리의 진흙이 되고 말았다. 게다가 노파들이 변하여 생긴 진흙덩어리도 이내 파삭 소리를 내며 부서져 한 줌의 흙이 되고 말았다.

화령은 처연하게 웃으며 아랑에게 다가갔다. 사선녀는 아랑을 중심으로 하여 오행을 이루고 있었다.

화령의 모습이 화로의 연기에 휩싸이더니 서서히 옅어지고 있었다.

"부탁해요, 그 애를 부탁해요."

사선녀들이 한마디씩 하였다.

"안심하고 가세요. 아랑 군주님은 이제 저희들이 지키겠어요."

"남아 있는 그날까지."

"우리가 승천하기 위해서."

"천비님의 환생을 위해서."

화령이 끝내 한줄기 바람처럼 흩어지자 아랑이 번쩍 눈을 떴다. 그녀는 자고 있었지만 화령과 네 명의 노파들이 하는 말을 모두 들을 수 있었다.

"언니는요?"

화령도 네 명의 노파도 보이지 않았다. 게다가 사선녀들은 아랑이 보고 있는 동안에 점차로 줄어들어 그 네 명의 노파와 똑같은 모습이 되고 말았다.

"당신은 이제 선문의 마지막 문주가 되었소."

사선녀도 네 명의 노파와 똑같은 목소리를 내었다.

"천비님을 승천시키시오."

"문주의 피는 바로 무족을 배신한 대가요. 우리의 더러운 피로 천비님을 씻어내려야만 천비님께서 순결하신 모습으로 승천하시게 될 것이오. 연꽃은 진흙 속에서 피고, 깨끗함은 더러움 속에서 나오는 법이오. 우리는 기꺼이 문주를 위해 한 덩이의 진흙이 될 것이오."

아랑은 온몸에 차 오르는 강한 힘을 느꼈다. 그것은 아마도 사선녀가 자신들의 기를 남김없이 주었기 때문이리라.

"세상에 남아 있던 아랑의 생은 오늘로 끝이었다오. 지금 이 순간부터는 오직 천족의 무녀로서 살아가게 될 것이오. 그것은 우리 사선녀의 생명이며 또한 천비님을 승천시키기 위한 선문의 오랜 염원이오."

사선녀는 말을 마치자 차례로 화로 속으로 들어갔다. 잠시 뒤, 화로에서 네 줄기의 재가 피어오르더니 네 명의 노파가 걸어나왔던 바위 뒤로 사라졌다.

*　　　　*　　　　*

얼음이 갈라진 틈으로 빠지게 된 유천복과 팽소연은 어디로 가고 있을까? 유천복은 알고 있었다. 물속으로 들어가게 되자 그는 금방 빙궁으로 통하는 물길을 찾을 수 있었다. 팽소연을 끌고 그곳으로 흘러 들어갔다.

팽소연과 함께 이대로 나갔다간 저들의 손에 들키고 말 것이었다.

빙궁이 있는 곳으로 가서 숨어 있다가 저들이 사라지고 난 뒤에 올라갈 생각이었다.

"팽 소저! 정신 차리시오, 팽 소저!"

유천복은 팽소연이 한 손에 오채보룡검과 수옥봉을 꼭 쥐고 있는 것을 보고 피식 웃었다. 그녀는 아무래도 오채보룡검이 아까웠던 모양이다.

"정말 어쩔 수 없는 성격이군."

"어쩔 수 없다니, 날 두고 하는 말인가요?"

어느새 팽소연이 한쪽 눈을 살짝 뜨고 있었다.

그녀는 이미 정신이 들었으나 깜찍하게도 여전히 기절한 척하며 유천복의 반응을 보고 있었다.

"이미 깨어 있었구려."

"아까부터 깨어 있었죠. 하지만 사실은 기절하고 싶었어요."

"그게 무슨 말이오?"

"문주님께서는 제가 아니라 아랑 언니와 함께 있고 싶어하셨잖아요."

"그렇지 않소."

"그렇지 않다면 어째서 빙궁에 저와 함께 가야 된다고 하지 않으셨죠?"

팽소연의 두 눈이 촉촉하게 젖어들었다.

유천복은 당황스러웠다. 그는 항상 자신이 팽소연을 사랑하고 있다고 생각하고 있었는데 막상 그녀가 물으니 대답이 금방 나오지 않았다. 그때는 왠지 아랑과 함께 가야만 할 것 같았다. 더구나 팽소연은 중독된 상태였다. 물론 손 대장로가 말했듯이 생명을 위협할 정도의 독은 아니었지만 그래도 험한 곳에 갈 만한 체력은 분명 아니었다. 유천복은 자신의 생각을 말로 설명하는 것에 어려움을 느꼈다. 그는 항상 적절한 단어가 생각나지 않았다.

"대답을 못하시는군요."

팽소연은 금방이라도 울음을 터뜨릴 것 같았다.

"그게 아니오, 그런 게 아니오."

유천복이 쩔쩔매자 팽소연은 빙글 몸을 돌려 걸어갔다.

"빙궁이란 이렇게 생겼었군요. 봉호문에 가서 이 말을 하면 아마 아무도 믿어주지 않을 거예요."

"다들 팽 소저의 말을 믿을 거요."

"그런데 어째서 들어가지 않죠?"

"들어갈 수 없소. 문은 잠겨 있고 어떤 방법으로도 열리지 않으니까."

"열리지 않는다면 문을 왜 만들었을까요?"

팽소연이 천천히 다가가 빙궁의 양쪽에 뚫린 구멍을 보았다.

"이것은 열쇠 구멍이로군요."

"그건 나도 알고 있소. 하지만 거기 맞는 열쇠가 있는지 없는지 아랑 소저조차도 모르고 있었다오. 사실은 그게 열쇠 구멍인지조차 알 수 없소."

구멍을 꼼꼼하게 살피던 팽소연이 갑자기 환하게 웃었다.

"다행인 것은 그녀가 모르고 있는 것을 나는 알고 있다는 거예요."

유천복은 팽소연이 또 장난을 하는구나 싶어 손을 저었다.

"이번에는 팽 소저라 하더라도 도저히 알 수 없을 것이오."

"문주님은 가까이 와서 한번 보세요. 이 구멍의 모양이 어디서 본 듯하지 않아요?"

유천복은 가까이 다가가서 구멍을 보았다. 왼쪽에 있는 구멍은 마치 동그란 구슬에 막대를 꽂아놓은 모양이었다.

"본 적이 없소. 난 이런 모양은 한 번도 본 적이 없소."

"그래요? 그럼 제가 지금 보여 드릴게요. 이걸 바닥에 꽂아보세요."

팽소연은 한 손에 들고 있던 수옥봉을 유천복에게 건네주었다. 바닥은 얼음으로 되어 있었던지라 유천복이 가볍게 힘을 주자 수옥봉은 머리끝까지 바닥에 박혀 보이지 않게 되었다. 팽소연이 가볍게 얼굴을 찡그렸다.

"누가 그렇게 힘껏 꽂으라고 했어요. 다시 뽑아보세요!"

팽소연은 일부러 짜증을 내고 있었다. 유천복이 수옥봉이 꽂힌 자리에 손바닥을 갖다 대자 다시 수옥봉이 튀어나왔다.

수옥봉이 뽑혀진 자리에는 구멍이 뻥 뚫어졌다. 팽소연은 발끝으로 바닥을 두드렸다.

"구멍의 모양을 보세요."

도무지 그녀의 의도를 알 수 없었으나 유천복은 시키는 대로 했다. 팽소연이 자신보다 백 배 정도 총명하다는 것을 알고 있었기 때문이다.

"아!"

유천복은 구멍의 모양이 빙궁의 왼쪽 벽에 새겨진 것과 흡사하다는 것을 볼 수 있었다.

"그렇다면?"

팽소연은 한 손으로 수옥봉을 빙글빙글 돌렸다.

"호호호. 바로 이것이 빙궁으로 들어가는 열쇠예요. 공수는 수옥을 얻게 되자 바로 송옥에 대해 조사하였고, 그것이 빙궁에 있다는 것을 알았어요. 그리고 수옥봉이 바로 그 열쇠라는 것도 알았을 거예요."

"혹시… 팽 소저는 그래서 한사코 수옥봉을 놓지 않았던 것이오?"

"아뇨. 저도 방금 전까지는 몰랐어요. 저 구멍을 보기 전까지는요. 하지만 봉호문에서 공수가 남겨놓은 책을 샅샅이 읽어본 후에 수옥과 이 수옥봉이 어떤 관계가 있다는 것을 알게 되었죠. 그리고 또 한 가지!"

"어서 말해 보시오."

유천복은 이제 팽소연이 하는 말이라면 무엇이든지 들을 준비가 되어 있었다.

"양황이 왜 그토록 이 오채보룡검에 집착했을까 생각했어요. 그리고 두공이 삼천교를 빠져나오면서 왜 이것만은 가지고 나왔을까 생각했죠."

유천복은 팽소연이 내미는 오채보룡검을 집어 들고 빙궁의 오른쪽 벽으로 갔다. 그러나 문에 새겨진 구멍은 검집 모양이 아니었다.

"이번에는 팽 소저가 틀린 것 같소."

팽소연이 다가왔다.

"그렇지 않아요. 이건 반대로 넣어야 하는 거라구요."

팽소연이 오채보룡검을 뒤집어 검날이 삐죽 나오게 구멍으로 집어넣자 한 치의 오차도 없이 꼭 들어맞았다.

"세상에……!"

"우연이라는 것은 하나도 없는 거예요. 전 두공이 어째서 이 쓸모없는 검을 이곳까지 들고 왔을까 항상 궁금했는데 그 망할 장로인가 하는 늙은이가 당 황실의 보물이라고 했을 때 눈치 챌 수 있었죠. 오채보룡검이란 어쩌면 황실보고를 열 수 있는 장치일지도 모른다고요."

"세상에 그대만큼 똑똑한 여자는 없을 거요!"

유천복은 진심으로 감탄했다. 팽소연의 총명함은 그의 머리를 항상 뛰어넘는 것이었다.

"문주님이 이쪽에 계세요. 제가 저쪽으로 가면 하나, 둘, 셋에 맞추어 열쇠를 돌리는 거예요."

팽소연이 왼쪽 벽으로 가서 수옥봉을 집어넣었다.

"하나… 두울… 세……."

"자, 잠깐만! 어느 쪽으로 돌리는 것이오?"

"오른쪽이에요."

"알았소."

"하나, 둘, 셋!"

둘은 동시에 오른쪽으로 손을 움직였다. 그러자 기이이잉 하는 굉음과 진동이 울려 퍼지더니 빙궁의 단단한 얼음벽이 반으로 갈라지기 시작했다.

드드드드드—

문틈으로 흰 연기가 쉴 새 없이 흘러나오고 있었다. 전설 속의 빙궁이 드디어 그 모습을 드러내는 순간이었다.

두 사람은 안으로 들어갔다.

빙궁은 말 그대로 거대한 얼음 궁전이었다. 보이는 모든 것은 선문에서처럼 얼음으로 이루어져 있었다. 다만 선문에서 보았던 것이 인간의 손으로 만들어진 것이라면 이곳은 자연의 위대한 힘 외에 어떤 것으로도 설명할 수 없을 뿐이었다.

유천복은 양편으로 늘어서 있는 거대한 얼음 기둥을 질린 듯이 바라보았다. 기둥 하나하나는 둘레가 삼 장이나 되었으며 높이는 얼마인지 가늠할 수도 없었다.

"들어가요."

팽소연이 겁없이 한 발을 내디뎠다.

"괜찮겠소?"

"괜찮지 않으면 안 들어가실 거예요? 우린 이곳에 송옥을 찾기 위해 온 거예요."

팽소연의 뒤를 따라 주춤주춤 들어가는 유천복의 모습에서 패기라고는 조금도 찾아볼 수 없었다. 그는 언제나 뒤돌아 설 준비가 되어 있는 사람처럼 엉거주춤 팽소연을 따라 들어갈 뿐이었다.

"정말 이 속에 있는 것이 설인일까요?"

팽소연이 기둥 하나를 들여다보며 말했다. 양쪽의 얼음 기둥 속에 있는 것들은 키가 거의 칠 장에 이르는 거인들로 온몸이 흰 털로 가득하였다.

"어, 어쩌면 그럴지도 모르겠소."

"살아 있다면 재미있었을 텐데 아쉽군요."

그녀는 정말 아쉽다는 듯 기둥을 손으로 쓸어보았다. 손바닥에 물기가 배었다.

"얼음이 다 녹으면 이들이 살아나는 게 아닐까요?"

"설마 그럴 리가 있겠소. 이들은 이곳에 몇천 년이나 있었으니 절대로 살아 있을 리가 없지!"

유천복이 목소리에 힘을 주어 단언했다. 이 거인들이 살아 있다는 것은 상상조차 하기 싫었다. 물론 유순하고 온화한 거인들일지도 모르지만, 그가 아는 이야기 속의 거인들은 항상 난폭하고 잔인했다. 설인의 이야기도 그렇지 않은가? 자신의 딸을 죽이는 아버지라니… 정말 끔찍한 일이다.

"이상해요."

"무엇이 이상하오?"

팽소연이 이상하다고 하면 이상한 것이다. 유천복은 두려운 어조로 물었다. 그녀는 양손을 보여주었다. 손에는 물기가 흠뻑 배어 있었다.

"좀 전에는 이렇지 않았는데 얼음들이 녹고 있어요."

두 사람의 머리 위로 쉴 새 없이 물방울이 떨어지고 있었다. 물방울은 금세 가는 물줄기로 변해 주르륵 흘러내렸다.

"문이 열리면서 얼음들이 녹기 시작한 것 같아요."

"그, 그렇다면 돌아가는 편이 좋지 않겠소?"

유천복은 재빨리 몇 걸음을 뒤로 옮겼다. 그러나 그녀는 두터운 얼음 속에 갇혀 있는 설인의 모습이 하나도 무섭지 않은 모양이었다.

"송옥을 찾기 전에는 돌아갈 수 없어요."

"무섭지 않소?"

"무서워요."

"그런데도 계속 갈 참이오?"

"문주님이 함께 계시잖아요."

팽소연은 안쪽으로 빠르게 걸음을 옮겼다.

"문주님의 말씀대로 설인들은 몇천 년이나 이 속에 갇혀 있었어요. 살아 있을 리 없어요. 하지만 그게 절대로 맞는 말은 아니에요."

유천복의 머리 속에 온몸에 흰 털이 가득하며 키가 칠 장이나 되는 괴물들이 쫓아오는 환상이 그려졌다. 그는 저도 모르게 팽소연을 안아 들고 바람처럼 앞으로 달려갔다.

"얼음 기둥은 양쪽으로 백예순여덟 개씩, 그러니까 모두 삼백서른여섯 개예요. 그 전설은 사실이었군요."

팽소연은 유천복의 품에 안겨 달리면서도 얼음 기둥의 숫자를 세고 있었던 모양이다.

"송옥은 어디 있을 것 같소?"

"설인과 그의 딸은 어디에 있을까요? 송옥은 아마도 그 근처에 있을 거예요."

두 사람은 원하는 곳에 도달할 수 있었다. 얼음 기둥이 끝나는 곳에 거대한 빙판이 있었다. 그곳은 얼마나 넓은지 끝이 보이지 않았다. 그러나 두 사람이 찾는 것은 어디에도 보이지 않았다.

그곳에는 아무것도 없었다. 눈에 보이는 것이라고는 얼음으로 이루어진 평원이 전부였다.

"진정한 의미의 북해란 바로 이곳이군요."

팽소연은 유천복의 팔에서 내려섰다. 두 사람은 이미 흠뻑 젖어 있었다. 얼음의 비는 이미 손가락만큼씩 했고 간간이 얼음 조각들도 떨어져 내렸다.

"설인과 그의 딸은?"

유천복은 번개처럼 움직여 이곳저곳을 찾아보았으나 어디에서 설인과 그 딸의 모습은 보이지 않았다.

"문주님, 여기예요!"

팽소연은 바닥을 보고 있었다. 유천복도 그녀 곁에 섰으나 보이는 것이라고는 얼음뿐이었다.

"저를 안고 가장 높은 곳으로 올라가세요."

그녀의 말이 떨어지기도 전에 유천복은 팽소연을 안고 근처의 얼음 기둥으로 올라갔다. 그리고 마침내 볼 수 있었다.

빙판 속에 그대로 얼어붙은 거대한 설인의 모습!

높은 곳에 올라가지 않았다면 절대로 찾을 수 없었을 것이다. 설인의 모습은 마치 살아 있는 것처럼 생생했다. 고통으로 일그러진 얼굴은 절규하는 듯 보였고 위로 뻗은 양팔은 무엇을 움켜쥐려는 것처럼 처절했다. 그리고 벌린 손 안에 그의 딸이 있었다.

유천복은 팽소연과 함께 설인의 손이 있는 부분으로 갔다. 거대한 손 안에 누워 있는 여자의 모습을 볼 수 있었다.

설인의 딸은 보통 사람 정도의 크기였다.

"설인의 아들들은 모두 거인인데 딸은 어째서 이렇게 작을까요?"

"그걸 내가 어찌 알겠소."

그녀의 얼굴은 창백하긴 했으나 피부가 하나도 상하지 않았고 속이 비치는 하늘거리는 옷 위에 양 가죽으로 보이는 겉옷을 입고 있었다. 머리에는 금관을 썼으며 드러난 양팔과 종아리에는 알 수 없는 문양이 가득 새겨져 있었다.

팽소연은 그녀의 목에 걸린 목걸이를 보았다.

"바로 저거예요. 저게 송옥이에요."

팽소연의 말대로였다. 설인의 딸이 걸고 있는 목걸이는 바로 송옥이었다. 황금색으로 빛나는 그 돌은 얼음 속에서도 결코 빛을 잃고 있지 않았다.

"저걸 어떻게 꺼내야 하죠?"

유천복은 한 손을 얼음에 대었다. 그러자 그의 손에서 김이 모락모락 나더니 이내 얼음이 빠른 속도로 녹기 시작했다.

잠시 후 유천복은 송옥을 손에 넣을 수 있었다.

"당황제의 신하들은 이곳에 와서 설인과 그의 딸을 보았겠지요. 그리고 얼음을 녹여 송옥을 이곳에 넣었을 거예요. 그런데 그들이 왔을 때는 얼음이 녹지 않았을까요?"

팽소연은 이미 반 이상 녹아 물로 가득 찬 주위를 보며 중얼거렸다. 얼음이 얼마나 빨리 녹는지 말을 하는 동안에 이미 두 사람은 허리까지 물에 잠겼다.

"어서 나갑시다."

유천복은 송옥을 가슴속에 쑤셔 넣었다.

"송옥이 이곳에 있다면 황실보고는 어디에 있는 걸까요?"

팽소연은 아직도 두리번거리고 있었다. 그녀의 의문은 가실 줄을 몰랐다.

"팽 소저, 이곳을 나간다면 내가 반드시 왜 그런지 알아보겠소. 하지만 지금은 먼저 이곳을 나가는 것이 급하오."

유천복은 물살을 헤치며 왔던 곳을 되돌아 나가려 하였다. 그러나 이미 늦었다는 것을 알았다.

"이미 늦었군요."

팽소연은 앞을 가로막는 괴형체를 가리켰다. 그들은 사람도 아니었고 거인도 아니었다. 그러나 생김새만은 얼음 기둥 속에 갇혀 있는 설인들과 똑같았다.

"아마 설인들의 후손인 모양이에요."

팽소연의 짐작은 한 번도 틀리는 법이 없다. 유천복은 자신이 어째서 이곳에 왔던가, 열 번도 더 넘게 후회했지만 지금처럼 후회한 적은 없는 것 같았다. 주위에 나타난 설인의 숫자는 어림잡아도 수백은 넘을 것 같았다.

"삼백서른여섯이에요."

"뭐라고 했소?"

"설인의 숫자 말이에요. 삼백서른여섯이라구요."

왜 하필 그 숫자인지는 묻지 않기로 했다. 그보다는 달려드는 설인을 처리하는 것이 더 급한 일이었다.

거인은 아니라고 해도 구 척이나 되는 커다란 몸집의 설인들이 고함을 지르며 덤벼드는 것은 결코 기분 좋은 광경이 아니었다.

우우우우—

하나같이 괴성을 지르며 두 사람을 잡기 위해 달려드는 설인들은 물 위를 마치 평지처럼 걸어오고 있었다. 유천복은 어느새 가슴까지 차오르는 물과 벌써 코앞까지 들이닥친 설인들을 보며 숨을 몰아쉬었다.

"팽 소저, 저들이 어떻게 물에 빠지지 않는지 혹시 알고 있소?"

유천복은 답을 알고 있었지만 묻지 않을 수 없었다. 팽소연은 대답 대신 다른 것을 알려주었다.

"물에 빠지지 않는다는 것은 물속으로 들어올 수 없다는 것일지도 몰라요."

"고맙소."

두 사람은 크게 숨을 몰아쉬고 물속으로 들어갔다. 몰려들던 설인들은 두 사람을 잡기 위해 손으로 물속을 휘저었다. 그러나 팽소연의 말처럼 물속으로 들어오는 것을 겁내고 있었다.

유천복은 어느 곳으로 가야 할지 알 수 없었다. 물속에는 이미 얼음 기둥들의 모습이 보이지 않았고 거대한 설인들의 모습도 보이지 않았다.

그러나 다른 사람이 있었다. 바로 설인의 딸이었다.

얼어 있던 설녀(雪女)는 무서운 눈으로 두 사람을 노려보고 있었다. 아름다운 여자가 무서운 여자로 돌변하는 것을 보는 건 가히 유쾌하지 않았다. 그녀는 몹시 화가 나 있었다.

─그거 내 거예요. 돌려줘요.

설녀는 손을 내밀어 두 사람을 잡으려 하였다. 그녀가 손을 뿌릴 때마다 얼음으로 된 창이 두 사람을 향해 맹렬히 쏘아졌다. 얼음 창을 피하는 것은 어려운 일이 아니었다. 그러나 이 상태로 오래 있을 수는 없었다. 팽소연은 벌써부터 숨이 가빠오는지 괴로운 표정이었다.

물 위로 올라가자니 설인들이 눈에 불을 켜고 있고, 물속에서는 설녀가 덤벼드니 그야말로 진퇴양난이었다. 그때 작고 노란 빛이 물 아래쪽에서 반짝 하였다. 노란빛은 점점 커지더니 마침내 화령의 모습이 되었다.

─유 공자, 저 아래쪽에 길이 있어요.

설녀는 화령이 나타나 자신의 일을 방해하자 화가 머리끝까지 나서 발을 동동 굴렀다.

　―너는 누군데 내 일을 방해하는 것이냐!

　―요망하구나! 너는 어째서 설녀 행세를 하는 것이지?

　화령이 호통을 치자 설녀는 더욱 오만한 표정으로 말했다.

　―나는 설녀이고 그것의 주인이다. 내가 설녀가 아니라고 하다니, 너를 그냥 두지 않겠다!

　설녀가 번개처럼 움직이며 얼음 창을 던졌으나 화령은 더욱 빨랐다.

　―감히 떠도는 잡혼 따위가 설녀의 몸에 들어가 그녀 행세를 하다니 더욱 용서할 수 없다.

　화령의 손이 새파랗게 빛나며 한줄기 흰 광채가 설녀를 향해 쏘아졌다. 설녀는 감히 맞서지 못하고 뒤로 물러섰으나, 화령이 어느새 그녀의 반대쪽으로 다가가 있었다.

　―나오너라!

　화령이 외치자 설녀의 몸에서는 희뿌연 그림자가 새어 나오더니 돌돌 뭉쳐 화령의 소매 속으로 스르르 들어갔다.

　유천복은 눈으로 감사를 표했다. 화령의 얼굴에는 여전히 슬픈 빛이 감돌고 있었다.

　―이들은 모두 당황제의 신하들이에요. 빙궁에 들어와 이곳에서 죽었으나 갈 곳을 찾지 못하고 원귀가 된 자들이지요. 이들은 모두 이곳에서 물속에 빠져 얼어 죽었기에 다시 물속으로 들어오기를 꺼리고 있지요. 그러나 그중 한 명은 그렇지 않았지요. 그자가 바로 설녀의 몸속에 들어가 설녀 행세를 한 거예요.

　유천복은 화령이 어떻게 이곳에 나타났는지 묻고 싶었다. 그러나 입을 열 수는 없었다. 화령은 그의 마음을 이해한 모양이었다. 유천복의 머리 속에는 다시 화령의 목소리가 들려왔다.

—나는 이제 이곳에 없어요. 아랑이 선문의 문주가 되었지요. 유 공자, 부디 아랑을 도와 천비님을 승천시켜 주시기 바라요. 그것이 우리 선문의 오랜 염원이고 아랑을 구하는 길이랍니다. 어서 가세요. 이곳은 이제 곧 다시 얼어붙을 거예요.

희미한 미소와 함께 화령의 모습이 사라졌다. 그와 동시에 물 위에서 두 사람을 찾기 위해 혈안이 되어 있던 설인들의 모습도 사라졌다.

유천복은 화령이 나타났던 곳으로 이동했다. 팽소연을 어서 마른 곳으로 데리고 가야 했다.

화령이 일러준 곳으로 나간 유천복은 그곳이 바로 얼음산이 있던 곳이라는 걸 알았다.

그러나 그곳에도 반갑지 않은 손님이 있었다. 흰 물개들 사이에 서 있는 자들은 바로 최호와 패악이었다.

"그곳에 있었군."

이 두 사람은 유천복과 팽소연이 얼음 속으로 빠져들자 곧 쫓아왔다. 하지만 이내 종적을 잃고 헤매다 이곳까지 오게 된 것이다.

유천복은 차가운 물속에서 나온 팽소연이 이미 얼어붙고 있다는 것을 알았다. 그는 팽소연의 명문혈에 왼손을 대고 진기를 넣어주느라 손을 뗄 수가 없었다. 그가 손을 떼기만 하면 팽소연은 부란과 마찬가지로 온몸이 동상에 걸려 썩어 들어갈 것이다. 어떻게든 부란의 집으로 그녀를 옮겨놓아야 했다.

어느 정도 그녀의 몸에 온기가 돌아오자 유천복은 그녀를 들쳐 업었다.

"유 공자, 눈물겨운 광경이구려. 하지만 이제 그만 그녀를 내려놓으시지."

최호가 싸늘하게 말하며 사나운 공격을 펼치자 패악은 느긋하게 그 모습을 보고 있었다.

"진작 그랬다면 팽 소저는 벌써 사두의 아이를 낳았을 텐데 말이야. 하지만 이제라도 늦지 않았지."

패악의 능글거리는 목소리는 유천복의 화를 부채질하였다. 무룡이 었던 무지지는 최호와 패악을 전우로 여길지도 모르지만 유천복은 아니었다. 그는 삼천교에서 이들을 처음 보았고 무룡의 기억 속에서만 이들을 만났을 뿐이다. 후에 아미산에서도 보았지만 그때도 깊은 이야기를 나눌 수는 없었다.

"두 분이 끝내 이 사람을 화나게 하시는군요!"

유천복은 특히 최호를 보며 이를 갈았다. 패악보다는 유독 최호가 마음에 들지 않았다. 특히 능글맞게 웃는 것처럼 처진 눈이 더 더욱 거슬렸다.

"나는 언제나 유 공자가 못마땅했소."

최호는 유천복의 등에 업힌 팽소연을 가로채려는 듯이 달려들었다.

"팽 소저는 언제나 그대 때문에 울었지. 능 소저 때문에 상심하였고 아랑 때문에 눈물지었소. 나라면 절대로 그렇게 두지 않을 거요!"

최호의 손이 팽소연의 발목을 잡으려 하자 유천복은 날개가 달린 호랑이처럼 포효하며 하늘로 날아올랐다. 간발의 차로 팽소연을 잡지 못하게 된 최호가 바로 뒤쫓아왔다.

"사두, 내가 도와주지!"

푸르고 붉은 두 개의 검이 유천복의 양 옆구리를 노리고 뱀처럼 빠르게 들어왔다. 유천복은 무단검을 길어지게 해 두 개의 검을 한꺼번에 막아낸 뒤 두 발로 여덟 번의 발길질을 하였다.

최호와 패악은 서로에게 눈짓을 한 뒤 다시 고함을 지르며 달려들었다.

"투천환일(偸天換日)!"

유천복이 크게 외치며 얼음산이 있는 쪽으로 움직였다. 얼음산에는 원래 그가 이자오와 무애 대사와 함께 내기를 하느라 깎아낸 자국이 거울처럼 반질반질하게 변해 있었다.

그곳에 이르자 유천복의 모습이 순식간에 스물넷으로 늘어났다.

"저놈이 주술을 쓰는군. 걱정 말라구. 내가 이래 뵈도 천사도주라오."

패악이 싱긋 웃었다. 그는 검으로 자신의 식지를 벤 뒤 핏물을 부적에 뿌리며 외쳤다.

"파환!"

그러나 유천복의 모습은 줄어들지 않았다. 패악은 당황하였다.

"이럴 리가 없소! 광천사가 하는 것이라면 나도 전부 할 수 있소!"

그러나 몇 번을 해봐도 마찬가지였다. 그러자 패악은 더욱 당황하여 외쳤다.

"전부 죽여 버리면 되오! 열 명이든 백 명이든 다 죽여 버리면 끝이지!"

"패악의 말이 맞아요."

두 사람은 가까운 곳에 나타난 유천복부터 베어버리려 하였다. 그러나 검이 닿는 순간 그것은 거대한 얼음 기둥으로 변하였다. 몇 번을 베어도 사람이 아닌 기둥이 나타나자 두 사람은 더욱 광포해졌다.

"유천복, 어디 있는 거냐! 우리가 두려워 숨은 것이라면 어서 나오거라!"

최호가 소리를 질렀다. 유천복은 바로 얼음산 뒤쪽에 있었다.

투천환일은 여환무단신공에 있는 절학으로 빛을 이용하여 자신의 분신을 만들어내는 무공이었다. 이곳에서는 빛 대신 얼음을 이용한 것뿐이었다.

유천복은 얼음산 뒤에서 두 사람이 미친 듯이 얼음 기둥을 부숴대는 것을 보며 우울해하고 있었다.

"무엇이 저 두 사람을 저렇게 바꾸어놓았을까? 정말 수옥과 송옥의 힘이 아니면 저들이 바뀌지 않는 것일까? 팽 소저, 나는 어찌해야 좋을지 모르겠소. 중원이 모두 마림의 손아귀에 들어갔다면 앞으로 어찌해야 하는 것이오."

팽소연이 듣고 있는지 알 수 없지만 유천복은 누구에게라도 답을 듣고 싶은 심정이었다.

그 순간 최호의 강맹한 일장이 얼음산을 후려치자 커다란 얼음덩어리들이 굴러 떨어졌다. 유천복은 다시 앞으로 나서는 동시에 얼음의 기운을 빌려 무단검으로 피성대월(披星戴月) 일초를 펼쳐 내었다.

그러자 무단검에서 얼음과 같은 찬 기운이 마치 한 마리의 용처럼 두 사람에게 곧장 뻗어 나갔다.

동시에 달려들던 최호와 패악 두 사람은 유천복의 공격을 맞받아 치려 하였다. 그러나 두 사람이 검을 들어 검기를 내려치는 순간 오싹한 전율이 온몸을 감쌌다.

패악은 자신의 애병인 청운적하검이 얼어붙는 것을 보았다. 그리고 검을 든 손, 팔, 어깨까지 얼음덩어리로 변하는 것이었다.

"아아아악!"

엄청난 비명이 얼음 위에 메아리쳤다.

유천복은 투명한 얼음 속에 갇혀 그대로 얼어버린 최호와 패악을 씁쓸하게 볼 수밖에 없었다. 그는 나무와 땅의 기운을 느낀 적이 있었지만 그것이 진정으로 자신이 한 일이라고 생각하지 않고 있었다.

그러나 이곳에 와서 대지의 물의 기운을 받고 천둥과 번개와 바람의 일부가 된 듯한 경험을 한 뒤에야 비로소 여환무단신공을 내 것으로 만들 수가 있었다.

그에게는 소림이나 개방의 무공이 아무 소용이 없었다. 이제는 그가 생각하는 것을 곧 무공으로 펼칠 수 있는 경지에 다다른 것이다.

하얀 물개들은 자신들의 영역에 새로운 적이 생긴 것을 알았다. 유천복은 물개들이 물개왕을 어떻게 하였는지 떠올렸다. 그리고 물개들이 최호와 패악 두 사람의 얼음 위로 겹겹이 쌓여가는 것을 보며 뒤돌아 섰다.

그는 팽소연을 부란의 집으로 옮겼다. 부란은 떠났으나 얼음집은 여전히 따스하고 아늑했다.

한참 후에야 정신을 차린 팽소연에게 유천복은 그녀에게 하지 못했던 이야기를 할 수 있었다. 그러나 최호와 패악에 대한 이야기는 하지 않았다.

유천복은 아랑과 이곳에서 부란과 두 노인을 만난 일을 얘기해 주었다. 어째서 바로 돌아갈 수 없었는지 듣게 된 팽소연은 그제야 웃는 얼굴을 보여주었다.

"그랬군요."

"이제 오해가 풀렸소?"

"내가 언제 문주님을 오해했었나요?"

팽소연이 눈을 흘겼다.

"나와 아랑 소저 사이를 의심하고 있었지 않소?"

"그런 적 없어요."

유천복은 아랑과 이곳에 머물 때에는 느끼지 못하던 달콤함을 느꼈다.

"난… 무서워요."

팽소연이 갑자기 말했다.

"내가 있으니 걱정 마시오."

"이 모든 것이 오래전부터 짜여진 일이라는 게 무서워요. 아랑 언니와 문주님이 환생자라는 것이 무섭고, 문주님께서 다른 여자를 사랑할까 봐 무서워요. 우연처럼 보이는 모든 것들이 무서워요. 그냥 우연이 아니고 인과(因果)가 눈에 보이지 않게 얽혀서 문득문득 우리 눈에는 그저 우연으로만 보이는 사건을 지어내는 것 같아서 무서워요."

유천복은 잠자코 있었다. 그녀 말대로 이 모든 것이 미리 짜여진 순서대로 가고 있다면 두 사람의 미래는 어떻게 되는 것일까?

"저는 우연이 모여서 만들어진 운명이 두려워요. 앞으로의 일들이 두렵고 무서워요."

팽소연이 몸서리를 쳤다. 유천복은 그녀를 살짝 품에 안았다.

"내가 함께 있겠소."

그녀가 머리를 가슴에 기대어왔다.

"천비가 깨어나면 어떻게 되는 거죠?"

"아마도 승천하겠지."

하지만 그건 유천복도 장담할 수 없었다. 자신이 할 일은 천비의 힘이 마림으로 넘어가는 것을 막는 것이다. 그러나 팽소연의 말대로 깨어난 천비는 어떻게 되는 걸까? 화령은 아랑을 도와 그를 승천시켜 달라고 하였다. '승천'이란 말 그대로 하늘로 올라간다는 것일까? 아니면 다른 뜻이 있는 걸까?

"팽 소저, 전에 아버지께서 말씀하시길 사람의 운명이란 계절 같은 것이라 하셨다오."

"계절이요?"

"그렇소. 겨울이 차 오르면 봄을 위해 겨울이 자리를 비우는 것처럼, 죽음이 극에 달하면 생명을 위해 물러나는 것처럼 운명이란 순리에 따르는 것이라고 하셨소. 생명이 하늘에 이르면 다시 무너져 땅으로 되돌아가는 것이 운명이라고 말이오. 결국 우연도 운명도 순리에 따르는 것일 뿐 아무것도 아니라오. 천비는 그 순리에 역행하는 자요. 이제야 알게 된 거지만 내가 할 일은 바로 그 역순을 바로잡는 일일 거요."

유천복은 자신이 하는 말에 도취되었다. 마치 일순간에 모든 것이 정리되는 느낌이었다. 천비를 승천시킨다는 것이 무엇인지 알 것 같았다.

"순리를 거부하지 않고 그 속에 섞이면 되는 거요."

"그게 쉬운 일인가요?"

"물론 어렵소. 우리는 인간이지 신이 아니기 때문이오. 내가 이곳에 온 것도 모두 순리대로 흘러가는 것일 테요. 그러니 모든 것을 하늘에 맡깁시다."

유천복의 명쾌한 답변이었다.

"문주님, 저도 순리대로 하고 싶은 게 있어요."

다정한 표정으로 말하는 팽소연은 무척이나 아름다워 보였다. 그러나 팽소연이 반짝거리는 눈으로 자신을 응시하자 당황스러워졌다. 순간 유천복은 팽소연을 안았던 양손을 풀며 어색하게 말했다.

"무, 무슨 말이오?"

"방금 전에 물속에 있을 때 깨달았어요. 죽고 나면 모든 것이 후회스러울 거예요."

돌연 팽소연의 흰 손이 유천복의 손을 잡았다.

"팽 소저……."

유천복은 팽소연의 손이 불덩이처럼 뜨겁다는 것을 느꼈다. 그녀의 얼굴 또한 홍조를 띠고 있었고 입을 열 때마다 뜨거운 입김이 뿜어져 나왔다.

"팽 소저, 대체 왜 이러시오?"

"뭘요? 난 다만 순리라고 생각하는 일을 하는 것뿐이에요."

그녀는 열에 들뜬 목소리로 말하며 점점 가깝게 다가왔다. 유천복은 그녀가 차가운 물속을 지나는 사이에 병이 들었다고 생각했다. 자신은 차가운 물속이나 불 속이나 아무렇지도 않았지만 팽소연은 그렇지 않다는 것을 깜빡 잊은 것이다.

팽소연은 막무가내로 뜨거운 몸을 유천복에게 내던졌다. 유천복은 난생처음 느끼는 기분에 어찌할 바를 몰랐다.

가슴으로 안겨오는 팽소연을 물리칠 수도, 그렇다고 안을 수도 없었다. 그러나 그의 신체 중 한곳은 아주 정직하고 확실하게 반응하고 있었다.

팽소연의 무게가 실리자 유천복은 그만 뒤로 넘어지고 말았다.

"패, 팽 소저… 이러면 안… 되오."

"안 되긴 뭐가 안 된다는 거예요."

순간 보드라운 입술이 유천복의 입을 막아버리고 말았다. 말은 그렇게 했지만 유천복은 팽소연을 볼 때마다 이런 순간을 기다려 왔다고 생각했다. 남자란 아무리 순진해도 결국에는 모두 같은 것을 원하고 있기 마련이다. 그리고 유천복은 그걸 거부할 수 있을 만큼 자제심이 강하지도 도덕적이지도 않은 평범한 남자였다.

"안 되긴 뭐가 안 돼요. 제가 얼마나 이 순간을 기다렸는데요. 전 더 이상 참을 수가 없다구요."

유천복의 옷 사이로 들어온 그녀의 손은 뜨겁고 매끄러우며 보드라웠다. 그 손이 움직일 때마다 유천복은 숨을 들이켰다. 호흡이 가빠지고 심장이 미친 듯이 뛰었다.

"문주님, 사랑해요."

팽소연이 가슴에 얼굴을 묻으며 속삭였다.

"너, 너무 서두르지 마시오."

얼굴이 시뻘게진 유천복이 그 순간 내뱉은 말은 그게 고작이었다. 그러나 팽소연은 더욱 당당히 말했다.

"내가 얼마나 많이 기다렸는지 안다면 절대로 그렇게 말하지 못할 거예요."

잠시 뒤 두 사람은 이제 막 세상에 태어난 갓난아기처럼 자신의 피부 외에는 아무것도 걸치지 않고 있었다.

그리고 유천복은 그가 팽소연을 만나던 그 순간부터 단 한 번도 잊어버리고 있지 않던 것을 행동으로 옮겼다. 그것은 그의 아버지가 바라는 일이었고 그 역시 정말이지 간절하게 바라고 있던 일이었다.

폭풍 같은 순간이 지나고 나서 유천복이 생각한 것은 부란의 백곰 가죽이었다. 이제야 알았지만 물개 가죽으로 만든 깔개는 포근하지도, 그렇다고 부드럽지도 않았다. 더구나 얼음으로 만든 침상 위에 깔려 있을 때는 축축하고 미끈거려 결코 좋은 느낌이 아니었다.

그러나 팽소연은 세상에서 가장 행복한 표정이었다.

"난 이곳을 황산으로 옮겨놓고 싶어요."

"뭐라고 했소?"

"알아요, 황산으로 옮겨놓았다간 금세 녹아버릴 거라는 걸. 하지만 꼭 그렇게 하고 싶다구요. 그게 안 된다면 이 침상만이라도 가져갈 거예요."

팽소연은 단호한 어조로 말한 뒤 일어서서 물개 가죽을 획 젖혀 버렸다.

"팽 소저, 뭐 하는 거요!"

알몸으로 누워 있던 유천복은 침상에서 뛰어내려 옷을 집으며 소리쳤다.

"가다가 녹아버리는 한이 있더라도 가져갈 거예요."

유천복은 팽소연이 하고 싶은 일은 꼭 하고야 만다는 것을 알고 있었으므로 걱정이 앞섰다.

"그건 나중에 생각하기로 하고 일단은 이곳을 벗어납시다."

"근데 아직 해결 못한 것이 있어요. 송옥은 찾았지만 대체 당황제의 보물은 어디에 있는가 하는 거예요. 송옥이 있는 곳에도 보물은 없었잖아요."

"그건 나도 모르오. 이미 누군가 가져갔는지도 모르지."

"그럴 리 없어요. 아까 그 설인들을 봤잖아요? 대체 누가 그 보물을 가져갈 수 있었겠어요."

유천복은 보물이 어떻게 되든 상관없었다. 그는 지금 이곳에서 나가 수옥을 찾은 뒤 천비를 승천시키고 집으로 돌아간다는 계획이 착착 세워지고 있었다.

팽소연은 다시 밖으로 나가기 위해 물속을 지나가야 한다고 하자 한 사코 고개를 저었다. 그녀는 사실 이곳에서 나가고 싶지 않았다. 유천복과 아랑이 이곳에서 한 달을 머물렀으니 자신은 그보다 더 오래 이곳에 있고 싶었던 것이다. 그러나 유천복의 태도는 완강했다.

"선문이 어찌 되었는지 궁금하지도 않소?"

그 말은 오히려 팽소연을 자극하였다.

"그럼 혼자 가세요. 저는 여기 있을 거예요."

그러나 갑자기 우르릉 하는 소리가 들리자 팽소연은 놀란 토끼처럼 유천복의 품으로 뛰어들었다.

"무슨 소리죠?"

"나도 모르오. 얼음산이 무너지는 소리 같기는 한데… 어서 가봅시다."

제57장

인집정승천의

人集定勝天意

사람의 힘을 모으면
하늘의 뜻도 이긴다

두 사람이 막 얼음집을 나서려는데 다시 키 큰 사람
하나가 집 안으로 번개처럼 들어왔다. 유천복이 깜짝
놀라 출수를 하려다 보니 무애 대사의 무등을 탄 이자
오였다. 두 사람을 보자 이자오는 타구봉을 흔들며 소
리쳤다.

"킁킁. 내 이럴 줄 알았지! 킁킁. 고연 것들! 저 위에
서는 무슨 일이 벌어지는지도 모르고 이곳에서 둘이 뭘
하고 있었던 게야! 킁킁."

이자오가 묘한 눈과 마주친 팽소연의 얼굴이 새빨개
졌다.

"킁킁. 이 계집애가 얼굴이 빨개지는 적이 없거늘.
킁킁, 너 유가야, 무슨 일을 했는지 어서 말하지 않고 뭐

하는 거냐? 쿵쿵."

유천복도 헛기침만 하며 천장을 바라볼 뿐 이자오의 시선을 외면하였다. 그때 무애 대사의 철 지팡이가 이자오의 머리를 강타했다.

"개코거지가 젊은 사람들 일에 왜 나서느냐? 그리고 우리가 지금 그걸 따지고 있을 때가 아니다. 그놈들이 이곳까지 쫓아올 테니 어서 숨을 곳을 찾아보자."

"쿵쿵. 그렇지, 내가 잊고 있었다. 쿵쿵."

이자오가 몸을 부르르 떨더니 무애 대사의 어깨 위에서 내려왔다.

"어떻게 되신 거예요?"

"뭘 물어요, 보나마나 촐싹거리다 다친 거겠지요."

야멸찬 팽소연의 말이었다.

"쿵쿵, 그놈들이 오면 우린 죽은 목숨이다. 쿵쿵."

"그놈들이라니요?"

"마림 말인가요?"

팽소연의 말에 두 노인은 동시에 고개를 아래위로 세차게 흔들었다.

"쿵쿵, 무서운 놈들이다. 쿵쿵, 괴물들보다 훨씬 더 무서운 놈들이야."

"개코 말이 맞다."

유천복은 두 노인이 비록 말을 하고 있었지만 여기저기 깊은 상처를 입고 있다는 것을 알았다. 이자오의 양 다리는 찢기고 부서져 뼈가 드러날 정도였으며 무애 대사도 마찬가지였다. 두 노인은 서로를 지탱하여 간신히 이곳까지 온 것이 틀림없었다.

"거짓말 말아요. 또 무슨 속임수를 쓰려구요. 문주님께 모두 떠다밀 생각이죠?"

두 노인은 팽소연이 자신들의 속을 그대로 맞추자 뜨끔한 눈치였다. 그러나 겉으로는 고개를 가로저으며 극구 부인했다.

"킁킁, 이번만큼은 저 유가 놈이라 하더라도 어려울 거야. 어렵지. 킁킁."

무애 대사가 얼른 맞장구를 쳤다.

"맞다. 아무리 괴물 전문이라 해도 힘들 거야. 저들은 우리 두 사람도 처음 보는 강한 자들이니 어찌 젊은 유 공자가 당해낼 수 있겠느냐. 어림도 없을 게다."

유천복은 두 노인의 무공은 자신조차 짐작할 수 없을 만큼 고강하다는 것을 알고 있었다. 더구나 마림의 팔령들과 수차례 대적해 본 결과 그들이 결코 두 노인의 상대가 아니라는 것도 알 수 있었다. 그런데 대체 마림에서 온 자들이 무슨 방법으로 두 노인을 이토록 낭패하게 하였는지 궁금했다.

그러나 팽소연은 다른 생각을 하고 있었다. 그녀는 이 세상에서 유천복보다 강한 사람이 있다는 무애 대사와 이자오의 말에 수긍할 수 없었다.

"그 말에 얼마 거실래요?"

팽소연이 이자오에게 대뜸 물었다. 이자오는 '걸려들었구나' 하는 표정이었으나 곧 심각하게 고개를 저었다.

"킁킁, 이번에는 내기할 수 없다. 목숨이 달린 일을 가지고 어찌 내기를 할 수 있겠느냐. 킁킁."

"흥! 좋아요. 문주님께서 저들을 물리친다면 그 타구봉과 대사님의 철 지팡이를 절 주셔야 해요."

팽소연의 말에 두 노인의 얼굴은 다시 심각해졌다. 타구봉이라면 개방의 방주를 나타내는 신물이요, 철 지팡이는 소림에게 가장 배분이 높다는 표시가 아니던가.

두 노인은 서로 머리를 맞대고 이해득실을 따져 보았다.

"킁킁, 좋다. 하지만 단순히 마림만을 상대하라는 것이 아니다. 내 저 어린놈이 중원 전체에 퍼진 마림의 세력을 일거에 뽑아낼 수만 있다면 방주 자리가 무에 대수겠나. 킁킁."

희희낙락한 이자오였다. 설마 하니 유천복이 무슨 재주가 있어 마모충에 중독된 사람들을 제정신으로 돌아오게 하겠는가 하는 생각에서였다. 무애 대사 역시 이번에는 전적으로 이자오에게 동감하였다.

"맞다. 나도 개코거지와 같은 생각이다."

"흥! 두고 보자구요. 문주님께서 개방 방주와 소림의 최고 배분이 되시고 난 뒤에 두 분을 어찌 처결하실지가 정말 궁금하군요."

"킁킁, 네년이나 과부 될 걱정부터 하고 있어라!"

팽소연과 이자오는 서로를 노려보았다.

콰르르릉!

또다시 벽력같은 소리가 귀청을 때렸다. 네 사람은 모두 밖으로 뛰쳐나왔다. 그 소리는 얼음산이 무너져 내리는 소리였다. 하늘 끝까지 닿아 있는 것처럼 보였던 얼음산의 꼭대기에서 바윗덩어리들이 굴러 떨어지고 있었다. 눈처럼 쌓여 있던 하얀 물개들은 컹컹거리며 일시에 물속으로 뛰어들었다.

얼음산의 위쪽은 온통 검은 구름으로 가득 차 있었다.

"저게 뭐죠?"

"킁킁. 뭐긴 뭐냐? 선문당이 무너지는 것이지. 우리도 저리로 왔으니 그들도 곧 따라올 게다. 킁킁."

검은 구름은 얼음산을 삼키듯이 천천히 아래쪽으로 내려왔다. 구름은 마침내 땅에 닿았고 그 속에서 여러 인영이 걸어나왔다.

유천복은 그중 낯익은 두 사람의 모습을 발견하자 무애 대사와 이자오가 왜 저토록 낭패한 꼴을 하였는지 알 수 있었다.

도비류와 소취란 두 사람만으로도 무애 대사와 이자오가 반드시 우위를 점친다고 볼 수 없었다. 거기다 가장 앞에서 오는 자는 바로 무룡과 싸웠던 응룡을 다루던 자였다.

"흐흐흐, 숨은 곳이 겨우 여기냐? 이런 곳에 숨으면 찾지 못할 줄 알았느냐!"

마치 걸쭉한 진흙으로 입을 틀어막고 말하는 것처럼 이상한 목소리였다. 그런 목소리를 낸 자는 중이었다. 빡빡 깎은 민대머리가 무애 대사와는 질적으로 다른 진짜 중이었다.

"중이 절에서 염불이나 욀 것이지 이 추운 곳까지 왜 왔담."

팽소연은 나타난 자들이 이처럼 수가 많을 줄 몰랐기에 당황한 기색이 역력했다. 그녀는 도비류 한 사람만을 생각하고 있었던 것이다. 이래서는 내기에 이기기는커녕 목숨조차 부지하기 힘들 게 분명하다. 그녀는 이자오에게 속은 것을 알았지만 이제 와서 못한다고 할 수는 없었다. 무애 대사와 민대머리중을 싸잡아 욕했다.

"쿵쿵. 나도 같은 생각이다. 쿵쿵. 절 밖에 있는 중들은 하나같이 땡중이다. 쿵쿵."

팽소연이 획 몸을 돌려 이자오를 노려보자 그는 찔끔해서는 무애 대사 뒤로 몸을 숨겼다.

"땡중과 거지, 두 사람으로도 모자라 다른 중까지 달고 왔군요."

"쿵쿵, 이 못된 계집애야. 그러게 내가 말하지 않았느냐? 저자들은 바로 마림에서도 가장 무서운 자들이다. 우리 둘이 하루 밤낮을 싸웠지만 결국은 도망치지 않을 수 없었다. 쿵쿵. 어디 유가 놈이 얼마나 잘 싸우는지 내 두 눈으로 똑똑히 볼 테다. 쿵쿵."

여전히 촐싹거리는 이자오와 달리 무애 대사는 침통한 표정이었다.

"개코 말이 맞다. 저자들의 무공은 분명 우리보다 한 수 위다."

팽소연의 안색이 어두워졌다. 그녀는 이자오에게 작게 속삭였다.

"일부러 내기를 걸도록 해놓고 그렇게 무서운 자들을 이리 데리고 오다니, 내 이곳에서 나가면 반드시 머리카락을 홀랑 뽑아놓을 테니 알아서 하세요."

이자오는 하얗게 눈을 흘기며 얼른 손으로 머리통을 가렸다.

"쿵쿵. 내기는 네년이 먼저 하자고 해놓고……."

팽소연의 손이 번쩍 올라갔다. 이자오는 번개같이 무애 대사의 뒤로 몸을 숨기며 소리쳤다.

"아이쿠야! 저 계집은 마림보다 더 무서운 년이다! 쿵쿵."

팽소연은 도비류와 소취란의 앞에 있는 두 사람을 유심히 보았다. 그중 왼쪽의 노인은 도사 같은 범속한 기운을 풍기고 있었다. 등에서 거대한 옥검을 메었는데 눈에서 폭사되는 안광만으로도 사람을 꿰뚫을 수 있을 것 같았다.

오른편의 민대머리중은 기다란 나무 봉에 수직으로 창을 매단 과(戈)를 들고 있었다. 민대머리중은 머리뿐만 아니라 얼굴도 매끈매끈하니 기름을 발라놓은 듯 번들거렸다.

"조심하거라. 저 중은 소림에서 쫓겨난 자이다."

무애 대사의 말에 민대머리중이 눈을 가늘게 떴다.

"네놈이 사숙을 보고도 예를 갖추지 않는 것은 분명 소림의 운이 다했기 때문이다.”

유천복과 팽소연은 민대머리중이 스스로를 무애 대사의 사숙이라 칭하자 어이가 없었다. 그도 그럴 것이 민대머리중의 나이는 기껏해야 오십을 넘기지 않아 보였으니 무애 대사의 절반밖에는 안 되었을 것이 분명했다.

“법화(法花) 사숙은 벌써 오십 년 전에 죽었다. 너는 마림의 괴물일 뿐이니 어찌 나의 사숙이 될 수 있겠느냐?”

“법화라면!”

칠십 년 전, 소림에는 수백 년 이래 가장 강한 무승이 탄생하였다. 그는 소림에 내려오는 모든 무공을 섭렵하였고 다음 대의 장문인이 될 자였다. 그러나 한순간의 실수로 무공을 모르는 죄없는 평민을 죽이게 되었다.

그는 그로 인해 죽을 때까지 참회동에 갇히는 벌을 받았다. 그러니 법화는 이십 년 만에 뛰쳐나오고 말았다. 그는 광기에 휩싸여 소림의 승려들을 백 명이나 살육하고는 도주하였다. 그리고 종적을 감추었는데 이제 나타난 것이다.

무애 대사는 어린 시절 법화의 출중한 무공을 보며 자신도 반드시 사숙처럼 되겠다고 몇 번이나 가슴속으로 맹세하였었다.

그러나 법화는 이미 돌이킬 수 없는 길을 가고 있었다. 그로 인해 무애 대사의 얼굴이 그토록 침통하였던 것이다.

“소취란, 이 요녀야. 너는 아직까지도 정신을 차리지 못하고 죄업을 일삼고 있구나.”

유천복이 소취란을 손가락질하였다.

“흥! 정신을 차려야 할 것은 네놈이다. 누가 죄업을 쌓게 되는지 두고 보면 알겠지."

그녀는 구미의 곁에 찰싹 달라붙은 채 민망한 짓을 서슴없이 하고 있었다. 팽소연은 소취란의 손이 구미의 옷 속으로 들어가 있는 것을 보며 좀 전의 일을 떠올렸다. 그만 자신도 모르게 온몸의 기운이 일시에 빠져 버리며 바닥에 주저앉고 싶어졌다.

"유 공자, 이제 그만 송옥을 내놓으시오."

전동은 마림주의 마지막 말을 기억했다. 그들이 원하는 새로운 세상을 만들기 위해서는 반드시 천비와 마존이 부활해야 한다고 했다.

마존은 세상이 마계와 다름없이 된 것을 보며 기뻐할 것이고, 천비는 그런 세상에 대해 분노를 느끼게 될 것이라고 했다. 두 사람이 이 세상을 파멸로 이끌 것이라 하였다. 그리고 완전히 무너진 세상을 토대로 하여 무족의 신세계가 이루어진다는 계획이었다.

"송옥을 줄 순 없소."

유천복은 왼손으로 옷 속의 송옥을 만져 보았다. 이제는 절대로 내줄 수 없었다. 그것은 뒤이어 달려온 한 사람을 보았기 때문이었다.

구미를 보는 능초영의 표정에서 유천복은 그녀가 이미 수옥을 그에게 넘겼다는 것을 알 수 있었다.

"유 공자, 아무리 당신이 원한다 하더라도 이젠 너무 늦었소. 세상은 당신을 필요로 하지 않는다오. 송옥을 우리에게 주시오. 그러면 새로운 세상이 열릴 것이고 당신은 위대한 이름으로 남게 될 것이오."

전동이 무슨 말을 하는지 유천복은 알지 못했다. 그러나 수옥과 송옥이 부딪쳐 천비가 나오게 된다면 세상에 좋은 일보다는 나쁜 일이 많을 것이라는 것 정도는 짐작하고 있었다.

"쓸데없는 이름 따위를 남겨서 무엇 하겠소. 더구나 이 쌍옥의 힘이 마림에게 넘어간다면 세상이 어찌 될런지는 삼척동자라도 알 수 있는 일 아니오."

갑자기 냉랭한 목소리가 두 사람 사이에 끼어들었다.

"아무리 마림주의 명이 있다 하더라도 네놈을 죽이지 못할 이유가 내게는 없다!"

소취란은 구미의 말에 어깨를 흠칫했다. 구미는 마림주의 명을 어기려는 것일까? 이쪽을 쳐다보는 전동의 눈이 싸늘하게 변해 있었다. 마림주의 계획을 방해한다면 아무리 구미라고 해도 용서하지 않겠다는 뜻이었다. 구미는 전동의 따가운 시선을 그대로 돌려주었다.

"림주의 명을 어기려는 거야?"

"후후, 너는 눈이 있어도 보지 못하겠지만 난 이미 낌새를 챘다. 이제 유천복은 할 일을 다했어."

"그럼?"

소취란은 발갛게 상기된 표정으로 두 손을 모으고 유천복을 보고 있던 팽소연에게 눈길을 던졌다. 그녀의 눈에는 한없는 애정의 빛이 서려 있었다.

"마모충이 움직이기 시작하면 난 금방 알 수 있지. 저 계집은 너와 같지. 하나이면서 둘이다."

구미의 말에 소취란은 저도 모르게 자신의 배를 손으로 감쌌다. 소취란이 알았다는 듯이 웃었다.

"그래? 그래서 유천복을 죽여도 상관없다고 하는 거군."

"할 일이 끝났으니까. 마림주도 천비의 환생자가 얼마나 껄끄러운 존재인지 알고 있다. 천비가 필요한 것이지 얄팍한 인간의 정 따위나 들먹거리는 저런 약한 인간에게 무엇을 기대하겠나. 어차피 때가 되면 없애 버리려고 했었지."

"그럼 너는? 구미 너도 할 일이 끝난 거 아냐?"

소취란이 매섭게 말했다.

"쿠쿠! 나는 다르지. 이 몸의 할 일이 끝났을 뿐이다. 나는 언제나 그렇듯이 미련을 두지 않으니까."

소취란은 구미의 말뜻을 알 수 있었다. 죽는 것은 도비류와 아삼일 뿐 그가 죽는 일은 없다. 구미는 유천복과 도비류가 같이 죽기를 바라고 있었다.

"그건 마림주의 뜻이야?"

"생각해 보라고. 아버지와 아들은 영원히 양립할 수 없는 적과도 같다. 저자가 살아 있으면 계집의 뱃속에 있는 저 아이는 절대로 마림주의 뜻대로 움직여 주지 않아."

"넌 어때? 너도 그래?"

"나야 모든 걸 즐기는 것뿐이지, 언제나 그랬듯이. 세상이 항상 생각한 대로 움직이지 않는다는 걸 알고 있으니까."

구미는 뒤를 돌아보았다. 그곳에는 능초영이 서 있었다. 그녀의 눈은 뭔가 갈망하는 빛이 역력했다. 소취란은 그녀의 눈빛이 팽소연과 닮아 있다는 것을 알았다.

"그런데도 인간들은 항상 미련을 두지. 자신의 생각대로 될 것이라는 착각에 빠져서 말이야. 저 여자를 보거라."

소취란도 능초영을 보고 있었다.

"이 껍질만 남은 모습을 보면서도 끝까지 버릴 수 없었던 거야. 인간이란 그렇게 약해 빠진 존재다. 그녀는 아마 이걸 원할지도 몰라."

구미가 번개처럼 능초영에게 다가갔다.

능초영은 도비류가 다가오는 것을 마치 꿈인 양 보고 있었다. 수옥을 건네줄 때도 그는 아무 말도 하지 않았다.

이제는 그에 대해 아무런 원망도 갖고 있지 않았다. 능초영은 단지 그 곁에 있고 싶었다. 그를 항상 보고 있을 수만 있다면 다른 것은 아무래도 상관없었다.

구미의 얼굴이 다가오자 능초영의 얼굴이 활짝 펴졌다.

'나를 알아봤어.'

도비류가 웃고 있었다. 처음 만났을 때처럼 짙은 주향을 흘리며 싱긋 웃는 그를 능초영은 환한 웃음으로 맞이했다.

"나는 잊지 않았어요. 한 번도 당신을 잊은 적이 없었어요."

구미가 내민 손을 잡으며 능초영이 말했다. 그가 자신을 부드럽게 끌어안는 것이 느껴졌다. 서서히 기울어지는 도비류의 얼굴이 보였다.

한없이 따스한 미소를 짓고 있었다.

"사… 랑… 해… 요……."

그녀는 마침내 옥청화와 홍묘아의 마음을 알 수 있을 것 같았다. 온몸이 뜨거워지며 한없이 자유로운 느낌이 들었다. 이대로 어디든지 훌훌 날아갈 수 있을 것만 같았다. 그리고 어느새 그녀는 하늘 높이 날아올랐다.

능초영의 몸을 흐르던 피는 한 방울도 남김없이 구미의 몸속으로 빨려 들어갔다. 그녀는 마침내 평생 동안 바라던 일을 이루었다.

"능 소저도 미련은 없겠지, 원하던 대로 그와 한 몸이 되었으니까."

소취란은 구미에 의해 하얗게 탈색되어 가는 능초영의 온몸을 감흥 없이 보고 있었다. 그녀는 정말 죽는 순간까지 그를 사랑했을까? 그 뒤에 장승처럼 서 있는 서추량이 보였으나 아무도 관심을 두는 사람이 없었다.

"능 소저!"

"능 언니!"

유천복과 팽소연은 경악하였으나 아무런 행동도 할 수 없었다. 앞에서 있는 옥검을 든 노인과 법화의 기세는 그들 모두를 꼼짝도 할 수 없게 만들었다.

"도비류, 끝내 그런 잔혹 무도한 짓을 하다니……!"

유천복이 파르르 떨며 소리쳤다. 처음부터 능초영과 도비류의 관계를 알고 있던 그로서는 지금 같은 상황을 도저히 납득할 수 없었다. 도비류가 저토록 철저히 변한 것을 믿을 수 없었다.

"그는 도 대협이 아니에요. 잊었어요? 도비류는 죽었어요. 물귀신이 되었다구요. 그러니 저자는 바로 물귀신이지 도비류가 아니에요."

멍하니 서 있는 유천복을 일깨운 것은 팽소연이었다.

"그만 떠들고 송옥을 내놓거라."

새빨간 구미의 입가에는 아직도 능초영의 혈흔이 남아 있었다.

"절대로 줄 수 없다!"

"쿡쿡, 줄 수 없을지 있을지는 내가 결정할 일!"

구미의 몸이 말보다 빨리 화살처럼 튀어나오자 유천복도 번개처럼 출수해 그를 막아섰다. 유천복이 싸울 때는 항상 마음속에 두려움이 가득하였다. 더구나 도비류는 그의 의형이자 사부이기도 했다. 그는 평생토록 자신이 도비류를 이길 수 없을 것이라 생각하고 있었다.

그래서 그동안 몇 차례 도비류와 손을 겨루면서도 절대 진심으로 그를 해하려 했던 적은 없었다. 그러나 유천복은 자신이 유가장을 떠나온 이래 처음으로 진정을 다해 싸움에 임하고 있었다.

구미와 전동이 앞과 뒤에서 한 치의 틈도 없이 그를 압박해 오고 있었다.

그와 동시에 무애 대사와 이자오도 옥검을 든 노인과 법화와 함께 동에 번쩍 서에 번쩍 하며 무서운 일전을 벌였다.

팽소연은 소취란이 곁으로 다가오는 것을 보며 뒤로 한 발 두 발 물러섰다.

"이 요녀야, 가까이 오지 마라! 오기만 하면……!"

"어쩔 거냐?"

팽소연은 이를 덜덜 떨고 있었다. 그녀는 소취란이 마음만 먹는다면 새끼손가락만 움직여도 자신을 죽일 수 있다는 것을 알고 있었다.

"소취란! 그녀에게 손대지 마라!"

갑자기 유천복이 몸을 휙 돌려 이쪽으로 날아오려 했다. 구미가 그것을 그냥 보고 있을 리 없었다.

"너는 그곳에 정신을 팔고 있을 때가 아니다!"

구미의 손에서 푸른 검이 춤을 추고 있었다. 삼초검과 무단검이 부딪치니 산이 무너지고 바다가 뒤집히는 괴변이 천지를 진동시켰다.

"유천복, 호호호. 너는 네 일이나 신경 쓰거라. 난 그녀와 할 말이 있다."

소취란은 팽소연을 보고 웃고 있었다. 자신의 아이와 그녀의 아이는 서로 떨어질 수 없는 사이가 될 것이다. 그러니 어떻게 팽소연을 해할 수 있겠는가! 오히려 그녀는 팽소연에게 동질감을 느끼고 있었다. 그것은 같은 여자이기에 느낄 수 있는 감정이었다.

"널 해치려는 게 아니니 걱정 마라."

어찌 된 셈인지 그 말을 듣자마자 팽소연의 두려움은 따스한 봄볕에 눈이 녹아내리듯 풀어지고 말았다.

소취란이 천천히 다가와 팽소연의 곁에 섰다.

"무슨 뜻으로?"

팽소연이 알 수 없다는 듯이 물었다.

"아무 뜻도 아냐. 언젠가는 너도 알게 될 테지. 하지만 지금은 걱정할 것 없다, 난 너를 해칠 생각이 없으니까."

"정말이에요?"

놀란 듯이 물었지만 소취란은 더 이상 아무 말도 하지 않았다.

두 여자는 나란히 서서 이 엄청난 싸움을 보았다.

유천복은 그 광경을 보고 충격을 받아 하마터면 온몸에 바람 구멍이 날 뻔하였다.

"팽 소저, 어서 그 요녀 곁에서 떨어지시오!"

그러나 팽소연은 그의 말이 들리지 않는지 그저 하염없이 이쪽을 보고 있을 뿐이었다.

"적어도 유천복보다 네가 똑똑하긴 한 것 같구나."

"당연하죠."

팽소연이 발랄하게 말했다.

"넌 내가 무섭지 않느냐?"

두 여자는 서로를 마주 보았다.

"난 당신이 변했다고 생각해요. 처음에는 아주 무서웠지만 성도에서 봤을 때 알았어요. 당신은 변했어요."

"나는 변하지 않았다."

"그래요?"

팽소연이 눈을 크게 떴다.

"그럼 그렇다고 하죠."

"그런데도 내가 무섭지 않단 말이냐? 나는 이 자리에서 너를 죽일 수도 있다."

"그렇겠지요."

"너는 왜 도망가지 않지?"

"당신이 날 이곳에서 죽일 수 있다면 내가 도망간다 한들 무슨 소용이 있겠어요. 그러니 차라리 당신 곁에 있는 것이 더 나아요. 최소한 얼음덩이가 이쪽으로 떨어지는 것을 막아줄 테니까."

팽소연의 말을 증명이라도 하듯 부서진 얼음덩이 하나가 맹렬한 기세로 이쪽으로 날아왔으나 소취란의 손짓 한 번에 산산이 부서졌다.

"영악한 계집이구나, 날 방패로 쓰다니."

"나도 당신이 방패가 되고 싶어할 줄은 몰랐어요."

두 여자는 다시 하늘을 보았다.

위에서는 어느새 응룡으로 변한 전동이 유천복을 휘감아 으스러뜨리려 하고 있었다. 그 곁에서는 구미의 삼초검이 역시 유천복의 허리를 두 동강 내려는 듯이 엄청난 공격을 펼치고 있었다.

세 사람이 일진일퇴를 주고받는 모양이 마치 천둥 번개가 내리치듯 무시무시했다.

한편, 무애 대사와 이자오는 얼음산을 사이에 두고 법화와 옥검을 든 노인을 상대하고 있었다.

그러나 대지는 평온했다.

두 여자는 서로 조곤조곤 대화를 하고 있었다. 팽소연은 다리가 아픈지 무릎을 싸안고 쪼그려 앉았다.

"너는 누가 이길 것 같으냐?"

소취란도 똑같은 자세로 그녀의 곁에 앉았다. 소취란은 처음으로 자신이 인간의 여자가 되었다고 생각했다. 지금 그녀의 모습은 팽소연과 조금도 달라 보이지 않았다. 그녀는 자신의 모습이 만족스러웠다.

"문주님이오."

"어째서 그렇지? 구미는 절대로 지지 않는다. 내가 볼 때 유천복이 아무리 무공이 세다 한들 구미를 이길 수 없어."

"그렇지 않아요. 선은 언제나 이기죠."

소취란이 마침내 웃음을 터뜨렸다.

"너는 선악이 존재한다고 믿고 있구나."

팽소연은 소취란을 빤히 보았다.

"당신은 믿지 않나요?"

"그럼 네가 보기에 나는 선이냐, 악이냐?"

소취란의 얼굴에서 웃음기가 사라졌다. 무슨 대답이 듣고 싶은 것일까?

"나는 당신이 악이라고 생각했어요. 하지만 지금은 달라요. 당신은 어쩌면……."

"어쩌면?"

"누군가 당신의 마음속에 존재하는 악을 없애주기를 바라는 사람처럼 보여요."

팽소연은 그녀가 갑자기 돌변하여 자신을 일격에 때려죽이면 어쩌나 걱정하였다. 그러나 소취란은 팽소연의 말을 중얼거리고 있었다.

"사람처럼 보인다… 너는, 너는 내가 사람처럼 보이느냐?"

"당신이 사람이 아니라면 귀신이라도 된다는 거예요?"

오히려 이상하다는 듯이 되묻는 팽소연이었다. 소취란이 짧게 웃었다.

"나는 귀신이 아니다."

"나도 알고 있어요, 귀신은 대낮에 나타나지 않으니까. 그래서 성도에서 당신을 낮에 만났을 때 난 당신이 귀신이 아닌 줄 이미 알고 있었어요."

팽소연의 말이 딱히 옳은 것은 아니었지만 지금 소취란에게 그보다 더 기분 좋은 말은 없었다. 그녀는 태어나서 지금까지 자신을 한 번도 인간이라고 생각해 본 적이 없었는데 이제야 확실히 알게 된 것이다.

그녀는 인간이었다.

"호호호. 그래, 나는 인간이다!"

소취란이 저도 모르게 배를 부여잡고 웃기 시작했다.

"왜 웃어요? 그럼 당신이 저기 저 물개라고 되는 줄 알았나요?"

갑자기 터진 웃음에 전염이라도 된 듯 팽소연도 동시에 웃음을 터뜨렸다.

"물개라고? 깔깔깔, 내가 물개라면 너 역시 물개다."

두 여자는 한참 동안이나 물개를 가리키며 웃었다.

그러다 문득 소취란이 정색을 하였다.

"만일 수옥과 송옥이 깨져 천비가 나타난다면 너는 어쩔 셈이냐? 천비는 이 세상을 지옥으로 만들 수도 있다. 어쩌면 그는 유천복을 죽일지도 모른다."

팽소연은 잠시 생각에 잠겼다.

"난 문주님을 믿어요. 반드시 세상을 구할 것이라 믿고 있어요."

"믿는다……. 그래, 믿는 것 외에 무엇을 할 수 있겠느냐."

돌연 작은 공처럼 생긴 것이 두 여자 쪽으로 날아왔다. 팽소연은 그 물체가 이자오라는 것을 알고 사색이 되었다.

"영감님!"

"쿵쿵, 쿨럭쿨럭… 빌어먹을, 명년 오늘이 내 제삿날이 될 것이 틀림없구나. 쿵쿵, 어디서 저런 괴물들이 나타난 것이냐? 쿵쿵. 저놈도 소림의 땡중이 틀림없다. 쿵쿵. 끝내 소림의 땡중이 내 다리를 부러뜨리고야 말다니… 이 원수는 반드시 갚고야 말 테다. 쿵쿵. 아이구야. 다리가 너무 아프구나. 없어진 놈이 아프긴 왜 이리 아프단 말이냐. 쿵쿵."

이자오의 온몸은 처참하기 이를 데 없었다. 이미 깊은 상처를 입은 두 다리는 평생을 같이해 온 몸과 떨어져 더 이상 제구실을 못하게 되었다. 그러나 그 같은 상황에서도 그의 유쾌한 성정은 변함이 없었다.

"쿵쿵, 내 다리를 잘랐으니 나는 네놈의 불알을 자르지 않고는 도저히 참을 수가 없다. 쿵쿵. 이놈아! 어디 맛 좀 보거라!"

이자오는 평생 동안 지금과 같은 경우를 당해본 적이 없었다. 그가 어떤 무공을 펼쳐도 옥검을 든 노인을 상대할 수가 없었다. 노인은 마치 하늘에서 내려온 신장처럼 보였다. 이자오는 또다시 만신창이가 되었다.

팽소연이 발을 동동 굴렀다.

"저러다 개코영감, 정말 죽겠어요."

"인간은 다 죽는 법인데 무슨 소란이냐. 더구나 그는 마림의 이령이다. 마림 팔령 중에서 가장 강한 자이니 절대로 이길 수 없을 거야."

"다른 약점은 없나요?"

이자오가 벼락같이 내려치는 옥검을 피해 빙그르르 몸을 피하는 것을 보며 소취란이 말했다.

"저자는 원래 모습이 저게 아니다. 저 모습은 바로 마군신장과 합신했을 때의 모습이지. 생전에 저자의 별호는 옥궁귀랑(玉弓鬼郎)이었다."

"옥궁귀랑이라구요? 하지만 그자는 화상을 입어 온몸이 아주 추하게 변했다고 하던데……."

"너는 아직도 보이는 것을 그대로 믿는구나."

옥궁귀랑이란 자는 오십 년 전에 강호를 주름잡던 이름난 협객이었다. 그의 뛰어난 외모와 무공으로 많은 여자들의 가슴을 설레게 하였다. 옥궁귀랑은 무림에서는 드물게 활을 사용하는 자였다. 그러나 화살을 사용하는 것이 아니라 활 자체를 무기로 사용하여 그런 별호를 얻게 되었다.

어느 날 원수에게 패한 옥궁귀랑은 마침내 최후를 맞게 되었다. 원수가 식골산을 부어 그를 죽였기 때문에 다시는 예전의 모습으로 돌아갈 수 없었다. 그리고 지금은 마림주와의 계약에 의해 마림 팔령 중 이령이 되었다.

"그런데 왜 지금은 검을 들고 있죠? 그의 무기는 원래 옥궁이 아니었던가요?"

팽소연은 옥궁귀랑이라는 별호가 활을 쓰기 때문에 생긴 것이라 생각하였다.

"저 검을 보거라. 모양이 활처럼 생겼잖아? 저건 일종의 사검(蛇劍)이다."

"그렇군요. 그를 이길 방도는 정말 없어요?"

"너는 왜 내가 그걸 알려줄 거라고 생각하지?"

"알려주지 않을 거라면 뭐 하러 그런 이야기를 꺼냈어요?"

팽소연이 샐쭉하게 대꾸했다.

소취란은 잠시 망설였다.

"저들은 아직도 남은 목숨이 있어."

그녀는 팔령들이 이미 오래전에 죽었으나 단지 마림주와의 계약으로 움직이고 있다는 것을 알고 있었다. 그들은 한 번 죽으나 두 번 죽으나 매한가지인 것이다. 어차피 남아 있는 목숨이 있으니까. 다시 살아나려면 시간이 좀 걸리겠지만. 그녀는 팽소연이 듣거나 말거나 상관없다는 투로 말했다.

"살았을 때 옥궁귀랑의 약점은 옥침혈이었다. 그의 검이 저토록 큰 것은 그가 검을 등에 질 때 옥침혈을 가리기 위해 그런 것이라는 얘기가 있었지만 지금도 그런지는 알 수 없다."

이자오는 얼음산과 마주 섰을 때보다 더 큰 절망감을 느끼고 있었다. 그는 사실 아직 죽고 싶지 않았다. 그러나 시기만 다를 뿐 사람은 누구나 죽는다. 어차피 죽어야 한다면 멋있게 죽고 싶었다.

그러나 옥궁귀랑은 도무지 상대가 되지 않았다. 이자오가 전력을 다해 펼쳐 낸 강룡십팔장도 용음십이수도 소용이 없었다. 그때 팽소연이 외치는 소리가 들려왔다.

"영감님, 옥침혈이에요! 거길 노려요!"

옥궁귀랑과 이자오는 동시에 두 여자를 보았다. 옥궁귀랑의 얼굴이 무섭게 변했다.

"소취란, 네가 우리를 배신하려는 거냐!"

그가 옥검을 휘두르자 태산 같은 검기가 소취란을 향해서 뻗어 나갔다. 그러나 소취란은 눈 하나 깜짝하지 않았다. 그녀는 그저 팽소연과 함께 자리를 옮겼을 뿐이다.

이자오는 그 틈을 노려 옥궁귀랑의 뒤로 돌아갔다.

"킁킁, 네놈의 약점을 알았으니 이젠 조심해야 할 거다. 킁킁."

이자오의 타구봉이 현란한 움직임을 보였다. 쇄천일식(碎天一式)의 엄청난 기운이 옥궁귀랑의 옥침혈을 겨냥했다.

"흐흐흐, 안다고 해도 네가 뭘 어쩔 수 있겠느냐?"

옥궁귀랑은 신선 같은 풍모와는 어울리지 않게 음침한 웃음을 터뜨렸다. 옥검이 이르는 곳마다 사악한 기운이 이자오의 온몸을 휘감았다. 이자오는 점점 기력이 떨어지는 것을 느끼고 있었다. 저쪽을 보니 무애 대사도 힘겹게 싸움을 이어가고 있었다. 그는 비장한 표정으로 무엇인가를 결심한 듯했다.

그리고 멀리 있는 유천복에게 소리를 질렀다.

"킁킁. 너 이놈 억세게 운 좋은 놈아, 잊지 말아라! 내가 대환단을 먹여 널 살렸기에 지금의 네놈이 있는 거야! 훗날 개방의 멍텅구리들이 길을 잘못 들게 되면 올바른 길을 걷도록 해주거라. 저 황면개 같은 멍청이가 다시 나오지 않도록 말이야!"

이자오는 말이 끝나기가 무섭게 타구봉을 가슴 앞으로 하여 옥궁귀랑에게 돌진했다.

"개코야, 뭐 하는 거냐!"

무애 대사가 황급히 말했다. 옥궁귀랑은 이자오가 날아오는 것을 보고 코웃음을 쳤다.

"어리석은 거지, 내가 피하지 못할 것이라 생각하나?"

"킁킁, 너는 피하지 못한다! 이 거지가 장담하지. 킁킁. 왜냐하면!"

옥궁귀랑은 궁금한 듯 귀를 쫑긋했다.

"킁킁, 네 몸에서 나는 똥 냄새를 도저히 참을 수가 없단 말이다. 코가 떨어져 나갈 것 같아서 도저히 살려둘 수가 없어! 킁킁."

옥궁귀랑이 옥검을 휘두르는 순간 이자오의 몸이 그의 눈앞에서 마술처럼 사라졌다.

"킁킁, 이걸 비천무영신법(飛天無影身法)이라고 하지! 킁킁."

이자오의 목소리가 뒤에서 들리는 순간 옥궁귀랑의 옥검이 마치 민활한 뱀처럼 그의 몸을 감아 돌아 뒤쪽의 이자오에게 꽂혔다. 그러나 그와 동시에 옥궁귀랑은 옥침혈에 무서운 힘으로 타구봉이 박히는 것을 느꼈다.

"크아아악! 소취란, 용서하지 않겠다!"

옥궁귀랑의 옥침혈에서 검은 연기가 마구 피어오르더니 그의 몸이 쪼글쪼글해지며 마침내 사라지고 말았다.

"킁킁, 내가 뭐랬어. 똥 내 나는 놈은 피하지 못할 거라고 했잖아. 킁킁… 땡중아, 나 먼저 간다. 킁!"

이자오의 몸이 한 덩이의 육편이 되어서 얼음 위로 툭 떨어졌다. 팽소연이 달려갔으나 이미 이자오는 귀신이 되어서 두 번 다시 그 콧소리를 들을 수 없게 되었다.

무애 대사는 이자오의 죽음에도 초연한 모습이었다.

"공은 공으로 돌아가는 것이지. 개코거지의 명이 그것뿐이거늘 누구를 탓하랴."

"호호, 그건 어리석은 인간의 생각일 뿐이다. 너도 저 거지처럼 죽고 싶은 것은 아니겠지."

"어리석은 것은 사숙이오. 어째서 아직도 벗어나지 못하고 있는 것이오?"

"쓸데없는 소리!"

법화의 손이 광채를 띠더니 가공할 진력이 무애 대사를 공격해 갔다.

"천수대라인이 이렇게 쓰이다니… 정말 용서할 수가 없구려."

무애 대사는 철 지팡이를 얼음에 깊게 꽂고 왼손을 가슴 앞으로 모으고 오른손의 가운뎃손가락을 폈다. 그러자 철 지팡이에 은은한 오색의 광채가 서려 위로 올라와 무애 대사의 손가락 끝에 모여들었다.

"이제 보니 그것은 삼화취정장이로구나!"

법화가 크게 놀란 듯이 소리쳤다. 삼화취정장은 결코 만만히 볼 수 없는 것이었다. 법화는 무애 대사의 무공의 결코 당년의 그에 비해 뒤처지지 않는다는 것을 알았다.

그 역시 마력을 더욱 끌어올리자 양손이 마치 먹물에 담갔다 뺀 것처럼 검게 변하였다.

두 사람의 신형이 하나는 희고 하나는 검게 물들어 하늘 위에서 교차하는 것이 보였다. 무애 대사의 벽력같은 목소리가 들려왔다.

"서래법음!"

"크아악! 교활한 늙은이… 이건 삼화취정장이 아니라 달마삼검이로구나!"

법화의 절규가 하늘을 찢을 듯하였다.

"대라일망… 공은 공으로 마는 마로 돌아가라. 일주마천!"

무애 대사의 몸에서 엄청난 광채가 뻗치더니 그대로 법화의 몸을 휘감아 버렸다.

팽소연은 눈앞이 캄캄했다. 그녀가 다시 눈을 떴을 때는 무애 대사의 모습도 법화의 모습도 보이지 않았다.

"대단한 늙은이야. 아직도 살아 있군."

소취란이 얼음의 한쪽 끝을 보고 있었다. 팽소연은 그곳에 무애 대사가 좌정하고 있는 것을 보고는 뛰어가려 하였다.

그러나 소취란이 만류했다.

"저 땡중은 운기조식 중이다. 네가 숨 한 번이라도 크게 쉬는 날엔 그대로 끝장이다."

팽소연은 하는 수 없이 다시 소취란의 곁에 섰다.

"당신은 마림의 팔령들이 모두 패했는데 괜찮나요?"

"아직 싸움이 끝난 것은 아니다."

그녀의 말이 맞았다. 아직 두 사람이 남아 있었다.

"그렇군요, 아직 저 둘이 남았네요."

유천복은 꼼짝도 할 수 없었다. 머리카락 하나라도 움직였다간 이 칼날 같은 마기에 온몸이 갈가리 찢겨질 것 같았다. 눈동자조차 움직일 수 없었다. 무단검은 유천복의 몸을 휘감고 있는 검은 기운의 한복판에 박혀 있었다. 그곳은 전동이 몸을 숨긴 곳이었다.

검신을 따라 검붉은 피가 흘러내려 얼음이 갈라진 틈으로 스며들고 있었다.

"유 공자, 그대는 절대로 이 일을 막을 수 없을 것이오."

전동은 마지막 말을 남긴 채 펑, 하는 소리와 함께 사라졌다. 그러나 전동이 불러낸 검은 기운은 아직도 유천복의 몸을 휘어 감아 으스러뜨릴 것처럼 조여들었다.

눈앞에는 구미가 삼초검으로 유천복의 미간을 겨냥하고 있었다.

일촉즉발!

등으로 식은땀이 흘러내렸다. 구미는 그에 비하면 한결 여유로운 모습이었다.

"어떤가? 움직일 수조차 없겠지? 괴로울 거야."

구미의 말대로였다. 유천복은 숨조차 쉬지 못할 것 같았다. 온몸의 숨구멍조차 남김없이 막혀 버린 듯한 고통이었다.

그것은 세상과 단절된 느낌이었다. 모든 외부로부터의 자극이 완전히 사라졌다.

"이곳은 나만의 세계라네. 천존이 만든 곳 중에서 유일하게 내가 가질 수 있는 공간은 바로 자네 한 사람이 서 있을 만한 공간밖에는 없네. 자네를 천존의 세계에서 완전히 떼어놓는 것이 내가 생각한 방법인데, 어떤가?"

유천복은 왜 아무런 느낌도 없는지 알게 되었다. 생명의 느낌이 일순간 모두 죽어버린 것 같은 공포!

"마림주는 모든 걸 원하지만 난 다르지. 난 단지 한 사람만 완전하게 지배하길 바라거든. 어떤가? 이제 송옥을 내놓을 마음이 생겼나?"

구미가 히죽 웃자 유천복의 옷이 삽시간에 예리한 칼날에 베인 것처럼 찢어졌다. 그리고 자석에 이끌리듯 송옥이 구미를 향해 날아갔다.

"이건 서로 끌어당기는 힘이 있지."

구미는 어느새 양손에 송옥과 수옥을 들고 있었다.

"아주 훌륭하지 않은가? 이걸 부딪치기만 하면 되는 거야. 그러면 펑! 이 세상은 끝나 버리고 새로운 세상이 시작된다네. 어떻게 그럴 수 있는지 보고 싶지 않나? 아아, 자네는 한 번도 천비를 본 적이 없지? 아쉽게도 나도 그렇다네. 나는 그때 없었거든. 그러나 내 일족이 전하는 말에 의하면 꽤나 다혈질의 사내라던데… 궁금하지 않나? 후후후."

유천복은 눈앞에 서 있는 자가 진정한 적이라는 것을 깨달았다. 그러나 아무런 힘도 발휘할 수 없었다.

구미는 양손에 들려 있는 수옥과 송옥에서 터질 듯이 뻗치는 기운을 느꼈다. 자신들 스스로 부딪치려는 것이다.

"이크! 안 되지, 안 돼. 아직 준비가 덜 되었다구. 한 사람이 더 나타나야 하거든."

유천복은 그가 누구를 기다리는지 궁금했다.

"아직 등장 인물이 덜 왔어."

그게 누구이든 유천복은 시간을 벌어야만 했다. 그때 무애 대사의 목소리가 들렸다.

─유 공자, 내 말을 잘 들으시오.

'대사님!'

─유 공자는 천비의 환생자가 아니오.

'예? 그럼?'

─또한 유 공자는 천비의 환생자이기도 하오.

유천복은 귀를 기울였다.

─모든 것은 기억하고 있는 것에서 비롯하니 잊으시오. 천비도 잊고 유천복이란 이름도 잊으시오. 이름을 잊는다는 것은 곧 나를 잊는다는 것이오. 이름이 없다고 실체가 없어지는 것이 아니라오. 나는 언제나 그 자리에 있소. 죽음 전에도 그랬고 죽음 후에도 그럴 것이오. 나를 잊는 것은 곧 세상을 잊는 것이고, 그럼으로써 옳은 것이 생기게 되니 없다고 하나 있는 것이고, 또 있다고 하나 또 없는 것이오.

'저는 모르겠어요.'

─유천복은 천비도 될 수 있고, 무지자도 될 수 있으며, 또한 나도 될 수 있고, 저기 저 팽 소저나 소취란도 될 수 있소. 우리가 알고 있는 모든 것은 또 우리가 진실로 알고 있는 것이 아니오. 그러니 두려워하지 마시오.

주위는 다시 적막해졌다. 유천복은 무애 대사도 결국 공으로 돌아간 것을 느꼈다. 그리고 그 순간 다른 모든 것도 다시 느낄 수 있었다.

그러자 팽소연과 소취란 곁에 다시 한 사람이 늘어난 것을 알았다. 그녀는 바로 아랑이었다. 어느 틈에 아랑이 이쪽을 보고 있었다.

"이렇게 해서 여기에 관련있는 자들이 다 모였군."

구미는 즐거웠다.

"아랑 군주, 오랜만이오."

아랑은 구미의 진정한 모습을 볼 수 있었다. 그녀가 선문의 문주가 되는 순간 그녀는 자신에게 주어진 모든 것을 똑똑히 알 수 있었다.

"그렇군요."

비록 앞날의 일은 몰랐지만 자신이 해야 할 일만은 잊지 않았다. 천비가 이 세상을 파멸로 이끄는 것을 막는 것이 그녀가 해야 할 일이었다.

"준비됐소?"

구미는 뭘 묻고 있는 것일까? 팽소연은 궁금했으나 아랑은 힘차게 대답했다.

"그래요!"

"하하하하! 나는 정말이지 오랫동안 이 순간을 기다려 왔지."

구미는 크게 웃으며 양손에 들고 있던 수옥과 송옥을 동시에 놓아버렸다.

수옥과 송옥은 맹렬한 기세로 양쪽 끝으로 날아가 버렸다.

그리고 양쪽 끝에서 빛이 번쩍 했다. 사람들은 한순간 눈을 뜰 수가 없었다.

그것은 영원처럼 느껴졌으나 찰나였다.

그곳에 있던 모든 사람들이 눈을 떴을 때 그들은 구미의 양쪽에서 반짝 하며 다가오는 빛을 볼 수 있었다.

수옥과 송옥이 맹렬한 기세로 구미를 향해 날아오고 있었다.

콰아아앙!!

굉음과 함께 사람들은 모두 볼 수 있었다.

빛도, 어둠도, 연기도, 광채도 없었다.

수옥과 송옥이 사라진 곳에는 오직 한 사람이 서 있었다. 그를 사람이라고 할 수 있다면 말이지만. 사람들은 그가 구미가 아니라는 것을 알았다.

"저자가 천비란 말이에요?"

팽소연이 아랑에게 물었다.

"나도 몰라요."

아랑은 고개를 저었다. 그녀는 정말 자신이 그를 알고 있는지 자신할 수 없었다.

그러나 그자의 오만한 표정, 거친 눈빛, 세상을 내려다보는 순수한 표정 등은 너무도 평범해서 오히려 비범해 보였다.

그 사람은 세상 모든 사람들의 얼굴을 갖고 있었다.

천비는 천천히 고개를 좌에서 우로 돌렸다.

"나는 오랫동안, 정말 오랜 시간 동안 생각해 왔다. 내가 무엇을 잘못했을까? 천존께서는 왜 천인 중에 악한 자를 만드셨을까? 그 악한 자를 조상으로 하는 너희는 과연 선한 존재인가?"

"결론은요?"

그렇게 말한 것은 팽소연이었다. 천비의 눈이 팽소연의 온몸을 잡아먹을 듯이 노려보았다.

"결론을 듣고 싶나? 결론은 물론 '아니다' 라는 것이었지. 악에서 파생된 것은 역시 악일 수밖에 없는 것이다. 수천 년에 걸쳐 너희들이 해온 것이 무엇이냐? 너희가 해온 것은 살육으로 대륙을 물들였던 것뿐이다. 치우천황께서 더 이상 천족의 피를 흘릴 수 없어 내어준 것을 너희는 오히려 더럽혔다. 나는 이제 그것을 바로잡을 것이다. 대륙의 주인은 너희가 아니다. 대륙의 진정한 주인은 천족이 되어야 마땅한 것이다!"

천비의 눈이 아랑에게 향했다. 그의 표정은 단 한 순간이었지만 따스하게 변했다.

"그 천족이 당신과 아랑이라는 것인가요?"

유천복이 물었다.

"그렇다. 천족의 혈통은 그 외엔 없는 것이니 당연하지. 너희들의 피와 살로 대지를 살찌우고 그 위에 천족의 나라가 부활할 것이다."

"당신은 절대로 천신이 아니오. 당신은 마귀가 분명해. 마존은 어디로 갔소?"

"마존? 마존 따위가 어찌 나와 함께 설 수 있느냐?"

천비가 손을 펴자 그곳에는 엄지손가락만한 작은 아이가 누워 있었다. 머리에 난 뿔과 꼬리만 빼면 아주 귀여운 아이였다. 팽소연은 무시무시한 마존이 이렇게 작고 귀여운 아이라는 것이 믿기지 않았다.

"흥! 믿지 못하겠나? 무엇이든 시작은 이처럼 작은 것이다. 천존께서는 너희가 번성하는 것을 원치 않으셨다. 오히려 너희를 멸하리라 하셨지. 주인을 물게 내버려 두시지는 않겠다고 하셨다. 나만, 이 내가 헌원과 발의 꼬임에 넘어가지만 않았어도 일을 그르치지는 않았을 텐데… 이제라도 늦지 않았다. 나는 잘못된 것을 바로잡을 것이다."

천비는 중원을 파멸로 이끌 결심을 이미 굳힌 것 같았다. 그가 하늘로 손을 뻗자 시커먼 구름이 대지를 덮고 뇌성벽력이 번쩍번쩍 하였다.

"절대로 그렇게 두고 보지는 않을 것이오!"

유천복은 무단검을 굳게 쥐었다. 그 모습을 본 천비는 가소롭다는 듯이 웃었다.

"넌 나를 이길 수 없다. 너는 내게서 비롯된 존재이자 나의 일부분이다. 환생이라고? 하하, 우습구나. 너는 내 껍질일 뿐이다. 내 원념에서 비롯된 것이 어찌 나를 이길 수 있겠느냐. 내가 저 속에서 얼마나 깊은 복수를 꿈꾸었는지 알고 있나? 처음에는 내 어리석음을 저주했지. 그러나 오랜 세월 생각하고 또 생각했지만 난 잘못하지 않았어. 잘못한 것은 바로 너희들의 조상이라 불리는 자들이었다. 나를 속이고 아랑과 헤어지게 만든 것은 바로 이 세상이다. 나는 그걸 용서할 만큼 마음이 넓지를 않아."

"당신은 나와 싸우는 것이 두려운 거야, 내가 당신보다 강할까 봐."

"하하하! 웃기는 소리! 난 이 세상을 파멸로 이끌 만큼 충분히 강하지만 네가 원한다면 도전을 받아주지. 분명히 내가 이길 테니까."

유천복이 달려들었지만 천비의 시선 한 번에 백 장이나 날아가 처박히고 말았다. 그는 자신이 천비 앞에서 얼마나 무력한지 알았다.

아랑은 유천복이 천비와 싸우는 것이 얼마나 무모한 짓인지 알 수 있었다. 그가 아랑을 알아본 것은 그녀에 대한 사랑이 식지 않았기 때문이다. 그를 막을 수 있는 것은 오직 그녀뿐이었다.

유천복은 다시 몸을 일으켜 천비의 코앞으로 날아왔다.

"당신은 잘못 생각하고 있는 것이오. 만일 천존께서 정말 인간을 멸하리라 하셨다면 우리는 이미 존재하지 않았을 것이오. 당신이 말한 대로 헌원과 발이 무슨 짓을 하더라도 인간은 멸망했을 테지, 그것이 천존의 의지였다면. 그러나 그렇게 하지 않으신 건 인간이 결국은 천존을 닮아 있기 때문이오. 또한 천존께서는 당신이 그리 생각하실 것을 미리 아시고 우리에게 여환무단신공이라는 천존의 힘, 즉 대자연의 힘을 쓰도록 허락하셨소. 사람이 비록 악한 것에 물들어 있을지라도 본성은 천존을 닮아 있다 하신 것을 당신이 모를 리 없소."

천비는 유천복을 노려보았다. 순간 유천복의 몸이 허공으로 치솟더니 마치 종이처럼 구겨지고 있었다.

"너부터 없애주마!"

"안 돼요!"

팽소연과 아랑이 동시에 달려왔다. 그러나 팽소연은 천비의 곁에 이르기도 전에 쾅 하는 소리와 함께 뒤로 날아가 바닥에 처박혔다.

"더러운 것! 감히 누구에게 오는 거냐!"

냉랭한 천비의 목소리에는 증오심이 가득했다.

소취란의 곁으로 구미가 날아 내렸다. 그는 수옥과 송옥이 부딪치는 순간 잠시 몸을 피해 있다가 나타났다. 구미는 천비가 발을 알아보았다고 생각했다. 천비는 어느새 달려오는 아랑의 곁에 내려섰다. 누구도 그 움직임을 알아챌 수 없을 만큼 빨랐다.

"아랑, 나요. 나는 저 속에서 단 한 순간도 그대를 그리워하지 않은 날이 없었소."

천비는 아랑을 품에 안고 속삭였다.

"나는… 유 공자를… 유 공자를 해치면 안 돼요."

"뭐라고? 당신은 지금 저자를 두둔하는 거요?"

천비의 언성이 높아졌다. 눈동자가 붉어지고 숨소리가 거칠어졌다.

"아랑, 천비는 바로 나요! 저놈은 그저 한낱 인간에 불과해. 내 원념이 만들어낸 자요."

천비는 아랑이 속삭이는 것을 보고 귀를 가져갔다. 귓전에 따스한 바람이 불어왔다.

"시간의 흐름은 누구도 거부할 수 없는 것… 남는 자와 돌아가는 자를 정하는 것은 오직 하나뿐. 신성한 피는 나를 잊고 진정한 도에 이르리라."

아랑의 목소리는 낮고 빠르게 천비의 귀를 파고들었다.

"아랑, 대체……!"

천비가 깜짝 놀라며 귀를 떼었다.

"처음부터 이랬어야 해요."

아랑의 여환검이 흰 광채를 뿌리며 그녀 자신의 심장으로 파고들었다. 그것은 아무리 천비라 해도 막을 수 없었다.

"아랑!"

천비가 외쳤다. 그녀의 심장에서 흘러나온 피가 천비의 몸을 물들였다.

"이게 뭐지? 왜 이러는 거야? 당신은 왜 다시 나를 버리는 거지?"

천비가 중얼거렸다.

"이럴 수 없어. 당신은 끝내 나를 두고 가는군. 후후… 후후. 그랬군, 그랬어. 이걸로 나를 옭아매려 했던 거야. 아랑의 피로… 하하하하!"

사람들은 천비의 행동을 주시했다.

"가소롭군. 누가 이런 생각을 했지? 물론 너희 인간들이겠지. 그러나 잘못 생각했다. 내 마음은 변하지 않는다. 인간의 역사는 이제 끝났다!"

구미는 천비의 말이 마음에 들었다. 그는 천비가 어떻게 이 세상을 끝장내는지 보고 싶었다.

"마림주, 당신 대신 내가 그를 도와… 크헉!"

구미가 갑자기 가슴을 움켜쥐었다.

"이게……."

구미의 몸이 심하게 요동 치며 마치 미친 말처럼 튀어 올랐다.

"안 돼… 안 돼……."

구미는 알 수 없는 말을 중얼거리며 천비를 향해 갔다.

"나는 그러기 싫어. 그러지 마."

사람들은 모두 구미가 무슨 말을 하는지 몰라 어리둥절해했다. 그러나 구미의 얼굴을 보는 순간 천비의 몸이 경직되었다.

"너는……?"

그리고 그때부터 벌어진 일은 누구도 자세히 기억할 수 없었다. 구미의 몸이 갑자기 커지더니 별안간 천비를 덥석 삼켰던 것이다. 아니, 삼켰다는 표현은 틀렸다. 천비의 몸이 갑자기 연기로 변해 구미의 콧속으로 들어간 것이다.

"믿을 수 없어… 너희들은… 아아아아악! 나는 천비다! 천비란 말이다아아아……!"

천비의 비명 소리와 함께 그렇게 모든 것이 끝났다.

"어떻게 된 거죠?"

팽소연은 구미를 홱 돌아보았다.

"변한 것은 아무것도 없다."

소취란이 말했다. 그러나 그녀는 구미의 표정이 변한 것을 알아보았다. 구미의 몸이 점점 뚱뚱해지더니 하늘로 서서히 올라갔다. 그의 얼굴은 마치 죽은 사람처럼 보였다.

"어째서… 어째서 네놈들이… 도비류… 아삼… 네놈들이……."

구미의 모습은 높이높이, 아주 높이 올라가서 결국은 보이지 않게 되었다. 그리고 이내 펑 소리와 함께 하늘을 수놓은 붉은 불꽃이 모두의 눈에 들어왔다.

"천비의 승천이란 바로 이런 뜻이었군요."

팽소연이 한마디 하였다.

"아삼……."

소취란은 처음으로 그 이름을 입에 담았다.

"도 형님……."

유천복도 한마디 하였다.

소취란은 이미 사라졌다. 그녀가 언제 어떻게 떠나갔는지 본 사람은 아무도 없었다.

이제 남은 사람은 그들뿐이었다.

*　　　　*　　　　*

"어떻게 된 거예요?"

팽소연이 말했다. 그녀는 귀신이라도 본 얼굴이었다.

"뭘 말이오?"

유천복이 말했다. 그는 졸린 표정이었다.

"저 말이에요."

아랑은 귀신처럼 창백하였다. 두 여자는 동시에 외쳤다.

"이걸 설명해 봐요!"

"그렇게 소리 지르지 않아도 들린다오."

"나부터 말할게요. 내가 어떻게 살아 있죠?"

아랑은 자신의 가슴을 손으로 더듬고 있었다.

"당신은 살아 있는 게 아니라 귀신이라오."

"장난하지 말아요!"

유천복은 양손을 내밀었다. 두 여자는 또다시 귀신을 본 것 같은 얼굴이 되었다. 그의 손에 들린 것은 푸르고 투명한 구슬과 황금빛이 도는 구슬 한 쌍이었다.

"수옥이잖아요!"

"송옥이잖아요!"

"당신들은 오늘부터 쌍둥이가 되기로 했소?"

유천복이 짓궂게 말했다.

"지금 당장 말해 주지 않으면 영원히 문주님을 안 보겠어요!"

팽소연은 단호한 표정이었다.

"난 죽을 때까지 유 공자를 따라다니겠어요."

아랑이 부끄럽다는 듯 말했다. 팽소연은 자신이 잘못 말한 것을 알고 서둘러 정정했다.

"그럼 난 평생 동안 문주님에게 업혀서 절대로 떨어지지 않을 거예요. 그러니 말해 봐요!"

"언제부터예요?"

유천복은 이번만큼은 아랑의 눈치가 팽소연보다 더 빠르다고 생각했다.

"구미가 수옥과 송옥을 부딪치길 바라며 손에서 놓았을 때요."

"그게 무슨 말이에요?"

"그때 유 공자님은 신공을 부려 각각의 구슬을 훔친 것이로군요."

아랑이 단정짓자 유천복은 고개를 끄덕였다.

"그럼 부딪친 것은……."

"그건 바로 이 북해의 마술이라오."

"마술……."

팽소연은 자신이 이해할 수 없는 일이 벌어지는 것을 가장 싫어하였다. 그런데 지금 이 두 사람의 말을 이해할 수 없었다.

"내가 꿈을 꾸고 있지 않다면 이런 일이 벌어질 리가 없어."

그녀는 침상 위에 놓여 있던 물개 가죽을 덮어썼다.

"아니야, 동생. 이건 유 공자님의 말씀대로 마술이야."

"두 사람은 알고 나는 모르고 있으니 그만 나는 빠질게요."

"아니오, 팽 소저. 말하겠소, 말하리다."

그것은 바로 무애 대사의 말을 듣는 순간 그가 깨달은 사실이었다. 실체와 허상이란 바로 이 한 쌍의 옥과도 같은 것이다. 유천복은 이곳에 모인 사람들이 모두 자연의 일부라는 것을 알았다.

선악과 피아의 구분이 무슨 의미가 있을까?

유천복은 자신이 누구인지 잊어버리고 말았다. 그러자 모든 것이 가능해졌다.

"나는 곧 세상이었고 세상은 곧 내가 되었다."

구미가 수옥과 송옥을 손에서 놓는 순간 재빨리 얼음의 기운을 빌려 구슬들을 얼려 버렸다. 그리고 얼음과 눈가루들은 그가 원하는 환상을 만들어냈던 것이다.

얼어버린 쌍옥은 유천복의 소매 속으로 떨어졌고, 무서운 속도로 달려와 부딪친 수옥은 그저 한 덩어리의 얼음 조각이었을 뿐이다.

수옥과 송옥이 날아간 순간 사람들이 보았던 환한 빛은 바로 유천복이 만들어낸 세상이었던 것이다.

그리고 그 속에서 나온 사람은 바로 유천복의 마음속에 그려진 환영을 얼음과 눈가루가 그대로 만들어낸 것이다.

"믿을 수가 없어!"

"마술이란 원래 그런 거라오."

"그걸로 구미를 속였다구요?"

"구미는 천비를 본 적이 없다고 했거든. 그 말을 듣는 순간 이 방법이 생각났지. 아마도 구미는 조금 이상하다고는 느꼈을지 모르지만."

"그럼 아랑 언니가 죽은 것도……."

"아랑이 자신의 심장을 찔렀다고 생각한 것도, 모든 사람이 그것을 본 것도 다 내가 만들어낸 환영이라오."

"아니에요. 난 틀림없이 여환검으로 내 심장을 찔렀어요."

그때의 아픔이 되살아나 그녀는 자꾸만 가슴으로 손이 갔다.

"그랬다고 생각한 것뿐이라오."

"그럼 구미가 죽은 것도 거짓인가요?"

"그건 아니오. 구미는 천비가 자신에게 들어왔다고 느꼈겠지만 그건 내가 여환무단신공의 공력으로 그를 후려친 것이오."

"정말 믿을 수가 없어요. 그럼 무애 대사와 개코영감도?"

"그건 아니오."

유천복의 얼굴이 슬프게 변했다.

"내 마술은 수옥과 송옥이 부딪칠 때부터요. 두 분은 확실히 돌아가셨다오. 난 이 이야기를 소림과 개방에 어떻게 전해야 할지 모르겠소."

팽소연의 눈은 어느새 타구봉과 철 지팡이를 찾아 얼음 위를 헤매고 있었다. 두 노인과의 내기에서 이긴 것이다.

"지금 중원의 사람들은 마모충이 번식하여 모두 이성을 잃고 있어요."

"마림주가 죽었으니 마모충의 마력도 곧 사라질 것이오. 아니, 그렇지 않다 하더라도 이 세상은 변하지 않소."

"나쁜 사람이군요."

아랑이 눈을 흘겼다. 그녀는 허망하였다. 화령이 죽고 자신이 선문의 문주가 되어 모든 것이 끝났다고 생각했는데 변한 것이 아무것도 없다니…….

"그럼 이제 저는 어떻게 해야 하죠? 선문은 사라졌어요."

그녀는 그렇게 믿고 싶었다. 수옥과 송옥을 지키는 임무는 이제 그녀의 몫이 아니었다. 선문의 문주인 아랑은 이미 죽었으니까.

"아랑 소저 마음대로 하시구려. 나는 그저 집에 가고 싶을 따름이오."

아랑은 그 말이 무슨 뜻인지 알 것 같았다. 그녀는 유천복을 따라가고자 했던 마음을 접었다. 하지만 언젠가는 그를 다시 만나리라 결심했다. 팽소연은 안심하고 있을 수만은 없을 것이다. 그녀는 생긋 웃었다.

"문주님, 여길 봐요!"

팽소연의 놀란 목소리에 유천복이 다시 무슨 일이 생겼나 싶어 깜짝 놀랐다. 그런데 그녀는 부란의 침상을 가리키고 있었다.

부란의 침상은 한 귀퉁이가 부서져 있었는데 그 틈으로 찬란한 광채가 쏟아지고 있었다.

세 사람은 동시에 외쳤다.

"당 황실의 보물! 부란이 가져갔었군요!"

"어떻게 가져간 것일까요?"

세 사람은 아무리 생각해도 부란이 어떻게 당 황실을 보물을 이곳에 가져다 놓았는지 알 수 없었다. 그것은 오직 부란만이 알 것이다.

팽소연은 걱정스러운 표정이었다.

"그 노인이 혹시 다시 돌아와 이걸 가져갈까요?"

"그건 아닐 거요. 난 그자가 어째서 그 백곰으로 된 가죽을 한사코 가져가려 했나 궁금했었는데 그 속에 무엇이 들어 있었는지 이제야 알겠소."

부란은 백 년의 세월을 보상받고 싶었던 것뿐이다. 그리고 아마 충분히 보상받았을 것이다. 백곰 가죽 세 마리 다 엉덩이가 커다랗다고 이자오가 말하던 것이 생각났다. 그 속에 들어 있는 것이 무엇인지 굳이 두 여자에게 말하지 않아도 되겠지.

아랑이 떠나고 유천복과 팽소연은 천지를 보고 있었다.

팽소연이 물었다.

"정말 이걸 이대로 던질 작정이에요?"

유천복은 양손에 들고 있는 수옥과 송옥을 보았다.

"이게 세상에 나온 뒤 얼마나 많은 사람들이 죽었소? 도 형님과 마 형은 물론이고 아삼… 그리고 이름도 모르는 그 많은 사람들이 모두 무엇 때문에 죽었는지를 생각한다면 나는 도저히 이 한 쌍의 구슬을 용서할 수 없을 것 같소."

팽소연은 목이 타는지 입술을 핥았다.

"문주님은 천하를 얻고 싶지 않으세요?"

유천복의 두 손이 높이 들렸다.

"천하는 한 사람 개인의 것이 아니오. 사람을 비롯한 모든 세상 만물의 것이지. 그걸 사람의 욕심으로 파괴해 버린다면 후세 사람들이 얼마나 우리를 비웃겠소. 이런 마물은 없어지는 것이 당연하오."

한 쌍의 구슬은 찬연한 빛을 뿌리며 날아갔다. 수면 위에는 동그란 파문이 생겼으나 이내 아무 일도 없다는 듯이 잠잠해졌다.

"아까워요."

팽소연이 다시 한 발자국 물가로 다가섰다.

"팽 소저, 날 얻은 것만으로는 부족하오?"

유천복이 팽소연을 돌려 세우며 물었다.

"그 말은?"

팽소연의 얼굴은 붉어졌다.

"아버지가 그러셨지, 유씨의 대를 끊는 날에는 매일 밤 지옥에서 찾아와 괴롭히겠다고."

유천복은 예전에 팽소연이 그랬던 것처럼 혀를 빼어 물고 흰자위를 드러내며 귀신 흉내를 내었다.

팽소연의 가슴속에 남아 있던 수옥과 송옥에 대한 욕심은 북해의 눈이 녹듯이 스르르 사라졌다. 그녀는 달려드는 유천복을 피해 까르르 웃으며 물가를 따라 뛰기 시작했다.

"까아악! 귀신이다!"

"게 섯거라!"

"문주님! 저를 잡아보세요."

두 남녀의 높은 웃음소리는 구슬이 부딪치듯 맑았고, 바람마저도 한 쌍의 연인들이 부러운 듯 백양목 가지를 흔들며 지나갔다.

유천복이 바람처럼 움직이며 중얼거렸다.

"내가 세상을 구할 필요는 없어. 세상에는 영웅이 되고 싶어하는 사람들이 반드시 있기 마련이니까 말야. 혹시 또 아오, 우리 아이가 세상을 구하는 영웅이 될지 말이오."

팽소연은 혼잣말처럼 속삭였다.

"신은 인간에게 가장 소중한 것을 한 가지 주었다고 생각해요. 그건 바로 사랑이에요. 사랑을 하게 되면 항상 지금의 자신보다 더 나아지고 싶어하니까요. 저를 사랑하시지 않았다면 어떻게 문주님께서 그런 똑똑한 생각을 해내셨겠어요."

〈終〉

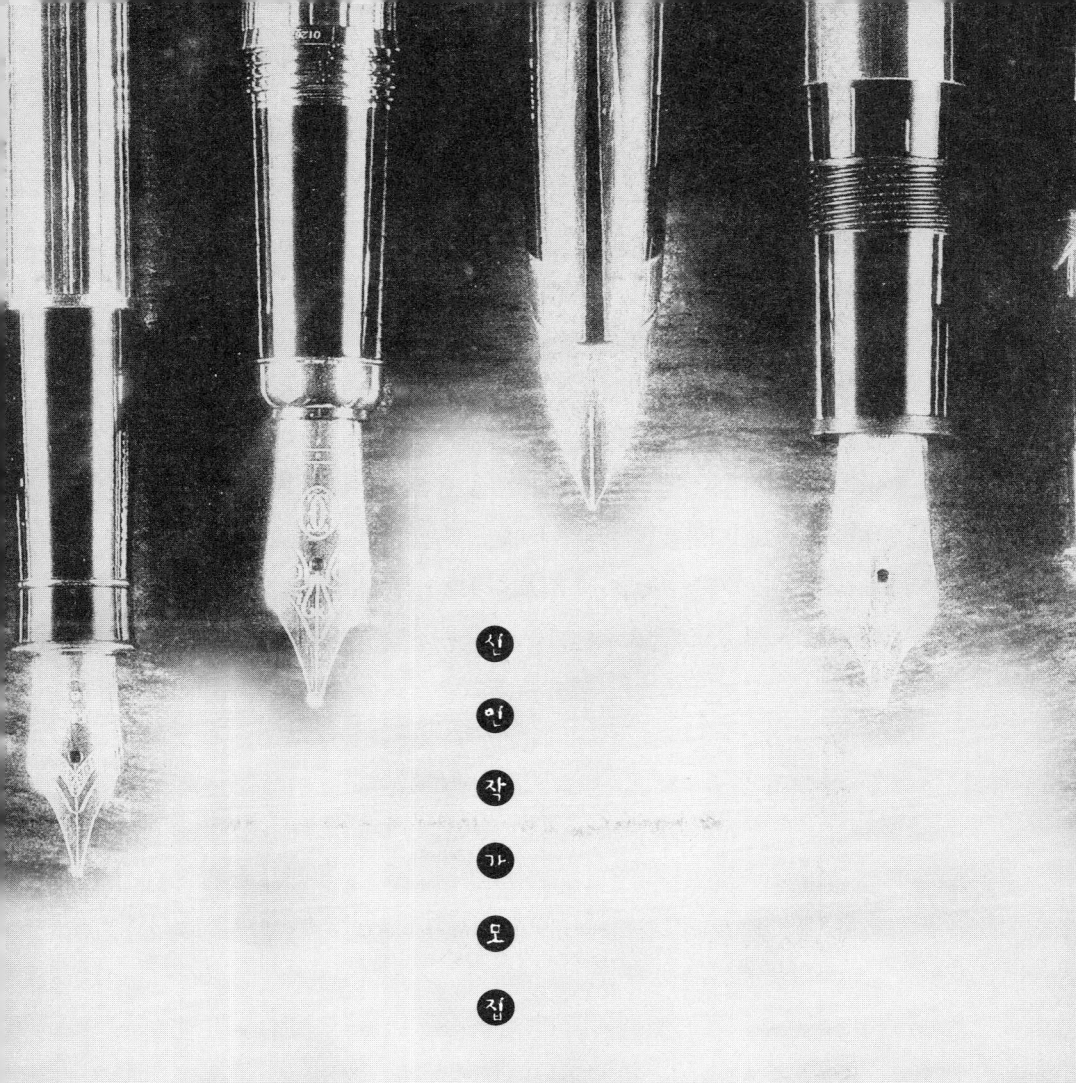

신
인
작
가
모
집

시작이 반이라고 했습니다.
작가의 길에 대한 보이지 않는 벽을 과감히 깨뜨리십시오!
청어람은 작가 지망생 여러분들의
멋진 방향타가 되어드리겠습니다.

저희 도서출판 청어람에서는
소설 신인 작가분들을 모집합니다.
판타지와 무협을 사랑하시는 분들의 많은 참여를 바랍니다.
소정의 원고(A4용지 150매)를 메일이나 우편으로 보내주시면
검토 후 출판 여부를 알려드리겠습니다.

주소:경기도 부천시 원미구 심곡1동 350-1 남성B/D 3F 우편번호420-011
TEL:032-656-4452 · **FAX**:032-656-4453
http://**www.chungeoram.com**
e-mail:chungeoram@chungeoram.com